21世纪普通高校计算机公共课程规划教材

数据库设计与应用

——Visual FoxPro
程序设计实践教程

王煜国　王艳敏　主编

清华大学出版社

北京

内 容 简 介

本书是与《数据库设计与应用——Visual FoxPro 程序设计》(颜辉等编著,清华大学出版社出版)配套的实践教学指导书。分为习题篇和实验篇两个部分。习题篇主要内容包括数据库概论、数据类型、数据库与表、查询与视图、程序设计、SQL、表单与报表和菜单的具体习题,目的性明确、强化知识重点,与计算机等级考试密切相关;实验篇主要内容包括 Visual FoxPro 系统的安装、函数的使用、数据库和表的基本操作、查询视图的创建与使用、程序设计与 SQL 语句的使用方法、表单、报表和菜单的详细设计方法。重点强调了操作的细节与步骤。

本书的编写小组由具有丰富的教学经验、多年来一直从事计算机基础教育的一线资深教师组成,教材内容组织合理,语言使用规范,符合教学规律。本书面向应用,重视对读者操作能力的培养,适合高等院校的学生学习使用。

图书在版编目(CIP)数据

数据库设计与应用:Visual FoxPro 程序设计实践教程/王煜国,王艳敏主编. —北京:清华大学出版社,2009.3

(21 世纪普通高校计算机公共课程规划教材)

ISBN 978-7-302-18868-1

Ⅰ. V… Ⅱ. ①王… ②王… Ⅲ. 关系数据库—数据库管理系统,Visual FoxPro—高等学校—教材 Ⅳ. TP311.138

中国版本图书馆 CIP 数据核字(2008)第 196551 号

责任编辑:梁 颖 徐跃进
责任校对:李建庄
责任印制:孟凡玉

出版发行:清华大学出版社　　　　　　　　地　　址:北京清华大学学研大厦 A 座
　　　　　http://www.tup.com.cn　　　　邮　　编:100084
　　　　　社　总　机:010-62770175　　　邮　　购:010-62786544
　　　　　投稿与读者服务:010-62776969,c-service@tup.tsinghua.edu.cn
　　　　　质　量　反　馈:010-62772015,zhiliang@tup.tsinghua.edu.cn
印 装 者:北京国马印刷厂
经　　销:全国新华书店
开　　本:185×260　印　张:17　字　数:406 千字
版　　次:2009 年 3 月第 1 版　　印　　次:2009 年 3 月第 1 次印刷
印　　数:1~4000
定　　价:25.00 元

本书如存在文字不清、漏印、缺页、倒页、脱页等印装质量问题,请与清华大学出版社出版部联系调换。联系电话:(010)62770177 转 3103　　产品编号:030624-01

出版说明

　　随着我国改革开放的进一步深化,高等教育也得到了快速发展,各地高校紧密结合地方经济建设发展需要,科学运用市场调节机制,加大了使用信息科学等现代科学技术提升、改造传统学科专业的投入力度,通过教育改革合理调整和配置了教育资源,优化了传统学科专业,积极为地方经济建设输送人才,为我国经济社会的快速、健康和可持续发展以及高等教育自身的改革发展做出了巨大贡献。但是,高等教育质量还需要进一步提高以适应经济社会发展的需要,不少高校的专业设置和结构不尽合理,教师队伍整体素质亟待提高,人才培养模式、教学内容和方法需要进一步转变,学生的实践能力和创新精神亟待加强。

　　教育部一直十分重视高等教育质量工作。2007年1月,教育部下发了《关于实施高等学校本科教学质量与教学改革工程的意见》,计划实施"高等学校本科教学质量与教学改革工程(简称'质量工程')",通过专业结构调整、课程教材建设、实践教学改革、教学团队建设等多项内容,进一步深化高等学校教学改革,提高人才培养的能力和水平,更好地满足经济社会发展对高素质人才的需求。在贯彻和落实教育部"质量工程"的过程中,各地高校发挥师资力量强、办学经验丰富、教学资源充裕等优势,对其特色专业及特色课程(群)加以规划、整理和总结,更新教学内容、改革课程体系,建设了一大批内容新、体系新、方法新、手段新的特色课程。在此基础上,经教育部相关教学指导委员会专家的指导和建议,清华大学出版社在多个领域精选各高校的特色课程,分别规划出版系列教材,以配合"质量工程"的实施,满足各高校教学质量和教学改革的需要。

　　本系列教材立足于计算机公共课程领域,以公共基础课为主、专业基础课为辅,横向满足高校多层次教学的需要。在规划过程中体现了如下一些基本原则和特点。

　　(1) 面向多层次、多学科专业,强调计算机在各专业中的应用。教材内容坚持基本理论适度,反映各层次对基本理论和原理的需求,同时加强实践和应用环节。

　　(2) 反映教学需要,促进教学发展。教材要适应多样化的教学需要,正确把握教学内容和课程体系的改革方向,在选择教材内容和编写体系时注意体现素质教育、创新能力与实践能力的培养,为学生知识、能力、素质协调发展创造条件。

　　(3) 实施精品战略,突出重点,保证质量。规划教材把重点放在公共基础课和专业基础课的教材建设上;特别注意选择并安排一部分原来基础比较好的优秀教材或讲义修订再版,逐步形成精品教材;提倡并鼓励编写体现教学质量和教学改革成果的教材。

　　(4) 主张一纲多本,合理配套。基础课和专业基础课教材配套,同一门课程有针对不同层次、面向不同专业的多本具有各自内容特点的教材。处理好教材统一性与多样化,基本教材与辅助教材、教学参考书,文字教材与软件教材的关系,实现教材系列资源配套。

（5）依靠专家，择优选用。在制定教材规划时要依靠各课程专家在调查研究本课程教材建设现状的基础上提出规划选题。在落实主编人选时，要引入竞争机制，通过申报、评审确定主题。书稿完成后要认真实行审稿程序，确保出书质量。

繁荣教材出版事业，提高教材质量的关键是教师。建立一支高水平教材编写梯队才能保证教材的编写质量和建设力度，希望有志于教材建设的教师能够加入到我们的编写队伍中来。

21 世纪普通高校计算机公共课程规划教材编委会

联系人：梁颖 liangying@tup. tsinghua. edu. cn

前　言

Microsoft Visual FoxPro 6.0 关系数据库系统是新一代小型数据库管理系统的杰出代表，它以功能强大、性能良好、工具丰富而易用、处理速度快、界面友好等特点，深受广大用户的好评，并在机关、学校及公司都得到了广泛的应用。

作为《数据库设计与应用——Visual FoxPro 程序设计》(颜辉等编著，清华大学出版社出版)的配套实践教程，本书以 Visual FoxPro 6.0 中文版本为平台，系统地介绍了 Visual FoxPro 基础知识、数据及数据运算、数据库和表、结构化查询语言 SQL、程序设计基础、表单设计、报表、菜单设计等 Visual FoxPro 6.0 的详细操作方法和步骤，给出了翔实的例题以及解题方法，并且根据课后习题的指导，可以在本实践教程学习结束时得到一个较为完整的人力资源管理系统。为了广大读者能够通过计算机等级考试(二级 Visual FoxPro)，我们还整理了 2008 年 4 月的计算机等级考试(二级 Visual FoxPro)的笔试题及答案，供大家参考。

全书分为两篇。第一篇为习题篇，包括第 1～10 章以及参考答案；第二篇为实验篇，包括第 11～19 章；最后为附录。

全书由王煜国、王艳敏主编，李景民、岳红副主编，宫婷、董大伟、翟朗参编完成，其中第 1 章～第 6 章由岳红编写，第 7 章由董大伟编写，第 8 章～第 10 章由宫婷编写，第 11 章由翟朗编写，第 12 章由王煜国、宫婷编写，第 13 章、第 14 章由王煜国编写，第 15 章、第 16 章由李景民编写，第 17 章由翟朗、董大伟编写，第 18 章、第 19 章由王艳敏编写，附录由岳红编写。

由于时间仓促和作者水平所限，书中错误和不妥之处在所难免，敬请读者批评指正。

编　者
2009 年 1 月

目　录

第一篇　习　题　篇

第二篇　实　验　篇

第一篇

习　题　篇

第 1 章 数据库概论

1.1 选 择 题

1. 数据库系统由_____组成。

A. 计算机软件系统、数据集合、数据库管理系、相关软件、数据管理员(用户)

B. 计算机软件系统、数据库集合、数据库管理系统、相关软件、数据管理员(用户)

C. 计算机硬件系统、数据库集合、数据库系统、相关软件、数据管理员(用户)

D. 计算机硬件系统、数据库集合、数据库管理系统、相关软件、数据管理员(用户)

2. 数据库(DB)、数据库系统(DBS)、数据库管理系统(DBMS)之间的关系是_____。

A. DB 包括 DBS 和 DBMS
B. DBS 包括 DB 和 DBMS

C. DBMS 包括 DBS 和 DB
D. 三者平行,没有包含关系

3. 数据库系统的核心是_____。

A. 数据库
B. 操作系统
C. 数据库管理系统
D. 文件

4. 数据处理的中心问题是_____。

A. 数据计算
B. 数据存储

C. 数据管理
D. 数据传输

5. 存在计算机存储设备上,结构化的相关数据集合是指_____。

A. 数据库
B. 数据库系统

C. 数据库管理系统
D. 数据模型

6. 在下列关于数据库系统的叙述中,正确的是_____。

A. 数据库系统比文件系统出现的冗余多

B. 文件系统是数据和程序完全独立

C. 数据库统没有数据冗余

D. 数据库系统实现了数据共享,减少了数据冗余

7. 计算机数据管理依次经历了_____几个阶段。

A. 人工系统、文件系统、数据系统、分布式数据库系统和面向对象数据库系统

B. 文件系统、人工系统、数据系统、分布式数据库系统和面向对象数据库系统

C. 数据系统、文件系统、人工系统、分布式数据系统面向对象数据库系统

D. 文件管理、数据系统、人工系统、分布式数据库系统和面对象数据库系统

8. 用树形结构来表示实体之间联系的模型是_____。

A. 网状模型
B. 层次模型
C. 关系模型
D. 数据模型

9. Visual FoxPro 支持的数据模型是_____。

A. 层次模型　　　　B. 网状模型　　　　　C. 关系模型　　　　　D. 联系模型

10. Visual FoxPro 是一种关系数据库管理系统,所谓关系是指_____。

A. 表中各记录间的关系

B. 表中各字段间的关系

C. 数据模型符合满足一定条件的二维表格式

D. 一个表与另一个表间的关系

11. 在下列关于关系模型的叙述中,正确的是_____。

A. 用二维表的形式表示实体和实体间联系的数据模型即为关系模型

B. 数据管理系统用来表示实体及实体间联系的方法即为关系模型

C. 用一维表的形式表示实体间联系的数据模型即为关系模型

D. 用三维表的形式表示实体和实体间联系的数据模型即为关系模型

12. 在 Visual FoxPro 中,专门的关系运算不包括_____。

A. 选择　　　　　B. 投影　　　　　　C. 连接　　　　　　D. 更新

13. 在 Visual FoxPro 中,一个_____就是一个关系。

A. 表　　　　　　B. 数据库　　　　　C. 记录　　　　　　D. 库

14. 从表中取出满足条件的记录的操作是_____。

A. 选择　　　　　B. 投影　　　　　　C. 连接　　　　　　D. 排序

15. 设有关系 R_1 和 R_2,经过关系运算得到结果 S,则 S 是_____。

A. 一个关系　　　B. 一个表单　　　　C. 一个数据库　　　D. 一个数组

16. 设有参加美术小组的学生关系 R,参加书法小组的学生关系 S,既参加美术又参加书法的学生用_____运算。

A. 交　　　　　　B. 差　　　　　　　C. 并　　　　　　　D. 笛卡儿积

17. 设有参加美术小组的学生关系 R,参加书法小组的学生关系 S,只参加美术,没参加书法的学生用_____运算。

A. 交　　　　　　B. 差　　　　　　　C. 并　　　　　　　D. 笛卡儿积

18. 从表中取出指定属性的操作是_____。

A. 选择　　　　　B. 投影　　　　　　C. 连接　　　　　　D. 排序

19. 在下列关于数据的说法中,不正确的是_____。

A. 数据(data)是存储在某一媒体上能够识别的物理符号

B. 歌曲是数据

C. 1,2,3,4 是数据

D. 文字、图片等非数字都不属于数据

20. 在下列说法中,不正确的是_____。

A. 二维表中的每一列均有唯一的字段名

B. 二维表中不允许出现完全相同的两行

C. 二维表中行的顺序、列的顺序均可以任意交换

D. 二维表中行的顺序、列的顺序不可以任意交换

1.2 填 空 题

1. 3 种数据模型分别是_____、_____、_____。

2. DBAS 是_____。

3. 一个关系就是一个_____。

4. Visual FoxPro 是_____位的数据库管理系统，采用的数据模型是_____。

5. Visual FoxPro 是优秀的_____之一，它的英文缩写是_____。

6. 在 Visual FoxPro 中，起唯一标识作用的关键字为_____。

7. 在连接运算中，_____是去掉重复记录的等值连接。

8. 某个部门和职工的关系是_____对_____的联系。

第 2 章 | VFP 概论

2.1 选 择 题

1. 不能退出 Visual FoxPro 的操作是_____。

A. 文件菜单下的关闭   B. Alt＋F4

C. 窗口标题栏右端的关闭   D. 文件菜单下的退出

2. 要配置 Visual FoxPro 的系统环境,应执行_____菜单中的"选项"命令。

A. 格式   B. 编辑   C. 工具   D. 文件

3. 项目管理器中的"关闭"按钮用于_____。

A. 关闭项目管理器   B. 关闭 Visual FoxPro

C. 关闭数据库   D. 关闭设计器

4. 在 Visual FoxPro 中,显示命令窗口的操作正确的是_____。

A. 单击常用工具栏上的"命令窗口"按钮   B. 按 Ctrl＋F2 键

C. 单击"窗口"菜单中的"命令窗口"命令   D. 以上方法均可以

5. 在 Visual FoxPro 中,隐藏命令窗口的操作正确的是_____。

A. 单击常用工具栏上的"命令窗口"按钮   B. 按 Ctrl＋F4 键

C. 单击"窗口"菜单中的"命令窗口"命令   D. 以上方法均可以

6. 在下列关于工具栏的叙述中,错误的是_____。

A. 可以创建自己的工具栏   B. 可以修改系统提供的工具栏

C. 可以删除用户创建的工具栏   D. 可以删除系统提供工具栏

7. 在项目管理器中,如果某个文件前面出现加号标志,表示_____。

A. 该文件中只有一个数据项   B. 该文件中有一个或多个数据项

C. 该文件不可用   D. 该文件只读

8. 如果要设置日期和时间的格式,应选择"选项"对话框中的_____选项卡。

A. 显示   B. 区域   C. 数据   D. 常规

9. 在 Visual FoxPro 中,项目管理器窗口中的选项卡依次为_____。

A. 全部、数据、文档、表单、代码、其他

B. 数据、全部、表单、代码、其他、文档

C. 其他、全部、数据、文档、表单、代码

D. 全部、数据、文档、类、代码、其他

10. 表文件在"项目管理器"的_____选项卡中。

A. 数据   B. 文档   C. 代码   D. 其他

2.2 填 空 题

1. 退出 Visual FoxPro 的命令是_____。

2. 项目文件的扩展名为_____。

3. Visual FoxPro 提供了大量的辅助设计工具,可分为三大类:_____、_____、_____。

4. 数据选项卡中包含的主要文件有_____、_____、_____。

5. 文档选项卡中包含的主要文件有_____、_____、_____。

6. 代码选项卡中包含的主要文件有_____。

7. 其他选项卡中包含的主要文件有_____、_____。

8. 安装好 Visual FoxPro 后,系统提供了一个默认工作环境,要定义自己的工作环境,应选择_____菜单中的_____命令。

第3章 数据与数据运算

3.1 选 择 题

1. 在下列关于常量的叙述中,不正确的一项是_____。

A. 常量用以表示一个具体的、不变的值　　　B. 常量是指固定不变的值

C. 不同类型的常量的书写格式不同　　　D. 不同类型的常量的书写格式相同

2. 货币型常量与数值型常量的书写格式类似,但也有不同,表现在_____。

A. 货币型常量前面要加一个"＄"符号

B. 数值型常量可以使用科学计数法,货币型常量不可以使用科学计数法

C. 货币数据在存储和计算时采用 4 位小数,数值型常量在此方面无限制

D. 以上答案均正确

3. 字符型常量的定界符不包括_____。

A. 单引号　　　B. 双引号　　　C. 花括号　　　D. 方括号

4. 在下列关于字符型常量的定界符书写格式中,不正确的是_____。

A. '我爱中国'　　　　　　　　　　B. ['20387']

C. '朗朗乾坤"　　　　　　　　　　D. ["Visual FoxPro 6.0"]

5. 在命令窗口中输入下列命令:

?"Visual FoxPro"

?? '好方法'

主屏幕上显示的结果是_____。

A. Visual FoxPro　　　　　　　　　B. Visual FoxPro　　好方法

好方法

C. A 和 B 都对　　　　　　　　　　D. Visual FoxPro 好方法

6. 下列符号中_____能作为 Visual FoxPro 中的变量名。

A. !abc　　　　B. XYZ　　　　C. 5you　　　　D. good luck

7. 日期型常量的定界符是_____。

A. 单引号　　　B. 花括号　　　C. 方括号　　　D. 双引号

8. 下列符号中,不能作为日期型常量的分隔符的是_____。

A. 斜杠(/)　　　B. 连字号(-)　　　C. 句点(.)　　　D. 脱字符(^)

9. 在下列货币型常量中,正确的一项是_____。

A. ＄666.666　　　B. 1323.4228＄　　　C. ＄123.45321　　　D. ＄123.45E4

10. Visual FoxPro 系统默认工作环境下，在命令窗口中输入下列命令：

```
SET MARK TO [-]
? {^2002-06-27}
```

主屏幕上显示的结果是_____。

A. 06/27/02   B. 06-27-02   C. 2002-06-27   D. 2002/06/27

11. 在命令窗口中输入下列命令：

```
SET CENTURY ON
SET MARK TO "."
? {^2002-06-27}
```

主屏幕上显示的结果是_____。

A. 06.27.2002   B. 06.27.02   C. 06/27/2002   D. 06/27/02

12. 在下列常量中，只占用 1 个字节内存空间的是_____。

A. 数值型常量   B. 字符型常量   C. 日期型常量   D. 逻辑型常量

13. 将 2005 年 3 月 17 日存入日期变量 X 的正确方法是_____。

A. STORE DTOC("03/17/2005") TO X

B. STORE CTOD(03/17/2005) TO X

C. STORE CTOD("03/17/2005") TO X

D. STORE DTOC(03/17/2005) TO X

14. 在下列关于变量的叙述中，不正确的一项是_____。

A. 变量值可以随时更改

B. 变量值不可以随时更改

C. Visual FoxPro 的变量分为字段变量和内存变量

D. 在 Visual FoxPro 中，可以将不同类型的数据赋给同一个变量

15. 在 Visual FoxPro 中，T 表示_____内存变量。

A. 字符型   B. 数值型   C. 日期   D. 日期时间型

16. 在下列内存变量的书写中，格式不正确的是_____。

A. .com   B. Flash_8   C. MUMU   D. 天天

17. 在下列关于内存变量和字段变量叙述中，错误的是_____。

A. 内存变量和字段变量统称为变量

B. 当内存变量和字段变量名称相同时，系统优先引用字段变量

C. 当内存变量和字段变量名称相同时，系统优先引用内存变量名

D. 当内存变量和字段变量名称相同时，如果要使用内存变量，可以在内存变量名之前
加前缀 M.

18. 在命令窗口中输入下列命令：

```
STORE 4*5 TO X
? X
```

主屏幕上显示的结果是_____。

A. 4   B. 5   C. X   D. 20

数据与数据运算

19. 在命令窗口中输入下列命令：

```
X = 1
STORE  X + 1  TO a,b,c
? a,b,c
```

主屏幕上显示的结果是_____。

A. X+1   B. 2   C. 2 2 2   D. 1 1 1

20. 在 Visual FoxPro 中,求余运算和_____函数作用相同。

A. MOD()   B. ROUND()   C. PI()   D. SQRT()

21. 在命令窗口中输入下列命令：(□表示空格)

```
m = "发展□□□"
n = "生产力"
? m−n
```

主屏幕上显示的结果是_____。

A. 发展□□□生产力   B. 发展生产力□□□

C. m,n   D. n,m

22. 表达式 3 * 4^2−5/10+2^3 的值为_____。

A. 55   B. 55. 5   C. 65. 5   D. 0

23. 清除第二个字符是 A 的内存变量使用的命令是_____。

A. RELEASE   ALL LIKE   ?A?   B. RELEASE   ALL LIKE   ?A *

C. RELEASE   ALL LIKE   * A *   D. RELEASE   ALL LIKE   ?A

24. 打开职工表,包括 5 个字段：职工号、姓名、性别、基本工资、基本情况。将当前记录的职工号字段、姓名字段、基本工资字段复制到数组 ZHG 中,所用命令为_____。

A. SCATTER TO ZHG   B. GATHER FROM ZHG

C. SCATTER FIELDS 职工号,姓名,基本工资 TO ZHG

D. SCATTER FIELDS 职工号 姓名 基本工资 TO ZHG

25. 执行如下命令

```
STORE  .NULL. TO A
```

? A,ISNULL(A)结果是_____。

A. .NULL.   .T.   B. .NULL.

C. .T.   .NULL.   D. .NULL.   .F.

26. 关系型表达式的运算结果总是_____。

A. 数值型数据   B. 逻辑型数据   C. 字符型数据   D. 日期型数据库

27. 假设当前系统时间是 2003 年 6 月 25 日,则表达式 VAL(SUBSTR("2002",2)＋RIGHT(STR(YEAR(DATE())),2))的值是_____。

A. 300   B. 2003   C. 2000   D. 203

28. ? ["ABC"]结果是_____。

A. ABC   B. "ABC"   C. [ABC]   D. ["ABC"]

29. 在 Visual FoxPro 中,ABS()函数的作用是_____。

A. 求数值表达式的绝对值   B. 求数值表达式的整数部分

C. 求数值表达式的平方根   D. 求两个数值表达式中较大的一个

30. 在 Visual FoxPro 中,? ABS(−7 * 6)的结果_____。

A. −42   B. 42   C. 13   D. −13

31. 函数?INT(53.76362)的结果是_____。

A. 53.77   B. 53.7   C. 53   D. 53.76362

32. 函数?SQRT(9)的运算结果是_____。

A. 3   B. 9   C. 0   D. −3

33. 函数?SIGN(4−7)的计算结果是_____。

A. 3   B. −3   C. 1   D. −1

34. 函数?ROUND(552.30727,4)的计算结果是_____。

A. 552   B. 552.307   C. 552.3073 D. 552.3072

35. 用 DIMENSION ARR(3,3)命令声明了一个二维数组后,再执行 ARR=3 命令,则
_____。

A. 命令 ARR=3 创建了一个新的内存变量,它与数组无关

B. 数组的第 1 个元素被赋值为 3

C. 所有的数值元素均被赋值为 3

D. 当存在数组 ARR 时,不可用 ARR=3 命令创建与数组同名的内存变量

36. 下列函数中,其值不为数值型的是_____。

A. LEN()   B. DATE()   C. SQRT()   D. SIGN()

37. 在 Visual FoxPro 中,有下面几个内存变量的赋值语句:

M = {^2007−01−28}

N = .T.

X = "3.1415926"

Y = 3.5234

Z = $12345

执行以上赋值语句后,变量的数据类型分别是_____。

A. T、L、C、N、N   B. T 、M、N 、C、N

C. D、L、Y 、C、Y   D. D 、L、C、N、Y

38. 下列四个表达式中,运算结果为数值的是_____。

A. ?CTOD(【07\21\02】)−20   B. ?500+200=400

C. ?"100"−"50"   D. ?LEN(SPACE(4))+1

39. 函数 INT(数值表达式)的功能是_____。

A. 返回指定数值表达式的整数部分

B. 返回指定数值表达式的绝对值

C. 返回指定数值表达式的符号

D. 返回指定数值表达式在指定位置四舍五入后的结果

40. 函数?AT("万般皆下品","唯有读书高")的结果是_____。

A. 万般皆下品   B. 唯有读书高

C. 万般皆下品 唯有读书高   D. 0

41. 连续执行以下命令之后,最后一条命令的输出结果是_____。

X = "A"
? IIF("A" = X,X - "BCD",X + "BCD")

A. A   B. BCD   C. A BCD   D. ABCD

42. 使用命令 DECLARE MM(2,3)定义的数组,包含的数组元素下标变量的个数为_____。

A. 2 个   B. 3 个   C. 5 个   D. 6 个

43. 在下面的 Visual FoxPro 表达式中,不正确的是_____。

A. {^2002-05-01 10:10:10 AM}－10   B. {^2002-05-01}－DATE()

C. {^2002-05-01}＋DATE()   D. {^2002-05-01}＋1000

44. 下面关于 Visual FoxPro 数组的叙述中,错误的是_____。

A. 用 DIMENSION 和 DECLARE 都可以定义数组

B. Visual FoxPro 只支持一维数组和二维数组

C. 一个数组中各个数组元素必须是同一种数据类型

D. 新定义数组的各个数组元素初值为.F.

45. 在下列函数中,函数值为数值的是_____。

A. AT('人民','中华人民共和国')   B. CTOD('01/01/96')

C. BOF()   D. SUBSTR(DTOC(DATE()),7)

46. 内存变量一旦定义后,它的_____可以改变。

A. 类型和值   B. 值   C. 类型   D. 宽度

47. 要求表文件某数值型字段的整数是 4 位,小数是 2 位,其值可能为负数,该字段的宽度应定义为_____。

A. 8 位   B. 7 位   C. 6 位   D. 4 位

48. 设 M="30",执行命令?&M＋20 后,其结果是_____。

A. 3020   B. 50   C. 20   D. 出错信息

49. 设 M="15",N="M",执行命令?&N＋"05"的值是_____。

A. 1505   B. 20   C. M05   D. 出错信息

50. 在下列表达式中,运算值为日期型的是_____。

A. YEAR(DATE())   B. DATE()－{12/15/99}

C. DATE()－100   D. DTOC(DATE())－"12/15/99"

3.2 填 空 题

1. 在 Visual FoxPro 中,创建数组的命令有_____和_____。

2. 逻辑型数据有_____和_____两个值。

3. 在 Visual FoxPro 中,数组必须先_____后_____。

4. 在 Visual FoxPro 中,数组元素的初始值是_____。

5. LEFT("你 1234567",LEN("数据 A"))的计算结果是_____。

6. 下述命令执行后,S4 的值为_____。(□表示空格)

```
S1 = " AB□CD□□ "
S2 = "□EFG□"
S3 = ALLT(S1) + ALLT(S2)
S4 = SUBSTR(S3,5,2)
```

7. 表达式 STR(YEAR(DATE())+10)的数据类型为_____。

8. 表达式{09/18/2000}−{09/20/2000}的值是_____。

9. 数组的下限坐标最小是_____。

10. ? IIF(40>34,50,500)结果是_____。

11. "学生"表有 9 个记录

```
USE   学生
GO   BOTTOM
SKIP
?RECNO()
```

结果是_____。

12. ?LEN(SPACE(5)−SPACE(3))的结果是_____。

13. ?LEN(SPACE(0))结果是_____。

14. STUFF("GOODBOY",5,0,"GIRL")的运算结果是_____。

15. 35 * 2^3 的结果是_____。

16. 用一条命令给 A1,A2 同时赋值 20 的语句是_____。

17. ROUND(389.745,2)_____,ROUND(389.745,0)_____,ROUND(389.745,−2)_____, VAL("78A34")_____, VAL("A234")_____, VAL("−78.56")_____。

18. Use 学生(学生表共 9 条记录)

```
?RECNO()
?BOF(),EOF()
SKIP  −1
?RECNO()
?BOF(),EOF()
GO  BOTTOM
?RECNO()
?BOF(),EOF()
SKIP
?BOF(),EOF()
?RECNO( )
```

请给出每个结果_____。

19. 请写出下列表达式的结果。

?"男"<"女"_____

?100<98 _____

?{03/05/06}>{08/11/05}_____

?"A">"D" _____

?"ab"="abc" _____

?"王老师"="王" _____

?"王老师"=="王" _____

?"王老师" $ "王" _____

20. 日期型数据是越往 _____ 越大。

21. 定义一个数组 DIME　AA(2,3),有 _____ 个数组元素。

22. 20E20 是一个 _____ 型常量。

23. VAL(SUBSTR("金飞腾有限公司",2)) * LEN("MICRO SOFT WORD")的结果
是 _____。

24. ?LEN(SUBSTR("计算机学院",5,8)) _____。

25. ?AT("大学","北京语言文化学院")是 _____。

26. ?"this" $ "this is a string" _____。

　　?"IS" $ "this is a string" _____。

27. s1="2008 年奥运会预祝中国成功申办"

　　s2=subs(s1,13,8)+ _____ (s1,4)+ _____ (s1,12)+subs(s1,21,4)

　　?s2

让最后输出结果为"预祝中国申办 2008 年奥运会成功"。

28. 执行以下命令后结果是 _____。

年龄 = 45
N = "年龄"
? N,&N

29. □表示空格,?LEN("□国庆假期 AB")的结果是 _____。

30. ?TYPE("04/01/03") _____ ,?VARTYPE("04/01/03") _____。

第4章　数据库与表

4.1　选　择　题

1. 在 Visual FoxPro 中,打开一个数据库文件 GRADE 的命令是_____。
A. CREATE DATABASE GRADE
B. OPEN DATABASE GRADE
C. CREATE GRADE
D. OPEN GRADE

2. Visual FoxPro 在建立数据库时,同时建立了扩展名为_____的文件。
A. dbc
B. dct
C. dcx
D. A,B,C

3. 在下列创建数据库的方法中,正确的是_____。
A. 在"项目管理器"中选定"数据"选项卡,选择"数据库",单击"新建"按钮
B. 在"新建"对话框上选择"数据库",单击"新建文件"按钮
C. 在命令窗口中输入 CREATE DATABASE 数据库文件名
D. 以上方法都可以

4. 在 Visual FoxPro 中,创建数据库的命令是 CREATE DATABASE[数据库文件名|?],如不指定数据库名称或不使用问号,产生的结果是_____。
A. 系统会自动指定默认的名称
B. 弹出"保存"对话框,提示用户输入数据库名称并保存
C. 弹出"创建"对话框,请用户输入数据库名称
D. 弹出提示对话框,提示用户不可以创建数据库

5. 在下列打开数据库文件的操作方法中,正确的是_____。
A. 单击"文件"菜单中的"打开"命令,在"打开"对话框的"文件类型"下拉列表中选择"数据库",选择要打开的数据库,单击"确定"按钮
B. 利用 OPEN DATABASE 命令
C. 在项目管理器中选择相对应的数据库时,数据库将自动打开
D. 以上方法均正确

6. 在 Visual FoxPro 中,以只读方式打开数据库文件的命令是_____。
A. EXCLUSIVE
B. SHARED
C. NOUPDATE
D. VALIDATE

7. 当数据库打开时,包含在数据库中的所有表都可以使用,但这些表不会自动打开,使用时需要执行_____命令。
A. CREATE
B. USE
C. OPEN
D. LIST

8. 在 Visual FoxPro 中,打开数据库设计器的命令是_____。
A. OPEN DATABASE
B. USE DATABASE

C. CREAT DATABASE　　　　　　D. MODIFY DATABASE

9. 使用 MODIFY DATABASE 命令打开数据库设计器时,如果指定了 NOEDIT 选项,则表示_____。

A. 只是打开数据库设计器,禁止对数据库进行修改

B. 打开数据库设计器,并且可以在数据库进行修改

C. 在数据库设计器打开后程序继续执行

D. 打开数据设计器后,应用程序会暂停

10. 在 Visual FoxPro 中,删除数据库的命令是_____。

A. QUIT DATASE　　　　　　　B. CREATE DATABASE

C. DELETE DATABASE　　　　　D. CLEAR DATABASE

11. 利用命令删除数据库文件时,指定 RECYCLE 选项命令后,将会把数据库文件_____。

A. 放入回收站中,需要可以还原　　B. 放入回收站中,且不可以还原

C. 彻底删除　　　　　　　　　　D. 重命名

12. 表文件的扩展名为_____。

A. dbf　　　　　B. pjx　　　　　C. dbc　　　　　D. doc

13. 一个表由_____个字段组成。

A. 一个　　　　　B. 两个　　　　　C. 三个　　　　　D. 若干个

14. 在 Visual FoxPro 中自由表字段名最长为_____个字符。

A. 1　　　　　B. 2　　　　　C. 10　　　　　D. 若干个

15. 在 Visual FoxPro 中,数据库表字段名最长_____个字符。

A. 10　　　　　B. 128　　　　　C. 130　　　　　D. 156

16. 下列关于字段命名中的命令规则,不正确的是_____。

A. 字段名必须以字母或汉字开头

B. 字段名可以由字母、汉字、下划线、数字组成

C. 字段名中可以包含空格

D. 字段可以是汉字或合法的西文标识符

17. 下列字段名中不合法的是_____。

A. 姓名　　　　　B. 3 的倍数　　　　　C. ads_7　　　　　D. UF1

18. 下列字段名中合法的是_____。

A. !编口号　　　　　B. 1U　　　　　C. 产品号　　　　　D. 生产 日期

19. 表 STUDENT 中 10 条记录都为女生,执行下列命令后,记录指针定位_____。

```
USE  STUDENT
GO  3
LOCATE FOR  性别 = "男"
```

A. 文件尾　　　　　B. 9　　　　　C. 7　　　　　D. 5

20. 将在 1 工作区的父表按主关键字"学号"和 3 区的子表建立临时关联,正确的是_____。

A. SET RELATION TO 学号 INTO 3

B. SET RELATION TO 3 INTO 学号

C. SET RELATION TO 学号 TO 3

D. SET RELATION TO 3 INTO 3

21. 在 Visual FoxPro 中,修改当前表的结构的命令是 _____。

A. MODIFY STRUCTURE   B. MODIFY DATABASE

C. OPEN STRUCURE   D. OPEN DATABASE

22. 在 Visual FoxPro 中,要浏览表记录,首先用_____命令打开要操作的表。

A. USE   B. OPEN STRUCTURE

C. close   D. list

23. 在 Visual FoxPro 中,浏览表记录的命令是 _____。

A. USE   B. BROWSE   C. MODIFY   D. open

24. 在 Visual FoxPro 中删除记录有_____两种。

A. 逻辑删除和物理删除   B. 逻辑删除和彻底删除

C. 物理删除和彻底删除   D. 物理删除和移去删除

25. 在 Visual FoxPro 中逻辑删除是指_____。

A. 真正从磁盘上删除表及记录

B. 逻辑删除是在记录旁作删除标记,可以恢复记录

C. 真正从表中删除记录

D. 逻辑删除只是在记录旁作删除标记,不可以恢复记录

26. Visual FoxPro 中 APPEND 命令的作用是_____。

A. 在表的任意位置添加记录   B. 在当前记录位之前插入新记录

C. 在表的尾部添加记录   D. 在表的首部添加记录

27. 在 Visual FoxPro 中,恢复逻辑删除的记录的命令是_____。

A. RECDEVER   B. RECALL   C. DELETE   D. PACK

28. 物理删除表中所有记录的命令是 _____。

A. DELETE   B. PACK   C. ZAP   D. RECALL

29. 在 Visual FoxPro 中,逻删除表中性别为女的命令是_____。

A. DELETE FOR 性别='女'   B. DELETE 性别='女'

C. PACK 性别='女'   D. ZAP 性别=女

30. 定位记录时,可以用_____命令向前或向后移动若干条记录位置。

A. SKIP   B. GOTO   C. GO   D. LOCATE

31. 在当前表中查找班级为1的每一个记录,应输入命令_____。

A. LOCATE FOR 班级="1"   B. LOCATE FOR 班级="1" CONTINUE

C. LOCATE FOR 班级="1" next 1   D. DELE FOR 班级="1"

32. Visual FoxPro 中索引有_____。

A. 主索引、候选索引、普通索引、视图索引

B. 主索引、候选索引、唯一索引、普通索引

C. 主索引、次索引、候选索引、普通索引

D. 主索引、候选索引、普通索引

33. 在 Visual FoxPro 中，一个表可以创建_____个主索引。

A. 1　　　　　　　　B. 2　　　　　　　　C. 3　　　　　　　　D. 若干

34. 主索引可以确保字段中输入值的_____性。

A. 唯一　　　　　　　B. 重复　　　　　　　C. 多样　　　　　　　D. 兼容

35. 唯一索引中的的"唯一性"是指_____的唯一。

A. 字段值　　　　　　B. 字符值　　　　　　C. 索引项　　　　　　D. 视图项

36. 在 Visual FoxPro 中的的 4 个索引中，一个表可以建立多个_____。

A. 主选引、候选索引、唯一索引、普通索引

B. 候选索引、唯一索引、普通索引

C. 主索引、候选索引、唯一索引

D. 主索引、唯一索引、普通索引

37. 在 Visual FoxPro 中，表设计器中的选项卡依次为_____。

A. 字段、索引、表　　　　　　　　　　　B. 表、字段 索引

C. 字段、索引、类型　　　　　　　　　　D. 字段、表、索引

38. 如果要更改表中数据的类型，应在"表设计器"的_____选项卡中进行。

A. 字段　　　　　　　B. 表　　　　　　　　C. 索引　　　　　　　D. 数据类型

39. 在下列更改索引类型的操作方法中，正确的是_____。

A. 打开表设计器，选定"字段"选项，从"索引"下拉列表中选择

B. 打开表设计器，选定"索引"选项卡，在"索引名"下拉列表中选择

C. 打开表设计器，选定"表"选项卡，在"索引名"下拉列表中选择

D. 打开表设计器，选定"索引"选项卡，在"类型"下拉表中选择

40. 在 Visual FoxPro 中，结构复合索引文件的特点是_____。

A. 在打开表时自动打开

B. 在同一索引文件中能包含多个索引方案，或索引关键字

C. 在添加、更改或删除记录时自动维护索引

D. 以上答案均正确

41. 在以下关于自由表的叙述中，正确的是_____。

A. 自由表可以添加到数据库中，但数据库中的表不可以从数据库中移出成自由表

B. 自由表不能添加到数据库中

C. 自由表可以添加到数据库中，数据库中的表也可以从数据中称出成为自由表

D. 自由表是用以前 FoxPro 版本建立的表

42. Visual FoxPro 中的 SEEK 命令用于_____。

A. 索引　　　　　　　B. 定位　　　　　　　C. 搜索　　　　　　　D. 查找

43. 在 Visual FoxPro 中，删除全部索引的命令是_____。

A. SEEK ALL　　　　　　　　　　　　　B. DELETE TAG TagName

C. DELETE TAG ALL　　　　　　　　　　D. SET ORDER

44. Visual FoxPro 中的参照完整性规则包括_____。

A. 更新规则　　　　　B. 删除规则　　　　　C. 插入规则　　　　　D. 以上答案均正确

45. 已知当前表中有 15 条记录，当前记录为第 12 条记录，执行 SKIP-2 命令后，当前记

录变为第_____条记录。

    A. 2   B. 10   C. 12   D. 15

46. 在下列命令中,不能对记录进行编辑修改是_____。

    A. MODI STRU   B. EDIT   C. CHANGE   D. BROWSE

47. 假设目前已打开表和索引文件,要确保记录指针定位在记录为1的记录上,应使用命令。

    A. GO TOP   B. GO 1   C. LOCATE 1   D. SKIP 1

48. 在 Visual FoxPro 中,数据库表与自由表不同,下列不属于数据表特点的是_____。

    A. 数据库表可以使用长表名   B. 在表中不可以使用长字段名

    C. 指定默认值和输入掩码   D. 数据库表支持主索引、参照完整性

49. 将表从数据库中移出,使之成为自由表的命令是_____。

    A. REMOVE   B. DELETE   C. RECYCLE   D. REMOVE TABLE

50. 执行下列命令序列后,VF1 的指针向第_____记录,VF2 指向第_____条记录。

```
SELECT 2
USE VF1
SELECT 3
USE VF2
SELECT 2
SKIP 2
```

    A. 1,2   B. 1,1   C. 3,1   D. 2,1

51. 在 Visual FoxPro 中逻辑删除表中年龄等于 65 的命令是_____。

    A. DELE FOR   年龄＝65   B. PACK   年龄＝65

    C. DELE   年龄＝65   D. ZAP   年龄＝65

52. 当前工作区是 1 区,执行下列命令

```
CLOSE  ALL
USE  STUDENT  IN 1
USE  COURSE  IN 2
```

之后,当前工作区是_____。

    A. 1 区   B. 2 区   C. 3 区   D. 4 区

53. 以下关于空值(NULL)正确的是_____。

    A. 空值等同于空字符串   B. 表示字段或变量还没确定值

    C. Visual FoxPro 不支持空值   D. 等同于 0 数值

54. 在表中有 50 条记录,当前记录号为 18,执行命令 LIST 后,记录指针指向_____。

    A. 第 1 条记录   B. 第 19 条记录   C. 第 50 条记录   D. 文件结束标识位置

55. 按工资升序,工资相同者按参加工作日期早晚顺序建立索引文件,使用的命令是_____。

    A. SET INDEX ON   工资   工作日期 TO GE

B. INDEX　ON 工资/A,工作日期/D TO GE

C. INDEX　ON　STR(工资,6,2)+DTOC(工作日期) TO　GE

D. INDEX　ON　STR(工资)+YEAR(工作日期) TO　GE

56. 执行下列命令后,记录指针定位在_____。

```
USE EGGE
INDEX ON工资 TO TEMP
GO TOP
```

A. 指针定位第一个记录

B. 指针定位于索引文件中的第一个记录

C. 指针定位第一个记录之前

D. 指针定位于索引文件中的第一个记录之前

57. 若执行了 LOCATE FOR 工资＝600,将指针定位在下一个工资是 600 的记录上,应使用的命令是_____。

A. CONTINUE　　　B. SKIP 600　　　C. SEEK 600　　　D. FIND 600

58. 建立唯一索引,出现重复字段值时,只出现记录的_____。

A. 第一个　　　　　B. 最后一个　　　C. 全部　　　　　D. 若干个

59. 职工表已经打开,若要打开索引文件"职称"可用命令_____。

A. USE 职称　　　　　　　　　　　B. INDEX WITH 职称

C. SET INDEX TO 职称　　　　　　　D. INDEX ON 职称

60. 不允许记录中出现重复值的索引是_____。

A. 主索引　　　　　　　　　　　　B. 主索引、候选索引、普遍索引

C. 主索引和候选索引　　　　　　　D. 主索引、候选索引和唯一索引

61. 要控制两个表中数据的完整性和一致性可以设置"参照完整性",要求这两个表_____。

A. 是同一个数据库中的两个表　　　B. 不同数据库中的两个表

C. 两个自由表　　　　　　　　　　D. 一个是数据库表,另一个是自由表

62. 在 Visual FoxPro 中,可以对字段设置默认值的表_____。

A. 必须是数据库表　　　　　　　　B. 必须是自由表

C. 自由表或数据库表　　　　　　　D. 不能设置字段的默认值

63. 在 Visual FoxPro 中进行参照完整性设置时,要想设置成:当更改父表中的主关键字段或候选关键字段时,自动更改所有相关子表记录中的对应值,应选择_____。

A. 限制　　　　　　B. 忽略　　　　　C. 级联　　　　　D. 级联或限制

64. 在 Visual FoxPro 的数据工作期窗口,使用 SET RELATION 命令可以建立两个表之间的关联,这种关联是_____。

A. 永久性关联　　　　　　　　　　B. 永久性关联或临时性关联

C. 临时性关联　　　　　　　　　　D. 永久性关联和临时性关联

65. 在 Visual FoxPro 中,通用型字段 G、备注型字段 M、逻辑型字段、日期型字段在表中的宽度是_____。

A. 4、4、8、6　　　　B. 1、8、4、6　　　C. 4、4、1、8　　　D. 4、4、2、8

66. 不论索引是否生效,定位到相同记录上的命令是_____。

A. GO TOP　　　　B. GO BOTTOM　C. GO 6　　　　　　D. SKIP

67. 可以伴随着表的打开而自动打开的索引是_____。

A. 单一索引文件(IDX)　　　　　B. 复合索引文件(CDX)

C. 结构化复合索引文件　　　　　D. 非结构化复合索引文

68. 要为当前表所有职工增加 100 元工资应该使用命令_____。

A. CHANGE 工资 WITH 工资+100

B. REPLACE 工资 WITH 工资+100

C. CHANGE ALL 工资 WITH 工资+100

D. REPLACE ALL 工资 WITH 工资+100

69. Visual FoxPro 参照完整性规则不包括_____。

A. 更新规则　　　　B. 查询规则　　　　C. 删除规则　　　　D. 插入规则

70. 在数据库设计器中,建立两个表之间的一对多联系是通过以下索引实现
的_____。

A. "一方"表主索引或候选索引,"多方"表普通索引

B. "一方"表主索引,"多方"表的普通索引或候选索引

C. "一方"表普通索引,"多方"表主索引或候选索引

D. "一方"表普通索引,"多方"表候选索引或普通索引

71. 一个表文件中多个备注型(MEMO)字段的内容存放在_____。

A. 这个表文件中　B. 一个备注文件中 C. 多个备注文件中 D. 一个文本文件中

72. 执行下列命令后,HH1 和 HH2 指针分别指向_____。

```
SELE 1
USE HH1
SELE 2
USE HH2
SKIP
SELE 1
SKIP 3
```

A. 1,4　　　　　　B. 4,1　　　　　　C. 4,2　　　　　　D. 2,4

73. 在 Visual FoxPro 中,关于自由表叙述正确的是_____。

A. 自由表和数据库表是完全相同的　　B. 自由表不能建立字段级规则和约束

C. 自由表不能建立候选索引　　　　　D. 自由表不可以加入到数据库中

74. 在 Visual FoxPro 中,建立数据库表时,将年龄字段值限制在 12～14 之间的这种约
束属于_____。

A. 实体完整性约束　　　　　　　　B. 域完整性约束

C. 参照完整性约束　　　　　　　　D. 视图完整性约束

75. 要从表中物理删除一条记录,应使用的命令是_____。

A. 首先用 DELE,然后用 ZAP　　　B. 首先用 DELE,然后用 PACK

C. 直接用 PACK　　　　　　　　　D. 直接用 DELE

76. 在 Visual FoxPro 中,建立索引的作用之一是_____。

A. 节省存储空间　　　　　　　　　B. 便于管理

C. 提高查询速度　　　　　　　　　D. 提高查询和更新速度

77. 在 Visual FoxPro 中,相当于主关键字的索引是_____。

A. 主索引　　　　B. 普通索引　　　　C. 唯一索引　　　　D. 排序索引

78. 在 Visual FoxPro 中,创建一个名为 SDB. DBC 的数据库文件,使用的命令是_____。

A. CREATE　　　　　　　　　　　B. CREATE SDB

C. CREATE TABLE SDB　　　　　　D. CREATE DATABASE SDB

79. 在 Visual FoxPro 中,可以链接或嵌入 OLE 对象(如图像)的字段类型应该是_____。

A. 备注型　　　　B. 通用型　　　　C. 字符型　　　　D. 双精度型

80. 实体完整性保证了表中记录的唯一性,即在一个表中不能出现_____。

A. 重复记录　　　　B. 重复字段　　　　C. 重复属性　　　　D. 重复索引

81. 下列关于结构复合索引文件,描述正确的是_____。

A. 不能随表打开而打开

B. 在同一索引文件中只能包含一个索引项

C. 一个表只能建立一个结构复合索引文件

D. 在添加、更改或删除记录时需要手动维护索引

82. 要在两张相关的表之间建立永久关系,这两张表应该是_____。

A. 同一个数据库内的两张表　　　　B. 两张自由表

C. 一张自由表,一张数据库表　　　　D. 任意两张数据库表或自由表

83. 创建数据库后,系统自动生成的三个文件的扩展名是_____。

A. pjx、pjt、rpg　　B. sct、scx、spx　　C. fpt、frx、fxp　　D. dbc、dct、dcx

84. 要显示工资超过 2000 元或工资未达到 800 元的全部未婚男性的记录,正确的是_____。

A. LIST FOR 性别="男"AND NOT 婚否　 AND 工资＞2000　 AND 工资＜800

B. LIST FOR 性别="男"AND　婚否　 AND 工资＞2000　 OR　 工资＜800

C. LIST FOR 性别="男"AND NOT 婚否　 AND 工资＞2000　 AND 工资＜800

D. LIST FOR 性别="男"AND NOT 婚否　 AND(工资＞2000　 OR　 工资＜800)

85. 打开一张表后,执行下列命令:

```
GO 6
SKIP - 5
GO 5
```

则关于记录指针的位置说法正确的是_____。

A. 记录指针停在当前记录不动　　　　B. 记录指针指向第 11 条记录

C. 记录指针指向第 5 条记录　　　　　D. 记录指针指向第一条记录

86. 如已在学生表和成绩表之间按学号建立永久关系,现要设置参照完整性:当在成绩表中添加记录时,凡是学生表中不存在的学号不允许添加,则该参照完整性应设置为_____。

A. 更新级联　　　　B. 更新限制　　　　C. 插入级联　　　　D. 插入限制

87. 将结构索引文件中的"职工号"设置为当前索引,使用的命令是_____。

A. SET ORDER TO TAG 职工号

B. CREATE ORDER TO 职工号

C. SET INDEX TO 职工号

D. ORDER TO TAG 职工号

88. 建立索引时，_____字段不能作为索引字段。

A. 字符型　　　　B. 数值型　　　　C. 备注型　　　　D. 日期型

89. 一个表的主关键字被包含到另一个表中时，在另一个表中称这些字段为_____。

A. 外关键字　　　B. 主关键字　　　C. 超关键字　　　D. 候选关键字

90. 在向数据库中添加表的操作时，下列说法中不正确的是 _____。

A. 可以将自由表添加到数据库中

B. 可以将数据库表添加到另一个数据库中

C. 可以在项目管理器中将自由表拖放到数据库中

D. 先将数据库表移出数据库成为自由表，而后添加到另一个数锯库中

91. 对于自由表而言，不允许有重复值的索引是_____。

A. 主索引　　　　B. 候选索引　　　C. 普通索引　　　D. 唯一索引

92. 表之间的"临时性关系"是在两个打开的表之间建立的关系，如果两个表有一个关闭后，则该"临时性关系"_____。

A. 转化为永久关系　B. 永久保留　　　C. 临时保留　　　D. 消失

93. 在下列关于数据库的描述中，不正确的是_____。

A. 数据库是一个包容器，它提供了存储数据的一种体系结构

B. 数据库表和自由表的扩展名都是 dbf

C. 数据库表的表设计器和自由表的表设计器是不相同的

D. 数据库表的记录保存在数据库中

94. 在当前表的第 10 条记录之前插入一条空记录的命令是_____。

A. GO 10　　　　　　　　　　　B. GO 10
INSERT BEFORE BLANK　　　　INSERT BLANK

C. GO 10　　　　　　　　　　　D. GO 10
APPEND　　　　　　　　　　　APPEND BLANK

95. BROWSE 命令中没有的功能是_____。

A. 修改记录　　　B. 添加记录　　　C. 删除记录　　　D. 插入记录

96. 用命令"INDEX ON 姓名 TAG NAME UNIQUE"建立索引，索引类型是_____。

A. 主索引　　　　B. 普通索引　　　C. 候选索引　　　D. 唯一索引

97. 在参照完整性的设置中，如果当主表中删除记录后，要求删除子表中的相关记录，则应将"删除"规则设置为_____。

A. 限制　　　　　B. 级联　　　　　C. 忽略　　　　　D. 任意

98. 在定义表结构时，以下_____数据类型的字段宽度都是定长的。

A. 字符型、货币型、数值型　　　　　　B. 字符型、货币型、整型

C. 备注型、逻辑型、数值　　　　　　　D. 日期型、备注型、逻辑型

99. 执行 SELE　0 选择工作区的结果是_____。

A. 选择了 0 号工作区　　　　　　B. 选择了空闲的最小号工作区

C. 选择已打开的工作区　　　　　　D. 关闭选择的工作区

100. 两表之间"临时性"联系称为关"关联"的正确叙述是_____。

A. 建立关联的两个表一定在同一个数据库中

B. 两表之间"临时性"联系是建立在两表之间"永久性"联系基础之上的

C. 当父表记录指针移动时,子表记录指针按一定的规则跟随移动

D. 当关闭父表时,子表自动被关闭

4.2 填 空 题

1. 数据库完整性一般包括_____、_____、_____。

2. 可以保证实体完整性的索引是_____或_____,实体完整性是保证表中记录唯一的特性,即不允许有重复记录。数据类型属于_____完整性。

3. 两个表的关联是_____联系。

4. Visual FoxPro 的参照完整性是通过表之间的_____联系建立的。

5. 字段有效性规则是一个_____表达式。

6. 索引可以提高数据_____速度,降低数据_____速度。

7. 自由表就是不属于任何_____的表。

8. 一个数据库表中,可以有_____个主索引,_____个候选索引和_____个普通索引。

9. Visual FoxPro 同一个时刻可以打开_____个数据库,但同一时刻只有_____个当前数据库。指定当前数据库的命令是_____。

10. 清除主窗口屏幕的命令是_____。

11. 记录的定位方式有_____定位、_____定位和条件定位三种。

12. 如果要在课程表与学生成绩表之间设置参照完整性,则首先必须建立它们之间的_____关系。如果修改了课程表中课程代号后要求自动更新学生成绩表中相关记录的课程代号,则应设置更新规则为_____;如果课程表中没有的课程代号禁止插入到学生成绩表中,则应设置插入规则为_____。

13. 要给表尾增加一个空白记录,使用的命令是_____。

14. 在 Visual FoxPro 中最多同时允许打开_____个表。

15. 设置结构复合索引中索引 XUEHAO 为主控索引的命令是_____,删除索引 XUEHAO 的命令是_____。

16. Visual FoxPro 中主索引和候选索引可以保证数据的_____完整性。

17. _____是使不同工作区的记录指针建立一种临时的联动关系,当父表的记录指针移动时,子表的记录指针也随之移动。

18. 当前区是 2,要使 3 区成为当前区的命令是_____。

19. 打开表设计器的命令是_____。

20. SORT 排序,/A 表示_____,/D 表示_____。

第5章 查询与视图的创建与使用

5.1 选择题

1. 在下列关于查询的描述中,正确的是_____。

A. 可以使用 CREATE VIEW 打开查询设计器

B. 使用查询设计器可以生成所有的 SQL 查询语句

C. 使用查询设计器生成的 SQL 语句存盘后将存放在扩展名为 QPR 的文件中

D. 使用 DO 语句执行查询时,可以不带扩展名

2. 如果要在屏幕上直接看到查询结果,"查询去向"应该选择_____。

A. 屏幕　　　　　B. 浏览　　　　　C. 临时表或屏幕　　　　　D. 浏览或屏幕

3. 使用菜单操作方法打开一个在当前目录下已经存在的查询文件 zgjk. qpr 后,在命令窗口生成的命令是_____。

A. OPEN QUERY zgjk. qpr　　　　　B. MODIFY QUERY zgjk. qpr

C. DO QUERY zgik. qpr　　　　　D. CREATE QUERY zgik. qpr

4. 在 Visual FoxPro 系统中,使用查询设计器生成的查询文件中所保存的是_____。

A. 查询的命令　　　　　B. 与查询有关的基表

C. 询的结果　　　　　D. 查询的条件

5. 运行查询 xmcxl. qpr 的命令是_____。

A. USE xmcxl　　　　　B. USE xmcxl. qpr

C. DO xmcxl. qpr　　　　　D. DO xmcxl

6. 在下列关于视图的描述中,正确的是_____。

A. 可以使用 MODIFY STRUCTURE 命令修改视图的结构

B. 视图不能删除,否则影响原来的数据文件

C. 视图是对表的复制产生的

D. 使用 SQL 对视图进行查询时必须事先打开该视图所在的数据库

7. 视图设计器中含有的但查询设计器中却没有的选项卡是_____。

A. 筛选　　　　　B. 排序依据　　　　　C. 分组依据　　　　　D. 更新条件

8. 执行如下 SQL 语句

CREATE VIEW stock-view AS SELECT 股票名称 AS 名称,单价 FROM stock

后产生的视图中含有的字段名是_____。

A. 股票名称　　　　　B. 名称、单价

C. 名称、单价、交易所　　　　　D. 股票名称、单价、交易所

9. _____不可以作为查询和视图的输出类型。

A. 自由表　　　　B. 表单　　　　C. 临时表　　　　　　D. 数组

10. 查询设计器中"连接"选项卡对应的 SQL 短语是_____。

A. WHERE　　　B. JOIN ON　　C. SET　　　　　　D. ORDER BY

11. 在查询设计器中，"字段"选项卡对应 SQL 语句_____，用来制定要查询的数据。

A. SELECT　　　B. FROM　　　C. WHERE　　　　　D. ORDER BY

12. 查询设计器中的选项卡依次为_____。

A. 字段、连接、筛选、排序依据、分组依据

B. 字段、连接、排序依据、分组依据、杂项

C. 字段、连接、筛选、排序依据、分组依据、更新条件、杂项

D. 字段、连接、筛选、排序依据、分组依据、杂项

13. 以下关于查询的描述正确的是_____。

A. 不能根据自由表建立查询　　　B. 只能根据自由表建立查询

C. 只能根据数据库表建立查询　　D. 可以根据数据库表和自由表建立查询

14. 在 Visual FoxPro 中，查询设计器中的各选项卡与_____语句各短语是相对应的。

A. SQL SELECT

B. SQL INSERT

C. SQL UPDATE

D. SQL DROP

15. 在查询设计器中，"筛选"选项卡对应_____短语，用来指定查询的条件。

A. SQL SELECT　B. FROM　　　C. WHERE　　　　　D. ORDER BY

16. 在查询设计器中，选定"杂项"选项卡中的"无重复记录"复选框，与执行 SQL SELECT 语句中的_____等效。

A. WHERE　　　　B. JOIN ON　　C. ORDER BY　　　D. DISTINCT

17. 在查询设计器中，"排序依据"选项卡对应_____短语，用于指定排序的字段和排序方式。

A. SELECT　　　B. FROM　　　C. WHERE　　　　　D. ORDER BY

18. 在 Visual FoxPro 中，当一个查询基于多个表时，要求表之间_____。

A. 不需要有联系　　　　　　B. 必须是有联系的

C. 一定不要有联系　　　　　D. 可以有联系也可以没联系

19. SQL SELECT 语句中的 GROUP BY 和 HAVING 短语对应查询设计器上的_____选项卡。

A. 字段　　　　　B. 连接　　　　C. 分组依据　　　　D. 排序依据

20. 打开查询设计器的命令是_____。

A. OPEN QUERY

B. MODI VIEW

C. CREATE QUERY

D. CREATE VIEW

21. 在查询设计器的"字段"选项卡中设置字段时，如果将"可用字段"框中的所有字段一次移到"选定字段"框中，可单击_____按钮。

A. 添加　　　　　B. 全部添加　　C. 移去　　　　　　D. 全部移去

22. 只能满足连接条件的记录才包括在查询结果中，这种连接称为_____。

A. 内部连接　　　B. 左连接　　　C. 右连接　　　　　D. 外部连接

23. 在 Visual FoxPro 中,建立视图的命令是_____。

A. CREATE QUERY　　　　　　B. CREATE VIEW

C. OPEN QUERY　　　　　　　D. OPEN VIEW

24. 下列选项卡中,视图不能够完成的是_____。

A. 指定可更新的表　　　　　　B. 指定可更新的字段

C. 检查更新合法性　　　　　　D. 删除和视图相关联的表

25. 在 Visual FoxPro 中,连接类型有_____。

A. 内部连接、左连接、右连接

B. 内部连接、左连接、右连接、外部连接

C. 内部连接、完全连接、左连接、右连接

D. 内部连接、左连接、外部连接

26. 在 Visual FoxPro 中用来创建连接的命令是_____。

A. CREATE CONNECTION　　　B. CREATE VIEW

C. CREATE QUERY　　　　　　D. OPEN CONNECTION

27. 建立远程视图之前必须首先建立与远程数据库的_____。

A. 联系　　　　B. 关联　　　　C. 数据源　　　　D. 连接

28. 视图不能单独存在,它必须依赖于_____。

A. 视图　　　　B. 数据库　　　　C. 数据表　　　　D. 查询

29. 在视图设计器的"更新条件"选项卡中,如果出现"钥匙"标志,表示_____。

A. 更新　　　　　　　　　　　B. 该字段为非关键字

C. 该字段是关键字段　　　　　D. 该字段为关键字

30. 运行查询的快捷键为_____。

A. Ctrl+V　　　　B. Ctrl+P　　　　C. Ctrl+D　　　　D. Ctrl+Q

5.2　填　空　题

1. 视图可以在数据库设计器中打开,也可以用 USE 命令打开,但在使用 USE 命令之前,必须打开包含该视图的_____。

2. 在 Visual FoxPro 系统中,查询文件是指一个包括一条 SELECT-SQL 命令的程序文件,文件的扩展名为_____。

3. 查询设计器的"筛选"选项卡用来制定查询的_____。

4. 使用当前数据库中的 Visual FoxPro 表所建立的视图是_____,使用当前数据库之外的数据源中的表所建立的视图是_____。

5. 查询建立后,用户可以把查询结果输出到不同的目的地,默认目的地是将查询结果输出到_____中。

6. 在创建视图时,相应的数据库必须是_____状态。

7. 在查询设计器中,用于编辑连接条件的选项卡是_____。

8. 在查询设计器中,可以指定是否重复记录的是_____选项卡。

9. 为了建立远程视图,必须首先建立与远程数据库的_____,_____是 Visual FoxPro 数据库中的一种对象。

10. 在涉及视图的时候,常把表称作_____。

11. 视图允许以下操作,(1)在数据库中使用 USE 命令打开或关闭视图。(2)在"浏览器"窗口中显示或修改视图中的记录。(3)_____。(4)在文本框、表格控件、表单或报表中使用视图作为数据源。

12. 视图一经建立,就可以像使用_____一样来使用。

13. 视图是在数据库表的基础上创建的一种虚拟表。所谓虚拟表是指视图中提取出来的数据在_____中并不实际存在。

14. 在"命令"窗口打开"视图设计器"修改视图的命令是_____。

15. 在关系数据库中,视图依赖于_____,并不独立存在。

16. 在项目管理器中使用视图时先选择一个_____,接着再选择_____,然后选择_____,则可在"浏览"窗口中显示视图,并可对视图进行操作。

17. 内部连接是指只有满足_____的记录才包含在查询结果中。

18. 使用视图的_____功能可以修改表中的数据。

19. 将查询结果存放到临时表中,可使用_____短语。

20. 在 Visual FoxPro 中,视图具有_____和_____功能。

第6章 SQL 语句的使用

6.1 选 择 题

1. 在 Visual FoxPro 中,关于 SQL 语言的说法不正确的是_____。

A. 支持数据定义功能　　　　　　B. 支持数据查询功能

C. 支持数据操作功能　　　　　　D. 支持数据控制功能

2. 在下列关于 HAVING 子句中,描述错误的是_____。

A. HAVING 子句必须与 GROUP BY 子句同时使用,不能单独使用

B. 使用 HAVING 子句的同时不能使用 WHERE 子句

C. 使用 HAVING 子句的同时可以使用 WHERE 子句

D. 使用 HAVING 子句的使用是限定分组的条件

3. 在 SELECT-SQL 语句中,ORDER BY 子句根据列的数据对查询结果进行排序,关于排序依据的说法中不正确的是_____。

　A. 只要是 FROM 子句中表的字段即可

　B. 是 SELECT 主句(不在子查询中)的一个选项

　C. 一个数值表达式,表示查询结果中的列的位置(最左边列编号为1)

　D. 默认是升序(ASC)排列,可有其后加 DESC 指定查询结果以降序排列

4. "学生"表结构为(学号 N(3),姓名 C(3),性别 C(1),年龄 N(2)),学号为主索引,若用 SQL 命令索引所有比"张换新"年龄大的同学,下列语句正确的是_____。

　A. SELECT * FROM 学生 WHERE 年龄>(SELECT 年龄 FROM 学生 WHERE 姓名="张换新")

　B. SELECT * FROM 学生 WHERE 姓名="张换新"

　C. SELECT * FROM 学生 WHERE 年龄>(SELECT 年龄 WHERE 姓名="张换新")

　D. SELECT * FROM 学生 WHERE 姓名>"张换新"

5. 在 SQL 语句中,与表达式"仓库号 NOT IN("wh1","wh2")"功能相同的表达式是_____。

　A. 仓库号="wh1" AND 仓库号="wh2"

　B. 仓库号!="wh1" OR 仓库号♯="wh2"

　C. 仓库号<>"wh1" OR 仓库号!="wh2"

　D. 仓库号!="wh1" AND 仓库号!="wh2"

6. 在 SQL-SELECT 语句中用于实现关系的选择运算的短语是_____。

A. FOR　　　　B. WHILE　　　　C. WHERE　　　　D. CONDITION

7. 查询每门课程的最高分,要求得到的信息包括课程名称和分数,正确的命令是_____。

A. SELECT 课程名称 SUM(成绩) AS 分数 FROM 课程,学生成绩;
　　WHERE 课程.课程编号＝学生成绩.课程编号;
　　GROUP BY 课程名称

B. SELECT 课程名称,MAX(成绩) 分数 FROM 课程,学生成绩;
　　WHERE 课程.课程编号＝学生成绩.课程编号;
　　GROUP BY 课程名称

C. SELECT 课程名称,SUM(成绩) 分数 FROM 课程,学生成绩;
　　WHERE 课程.课程编号＝学生成绩.课程编号;
　　GROUP BY 课程.课程编号

D. SELECT 课程名称,SUM(成绩) AS 分数 FROM 课程,学生成绩;
　　WHERE 课程.课程编号＝学生成绩.课程编号;
　　GROUP BY 课程编号

8. 一条没有指明去向的 SQL-SELECT 语句执行之后,会把查询结果显示在屏幕上,要退出这个查询窗口,应该按的键是_____。

A. Alt　　　　　　B. Delete　　　　　C. Esc　　　　　　D. Return

9. 在当前盘目录下删除表 stock 的命令是_____。

A. DROP stock　　　　　　　　B. DELETE TABLE stock

C. DROP TABLE stock　　　　　D. DELETE stock

10. 在 Visual FoxPro 中,使用 SQL 命令将学生表 STUDENT 中的学生年龄 AGE 字段的值增加 1 岁,应该使用的命令是_____。

A. REPLACE AGE WITH AGE＋1

B. UPDATE STUDENT AGE WITH AGE＋1

C. UPDATE SET AGE WITH AGE＋1

D. UPDATE STUDENT SET AGE＝AGE＋1

11. 将 stock 表的股票名称字段的宽度由 8 改成 10,应使用 SQL 语句是_____。

A. ALTER TABLE stock 股票名称 WITH c(10)

B. ALTER TABLE stock 股票名称 c(10)

C. ALTER TABLE stock ALTER 股票名称 c(10)

D. ALTER stock TABLE 股票名称 c(10)

12. 如果要创建一张仅含有一个字段的自由表 RY,其字段名为 XM,字段类型为字符型,字段宽度为 8,则可以用下列的_____命令创建。

A. CREATE TABLE RY XM C(8)

B. CREATE TABLE RY(XM C(8))

C. CREATE TABLE RY FIELD XM C(8)

D. CREATE TABLE RY FIELD (XM C(8))

13. 在 SQL 的查询语句中,_____语句相当于实现关系的投影操作。

A. WHERE　　　B. GROUP BY　　　C. SELECT　　　　D. FROM

14. SQL 除了具有数据查询的功能外,还有_____的功能。

A. 数据定义　　　B. 数据操纵　　　C. 数据控制　　　D. 以上都正确

15. SQL 的核心是_____。

A. 查询　　　　　B. 数据定义　　　C. 数据操纵　　　D. 数据控制

16. SQL 同其他数据操纵语言不同,关键在于_____。

A. SQL 是一种过程性语言　　　　　B. SQL 是一种非过程性语言

C. SQL 语言简练　　　　　　　　　D. SQL 的词汇有限

17. 连接查询是基于_____的查询

A. 一个表　　　　B. 两个表　　　　C. 多个关系　　　D. 有一个关联的表

18. 使用 SQL 语句可以将查询结果排序,排序的短语是_____。

A. ORDER BY　B. ORDER　　　　C. GROUP BY　　D. COUNT

19. 在下列关于 SQL 的短语说法中,正确的是_____。

A. HAVING 必须与 ORDER BY 短语连用

B. ASC 必须与短语 GROUP BY 短语连用

C. ORDER BY 短语通常在 GROUP BY 短语之后

D. ORDER BY 短语必须与 GROUP BY 短语连用

20. 在 SQL 中用来计算平均值的函数为_____。

A. COUNT　　　B. SUM　　　　　C. AVG　　　　　D. MAX

21. 在下列关于 INSERT-SQL 的叙述中,正确的是_____。

A. 在表尾插入一条记录　　　　　　B. 在表头插入一条记录

C. 在表的任何位置插入一条记录　　D. 可以插入若干条记录

22. 在 ORDER BY 子句中,DESC 表示_____;省略 DESC 表示_____,正确答案为_____。

A. 升序,降序　　B. 降序,升序　　C. 升序,升序　　D. 降序,降序

23. SQL 语句中的特殊运算符不包括_____。

A. BETWEEN　B. AND　　　　　C. OR　　　　　D. LIKE

24. 在 SQL 中既允许执行比较操作,又允许执行算术操作的数据类型是_____。

A. 数值型　　　　B. 字符型　　　　C. 时间日期型　　D. 时间型

25. 以下关于空值(NULL)的叙述中,正确的是_____。

A. 空值等同于空字符串　　　　　　B. 空值表示字段或变量还没有确定值

C. VFP 不支持空值　　　　　　　　D. 空值等同于数值 0

26. 在 SQL-SELECT 语句中,设置内部连接的命令是_____。

A. INNER JOIN B. LEFT JOIN　　C. RIGHT JOIN　D. FULL JOIN

27. SQL 的查询命令的基本形式由查询块_____组成。

A. SELECT WHERE-FROM　　　　　B. SELECT-WHERE-FROM

C. SELECT FROM WHERE　　　　　D. SELECT-FROM-WHERE

28. 如果在 SQL-SELECT 语句中的 ORDER BY 子句中指定了 DESC,则表示_____。

A. 按降序排序　B. 按升序排序　　C. 不排序　　　　D. 无意义

29. 在查询类型中,不属于 SQL 查询的是_____。

A. 嵌套查询　　　B. 连接查询　　　　C. 简单查询　　　　D. 视图查询

30. Visual FoxPro 支持 SQL 命令要求_____。

A. 被操作的表一定要打开　　　　　　B. 被操作的表一定不要打开

C. 被操作的表不一定要打开　　　　　D. 以上说法都不正确

6.2 填 空 题

1. 使用 SQL 语句完成如下操作(将所有教授的工资提高 5%)：

_____ 教师 SET 工资 = 工资 * 1.05 _____ 职称 = "教授"

2. SQL 插入记录的命令是 INSERT,删除记录的命令是_____,修改记录的命令是_____。

3. 设有学生选课表 SC(学号,课程号,成绩),用 SQL 语句检索每门课程的课程号及平均分的语句是：SELECT 课程名,AVG(成绩) FROM SC _____。

4. 用户使用 CREATE TABLE-SQL 命令创建表的结构,字段类型必须用单个字母表示,对于货币型字段,其字段类型用单个字母表示为_____。

5. 有一个名为 V_VIEW 的视图,现要把它删除,可使用的命令为_____ V_VIEW。

6. 在 SQL 中,查询空值时要使用_____。

7. 在一般的 SQL 语句中,超连接运算符是_____和_____。

8. SQL 语句中的 INNER JOIN 等价于_____,为_____,在 Visual FoxPro 中称为_____。

9. 在 SQL 中,FULL JOIN 可称为全连接,它是指_____。

10. SQL 的操作功能是指对数据库中数据的操作功能,主要包括数据的_____、_____和_____ 3 方面的内容。

11. 在 SQL 语句中,字符串匹配运算符用_____表示；_____表示 0 个或多个字符；_____表示一个字符。

12. 在 ALTER TABLE 中,_____用来添加新字段；_____用来修改已有字段。

13. 在 SQL-SELECT 语句中,定义一个区间范围的特殊运算符是_____,检查一个属性值是否属于一组值中的特殊运算符是_____。

14. 在 Visual FoxPro 中计算机检索的函数中,_____用于计数,_____用于求和,_____用于求平均,_____用于求最大值,_____用于求最小值。

15. 在查询结果存放到数组中的短语是_____。

16. 在 SQL 的嵌套查询中,量词 ANY 和_____是同义词。在 SQL 查询时,使用_____子句指出查询条件。

17. 把当前表当前记录的学号、姓名字段值复制到数组 A 的命令是：

SCATTER FIELD 学号、姓名 _____

18. 在 SQL-SELECT 语句中,条件表达式用_____子句,分组用_____子句,排序用_____子句,用_____消除重复出现的记录行。

19. 在用 CREATE TABLE 命令建立表时,用子句_____指定表的主索引,子句

_____指定与之建立永久关系的父表。

20. 在 SQL 中,用_____命令可以从表中删除行,用_____命令可以从数据库中删除行。

21. 在 Visual FoxPro 中,集合的并运算是指将两个 SELECT 语句的查询结果通过并运算合成_____个查询结果。

22. _____是 SQL 中最简单的查询,这种查询基于单个表,它是由_____和_____短语构成的无条件查询,或是由_____、_____、_____短语构成的条件查询。

23. _____是 SQL 的核心。在 Visual FoxPro 中,SQL 的查询命令也称为_____,它的基本形式由_____组成,多个查询块可以嵌套执行。

24. SQL 语言有两种使用方式,一种是在终端交互方式下使用,称为_____;另外一种是嵌入在高级语言的程序中使用,称为_____。

25. SQL 的 DROP INDEX 语句的作用是_____。

26. SQL 中的不等于为_____。

27. 在 SQL 中,建立唯一索引时要用到的保留字是_____。

28. SQL 的查询命令也称为_____。

29. 将查询结果存放到临时表中,使用_____短语;存放到永久表中,使用_____短语;存放到内存变量中,使用_____短语;添加到文本文件末尾,使用_____短语。

30. 在 SQL 的 CREATE TABLE 语句中,为属性说明取值范围(约束)的是_____短语。

第7章 VFP 程序设计

7.1 选 择 题

1. 在 Visual FoxPro 集成环境下,用户利用"DO 程序文件"执行一个程序文件时,系统实质上是执行_____文件。

A. .prg   B. .com   C. .fxp   D. .exe

2. 在下列关于命令的说法中,不正确的是_____。

A. CANCAL:终止程序运行,清除所有的私有变量,返回命令窗口

B. DO:转而执行另外一个程序

C. RETURN:结束当前程序的执行,返回到调用它上级程序,若无上级程序返回到命令窗口

D. QUIT:退出当前程序,直接返回到命令窗口

3. 要想从键盘上输入一个人的姓名到内存变量,并且输入时不需用定界符括起来,使用的命令为_____。

A. INPUT "请输入姓名" TO XM   B. ACCEPT "请输入姓名" TO XM

C. WAIT "请输入姓名" TO XM   D. A 和 B 均可

4. 当前盘当前目录下有数据库 db-stock,其中有数据库表 stock.dbf,该数据库表的内容如表 16.1 所示。

表 16.1　stock.dbf 表中的数据

股 票 代 码	股 票 名 称	单 价	交 易 所
600600	青岛啤酒	7.48	上海
600601	方正科技	15.20	上海
600602	广电电子	10.40	上海
600603	兴业房产	12.76	上海
600604	二纺机	9.96	上海
600605	轻工机械	14.59	上海
000001	深发展	7.48	深圳
000002	深万科	12.50	深圳

执行下列程序以后,内存变量 a 的内容是_____。

```
CLOSE DATABASE
a = 0
USE stock
```

```
GO TOP
DO WHILE .NOT.EOF()
    IF 单价>10
      a=a+1
    ENDIF
    SKIP
ENDDO
```

　A. 1　　　　　　　B. 3　　　　　　　C. 5　　　　　　　D. 7

5. 使所有工人的基本工资增加 10 元的正确语句是_____。

A. REPLACE FOR 职务="工人",基本工资 WITH 基本工资+10

B. SCAN FOR 职务="工人"

　　REPLACE 基本工资 WITH 基本工资+10

　　ENDSCAN

C. DO WHILE .NOT.EOF()

　　REPLACE NEXT 1 FOR 职务="工人",基本工资 WITH 基本工资+10

　　SKIP

　　ENDDO

D. DO WHILE .NOT.EOF() .AND. 职务="工人"

　　REPLACE 基本工资 WITH 基本工资+10

　　SKIP

　　ENDSCAN

6. 在 DO WHILE-ENDDO 循环结构中,EXIT 命令的作用是_____。

A. 退出过程,返回程序开始处

B. 转移到 DO WHILE 语句行,开始下一个判断和循环

C. 终止循环,将控制转移到本循环结构 ENDDO 后面的第一条语句继续执行

D. 终止程序执行

7. 在 Visual FoxPro 中,关于过程调用的叙述正确的是_____。

A. 当实参的数量少于形参的数量时,多余的形参初值取逻辑假

B. 当实参的数量多于形参的数量时,多余的实参均被忽略

C. 实参和形参的数量必须相等

D. 上面的 A 和 B 都正确

8. 将内存变量定义为全局变量的 Visual FoxPro 命令是_____。

A. LOCAL　　　　　B. PRIVATE　　　　　C. PUBLIC　　　　　D. GLOBAL

9. 在 Visual FoxPro 中,如果希望一个内存变量只限于在本过程中使用,那么说明这个内存变量的命令是_____。

A. PRIVATE

B. PUBLIC

C. LOCAL

D. 在程序中直接使用的内存变量(不通过 A、B、C 说明)

10. 用于显示模块程序(程序、过程和方法程序)中的内存变量(简单变量、数组和对象)

的名称、当前取值和类型的窗口是_____。

    A. 跟踪窗口   B. 监视窗口   C. 局部窗口   D. 调试输出窗口

11. 在 Visual FoxPro 中，用来建立程序文件的命令是_____。

    A. OPEN COMMAND ＜文件名＞   B. CREATE COMMAND ＜文件名＞

    C. MODIFY COMMAND ＜文件名＞   D. 以上答案都不对

12. 在 Visual FoxPro 中，结构化程序设计的三种基本逻辑结构是_____。

    A. 选择结构、嵌套结构、分支语句   B. 选择结构、分支语句、循环结构

    C. 顺序结构、分支语句、选择结构   D. 顺序结构、选择结构、循环结构

13. 在 Visual FoxPro 中，用调用模块程序的命令是_____。

    A. DO ＜文件名＞|＜过程名＞ WITH ＜实参1＞[，＜实参2＞，…]

    B. SET PROCEDURE TO ＜过程文件＞

    C. FUNTION ＜过程名＞

    D. PROCEDURE ＜过程名＞

14. PUBLIC 命令的作用是_____。

    A. 删除内存变量文件中指定的内存变量   B. 建立私有的内存变量

    C. 建立局部变量   D. 建立公共的内存变量

15. 在 Visual FoxPro 中可以定义数组型变量、数组定义后，每个数组在第一次赋值前的类型是_____。

    A. 字符型   B. 数值型   C. 逻辑型   D. 没定义

16. 在 INPUT、ACCEPT、WAIT 三条命令中，只能接收字符串的命令是_____。

    A. ACCEPT   B. ACCEPT 和 WAIT   C. WAIT   D. 三条命令都是

17. 设数据库已经打开，将数组中的数据复制到当前记录的各个字段中，应使用的命令是_____。

    A. GATHER FROM   B. SCATTER TO

    C. DIMENSION   D. APPEND FROM

18. 在下列命令中，用于输入字符型数据的是_____。

    A. ACCEPT   B. WAIT

    C. INPUT   D. 以上 3 个命令都可以

19. 有如下程序

```
SET TALK OFF
X = 15.68
Y1 = ROUND(X,1)
Y2 = INT(X)
Y = Y1 * Y2
? Y,Y1,Y2
```

此程序的执行结果是_____。

    A. 31 16 15   B. 30 15 15   C. 31 15 15   D. 30.7 15.7 15

20. 有如下程序

```
A = 10
IF A = 10
S = 0
```

```
ENDIF
S = 1
? S
```

上面的程序执行结果是_____。

A. 0   B. 1   C. 程序出错   D. 结果无法确定

21. 在下列语句中,不属于循环语句的是_____。

A. IF…ENDIF   B. DO…ENDDO

C. FOR…ENDFOR   D. SCAN…ENDSCAN

22. 在调试程序时,要查看模块程序中内存变量的当前取值和类型,则应在"调试器"窗口中打开的窗口是_____。

A. 监视窗口   B. 局部窗口   C. 跟踪窗口   D. 调用输出窗口

23. 有下列程序:

```
FOR I = 1 TO 6
    ?? I
ENDFOR
```

此程序的执行结果是_____。

A. 1   B. 6   C. 1 2 3 4 5 6   D. 6 5 4 3 2 1

24. 用 WAIT 命令给内存变量输入数据时,内存变量获得的数据为_____。

A. 任意长度的字符串   B. 一个字符串和一个回车符

C. 数值型数据   D. 一个字符

25.

```
SET TALK OFF
STORE 0 TO S
N = 20
DO WHILE N>S
S = S + N
N = N - 2
ENDDO
? S
RETURN
```

上述程序的运行结果是_____。

A. 0   B. 2   C. 20   D. 18

26. 在 Visual FoxPro 中,QUIT 命令用来_____。

A. 终止运行程序

B. 执行另外一个程序

C. 结束当前程序的执行,返回调用它的上一级程序

D. 退出应用程序

27. 可以通过单击"工具"菜单中"调试器"命令调用"调试器",也可以使用命令_____。

A. DEBUG   B. DEBUG OUT   C. OPEN   D. 以上都不对

28. 有程序如下：

```
SET TALK OFF
CLEAR
A = 2
DO WHILE .T.
   IF A> = 100
      EXIT
   ENDIF
A = A + 2
ENDDO
? A
SET TALK ON
RETURN
```

执行该程序后，语句 A＝A＋2 的执行次数与 A 的值分别是_____。

A. 98，98   B. 49，100   C. 98，102   D. 100，100

29. 有如下程序

```
SET TALK OFF
STORE 2 TO M ,N
DO WHILE M<14
   M = M + N
   N = N + 2
ENDDO
?M,N
SET TALK ON
RETURN
```

运行上述程序的输出结果是_____。

A. 22 10   B. 22 8   C. 14 8   D. 14 10

30. 运行下面的程序

```
I = 0
DO WHILE I<10
   IF INT(I/2) = I/2
      ?"偶数"
   ELSE
      ?"奇数"
   ENDIF
I = I + 1
ENDDO
```

语句"?"奇数""被执行的次数是_____。

A. 5   B. 10   C. 11   D. 6

7.2 填 空 题

1. 在 Visual FoxPro 中，要在程序中插入一个注释行，则该行应以_____和_____开头。

2. 已经建立了一个名为 A1. PRG 的程序文件,现在要调用它进行修改所用的命令是_____。

3. 在跟踪窗口设置断点时,可以双击要设置代码的左边灰色区域,或先将光标定位在该代码中,然后按_____键。

4. 下列程序段用一句命令可表示为_____。

```
DO CASE
    CASE CJ > = 90
        PY = "优秀"
    CASE CJ > = 60
        PY = "合格"
    OTHERWISE
        PY = "不合格"
ENDCASE
```

5. 说明公共变量的命令关键字是_____。

6. 以下程序的运行结果是_____。

```
x = 2
DO CASE
    CASE x>2
    y = 2
    CASE x>1
    Y = 1
ENDCASE
?y
```

7. 如果要指定默认的盘符和文件夹,应当使用_____命令进行设置。

8. 使用"调试器"调试程序时,用于显示正在调试的程序文件的窗口是_____。

9. 禁止在 Visual FoxPro 窗口中显示程序运行结果的命令为_____。

10. 有如下程序:

```
SET TALK OFF
S = 0
I = 1
DO WHILE I< = 10
S = S + I
I = I + 1
ENDDO
?I,S
SET TALK ON
RETURN
```

执行上述程序后,屏幕显示的结果是_____。

11. 要清除当前所有名字的第 2 个字符为 X 的内存变量,应该使用命令_____。

12. 在 Visual FoxPro 中,_____是指发现程序出错时,确定出错的位置并纠正错误。

13. 执行 FOR…ENDFOR 语句时,若步长为_____值,则循环条件为(循环变量) <=(终值);若步长为_____值,则循环条件为(循环变量)>(终值)。

14. 在程序中若命令需要分行书写,应在一行终了时输入续行符_____,在按回车键。

15. 用 LOCAL 命令建立局部变量,则变量的初值为_____。

16. 若调用过程文件 W11. PRG 中的一个过程 AA,则必须首先用_____命令打开这个过程文件,然后用_____命令运行它。

17. 用 DO 命令调用程序文件时,不能省略扩展名的是_____文件和_____文件。

18. 在 Visual FoxPro 中,_____语句是一种扩展的选择结构,使用这样的语句可以根据条件从多组代码中选择一组执行。

19. 在"命令"窗口中像执行程序一样一次执行多条命令,可以单击鼠标右键并在弹出的快捷菜单中选择_____。

20. 程序中的错误可以分为语法错误和_____错误两类。

21. 在简单的输入输出命令中,只能接收字符的命令是_____。

22. 在程序中直接使用(没有通过 PUBLIC 和 LOCAL 命令事先声明)而由系统自动隐含建立的变量都是_____变量。

23. 对于 FOR … ENDFOR 语句,短语 STEP <步长> 中的 <步长> 默认值为_____。

24. 在 Visual FoxPro 中,_____是为了完成某一具体任务而编写的一系列的命令和语句。

25. _____是指在程序中命令或语句执行的流程结构。

26. 在 Visual FoxPro 中,程序调试是指在发现程序有错误时,确定错误出现的_____并纠正错误。

27. 下面程序段的功能是计算长方形的面积,请将其补充完整。

```
X = 5
Y = 7
S = 0
DO _____ WITH X,Y,S
?S
PRODEDURE AREA

_____
S1 = X * Y
RETURN
```

28. 下面程序段的运行结果为_____。

```
STORE 0 TO X ,Y
DO WHILE .T.
    X = X + 1
    Y = Y + X
    IF X> = 100
        EXIT
    ENDIF
ENDDO
?"Y = " + STR(Y + 10)
```

29. 下面程序段的运行结果是_____。

```
STORE 0 TO X,Y
```

```
X = 5
Y = 6
X = X + Y
Y = X – Y
X = X – Y
? X
? Y
```

30. 保存程序文件的快捷键为_____。

7.3 编 程 题

1. 求 1~100 中偶数的和。

2. 求 $S=1/2+2/3+3/5+5/8+8/13+\cdots$ 的值,相加的项数由键盘输入指定。

3. 求数列 $1!,2!,3!,\cdots,n!$ 的前 10 项之和。

第8章 表 单

8.1 选 择 题

1. 在 Visual FoxPro 中，Unload 事件的触发时机是_____。

A. 释放表单　　　　B. 打开表单　　　　C. 创建表单　　　　D. 运行表单

2. 假设在表单设计器环境下，表单中有一个文本框且已经被选定为当前对象。现在从属性窗口中选择 Value 属性，然后在设置框中输入：={^2001-9-10}-{^2001-8-20}。请问以上操作后，文本框 Value 属性值的数据类型为_____。

A. 日期型　　　　B. 数值型　　　　C. 字符型　　　　D. 以上操作出错

3. 在表单设计中，经常会用到一些特定的关键字、属性和事件。下列各项中属于属性的是_____。

A. This　　　　B. ThisForm　　　　C. Caption　　　　D. Click

4. 能够将表单的 Visible 属性设置为. T. ，并使表单成为活动对象的方法是_____。

A. Hide　　　　B. Show　　　　C. Release　　　　D. SetFocus

5. 在下列对编辑框（EditBox）控制属性的描述中，正确的是_____。

A. SelLength 属性的设置可以小于 0

B. 当 ScrollBars 的属性值为 0 时，编辑框内包含水平滚动条

C. SelText 属性在做界面设计时不可用，在运行时可读写

D. Readonly 属性值为. T. 时，用户不能使用编辑框上的滚动条

6. 在下列对控件的描述中，正确的是_____。

A. 用户可以在组合框中进行多重选择

B. 用户可以在列表框中进行多重选择

C. 用户可以在一个选项组中选中多个选项按钮

D. 用户对一个表单内的一组复选框只能选中其中一个

7. 确定列表框内的某个条目是否被选定应使用的属性是_____。

A. Value　　　　B. ColumnCount　　　　C. ListCount　　　　D. Selected

8. 在 Visual FoxPro 中，运行表单 T1. SCX 的命令是_____。

A. DO T1　　　　　　　　　　　B. RUN FORM1 T1

C. DO FORM T1　　　　　　　　D. DO FROM T1

9. 在 Visual FoxPro 中，为了将表单从内存中释放（清除），可将表单中退出命令按钮的 Click 事件代码设置为_____。

A. ThisForm. Refresh　　　　　　B. ThisForm. Delete

C. ThisForm. Hide   D. ThisForm. Release

10. 假定一个表单里有一个文本框 Text1 和一个命令按钮组 CommandGroup1,命令按钮组是一个容器对象,其中包含 Command1 和 Command2 两个命令按钮。如果要在 Command1 命令按钮的某个方法中访问文本框的 value 属性值,下面哪个式子是正确的? _____。

A. ThisForm. Text1. value   B. This. Parent. value

C. Parent. Text1. value   D. this. Parent. Text1. value

11. 下面是关于表单数据环境的叙述,其中错误的是_____。

A. 可以在数据环境中加入与表单操作有关的表

B. 数据环境是表单的容器

C. 可以在数据环境中建立表之间的联系

D. 表单自动打开其数据环境中的表

12. 新创建的表单默认标题为 Form1,为了修改表单的标题,应设置表单的_____。

A. Name 属性   B. Caption 属性

C. Closable 属性   D. AlwaysOnTop 属性

13. 有关控件对象的 Click 事件的正确叙述是_____。

A. 用鼠标双击对象时引发   B. 用鼠标单击对象时引发

C. 用鼠标右键单击对象时引发   D. 用鼠标右键双击对象时引发

14. 关闭当前表单的程序代码是 ThisForm. Release,其中的 Release 是表单对象的_____。

A. 标题   B. 属性   C. 事件   D. 方法

15. 以下叙述与表单数据环境有关,其中正确的是_____。

A. 当表单运行时,数据环境中的表处于只读状态,只能显示不能修改

B. 当表单关闭时,不能自动关闭数据环境中的表

C. 当表单运行时,自动打开数据环境中的表

D. 当表单运行时,与数据环境中的表无关

16. 在 Visual FoxPro 中释放和关闭表单的方法是_____。

A. RELEASE B. CLOSE C. DELETE D. DROP

17. 在表单中为表格控件指定数据源的属性是_____。

A. DataSource B. RecordSource C. DataFrom D. RecordFrom

18. 在以下关于表单数据环境叙述中,错误的是_____。

A. 可以向表单数据环境设计器中添加表或视图

B. 可以从表单数据环境设计器中移出表或视图

C. 可以在表单数据环境设计器中设置表之间的关系

D. 不可以在表单数据环境设计器中设置表之间的关系

题 19～21 使用下图:

19. 如果在运行表单时,要使表单的标题显示"登录窗口",则可以在 Form1 的 Load 事件中加入语句_____。

A. THISFORM. CAPTION="登录窗口" B. FORM1. CAPTION="登录窗口"

C. THISFORM. NAME="登录窗口"   D. FORM1. NAME="登录窗口"

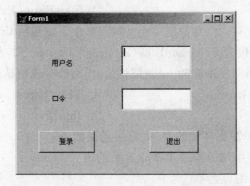

20. 如果想在运行表单时,向 Text2 中输入字符,回显字符显示的是"＊"是,则可以在 Form1 的 Init 事件中加入语句_____。

A. FORM1. TEXT2. PASSWORDCHAR="＊"

B. FORM1. TEXT2. PASSWORD="＊"

C. THISFORM. TEXT2. PASSWORD="＊"

D. THISFORM. TEXT2. PASSWORDCHAR="＊"

21. 假设用户名和口令存储在自由表"口令表"中,当用户输入用户名和口令并单击"登录"按钮时,若用户名输入错误,则提示"用户名错误";若用户名输入正确,而口令输入错误,则提示"口令错误"。若命令按钮"登录"的 Click 事件中的代码如下:

```
USE 口令表
GO TOP
flag = 0
DO WHILE .not.EOF()
IF Alltrim(用户名) == Alltrim(Thisform.Text1.value)
IF Alltrim(口令) = Alltrim(Thisform.Text2.value)
WAIT"欢迎使用"WINDOW TIMEOUT2
ELSE
WAIT"口令错误"WINDOW TIMEOUT2
ENDIF
flag = 1
EXIT
ENDIF
SKIP
ENDDO
IF
_____
WAIT"用户名错误"WINDOW TIMEOUT2
ENDIF
```

则在横线处应填写的代码是_____。

A. flag=－1   B. flag=0   C. flag=1   D. flag=2

22. 在下列关于表单若干常用事件的描述中,正确的是_____。

A. 释放表单时,UNLOAD 事件在 DEXTROY 事件之前引发

B. 运行表单时,INIT 事件在 LOAD 事件之前引发

C. 单击表单的标题栏,引发表单的 CLICK 事件

D. 上面的说法都不对

23. 假设某个表单中有一个命令按钮 cmdClose,为了实现当用户单击此按钮时能够关闭该表单的功能,应在该按钮的 Click 事件中写入语句_____。

A. ThisForm. Close
B. ThisForm. Erase
C. ThisForm. Release
D. ThisForm. Return

24. 假设表单上有一选项组:●男 ○ 女,其中第一个选项按钮"男"被选中。请问该选项组的 Value 属性值为_____。

A. . T.
B. "男"
C. 1
D. "男"或 1

25. 在 Visual FoxPro 中调用表单 mf1 的正确命令是_____。

A. DO mf1
B. DO FROM mf1
C. DO FORM mf1
D. RUN mf1

8.2 填 空 题

1. 在 Visual FoxPro 中,在运行表单时最先引发的表单事件是_____事件。

2. 在 Visual FoxPro 表单中,当用户使用鼠标单击命令按钮时,会触发命令按钮的_____事件。

3. 在 Visual FoxPro 中,假设表单上有一选项组:○男 ○女,该选项组的 Value 属性值赋为 0。当其中的第一个选项按钮"男"被选中,该选项组的 Value 属性值为_____。

4. 在 Visual FoxPro 表单中,用来确定复选框是否被选中的属性是_____。

5. 用来指定显示在复选框旁的文字的属性是_____。

6. 在表单中确定控件是否可见的属性是_____。

7. 在 Visual FoxPro 中,运行当前文件夹下的表单 T1. SCX 的命令是_____。

8. 运行表单时,Load 事件是在 Init 事件之_____被引发。

9. 在 Visual FoxPro 中释放和关闭表单的方法是_____。

10. 在 Visual FoxPro 的表单设计中,为表格控件指定数据源的属性是_____。

11. 在 Visual FoxPro 中为表单指定表题的属性是_____。

12. 在 Visual FoxPro 中,如果要改变表单上表格对象中当前显示的列数,应设置表格的_____属性值。

13. 在表单设计器中可以通过_____工具栏中的工具快速对齐表单中的控件。

14. 为使表单运行时在主窗口中居中显示,应设置表单的 AutoCenter 属性值为_____。

第9章 报 表

9.1 选 择 题

1. _____不可以作为报表的数据来源。

A. 自由表   B. 数据库表   C. 视图   D. 表结构

2. 分组/总计报表的总计是把数据源中所有记录中每个_____字段作总计。

A. 字符型   B. 数值型   C. 逻辑型   D. 日期型

3. 报表的列注脚是为了表示_____。

A. 总计或统计   B. 每页总计

C. 总结   D. 分组数据的计算机结果

4. 创建一对多报表要求保证两个数据表_____。

A. 可以是两个数据库的表

B. 可以是两个自由表

C. 可以是一个数据库中两个不相关的数据表

D. 必须是一个数据库中的两个一对多表

5. 在使用 set print on 命令接通打印机后,结果不能输出到打印机的命令组是_____。

A. use ss   B. use ss   C. use ss   D. ? "VCD"

     List   list to print   @3,3 say 姓名

6. 在创建快速报表时,基本带区包括_____。

A. 标题、细节和总结   B. 组标头、细节和组注脚

C. 页标头、细节和页注脚   D. 报表标题、细节和页注脚

7. 在 VFP 中添加域控件后,可以更改其数据类型和打印格式,域控件的数据类型包括_____。

A. 字符型、数值型、通用型   B. 字符型、日期型、通用型

C. 字符型、数值型、日期型   D. 日期型、字符型、逻辑型

8. 创建报表的命令是_____。

A. create view   B. create database

C. create report   D. create query

9. 在 VFP 中设计报表时,需要在报表中添加控件,以设计所要打印内容的格式。用于打印数据表或视图中的字段、变量和表达式的计算机结果的控件_____。

A. 域控件   B. 线条

C. 图片/ActiveX 控件　　　　　　　　D. 标签控件

10. 修改报表需要在_____环境下进行。

A. 报表向导　　　　　　　　　　　B. 报表设计器和报表向导都可以

C. 报表设计器　　　　　　　　　　D. 报表设计器和报表向导都可以

11. 在 Visual FoxPro 6.0 系统中,利用系统提供的_____可以创建一个格式简单的报表,然后在此基础上进行修改,可以达到快速构造所需报表的目的。

A. 报表设计器　　　　　　　　　　B. "快速报表"功能

C. 报表向导　　　　　　　　　　　D. 报表控件

12. 在 Visual FoxPro 6.0 系统中,一个报表可以设置多个数据分组,对报表进行数据分组后,报表中会自动出现两个带区_____。

A. 页标头和页注脚　　　　　　　　B. 组标头和组注脚

C. 行标头和行注脚　　　　　　　　D. 列标头和列注脚

13. 在 Visual FoxPro 6.0 系统中,设置报表为多栏报表必须在_____对话框中设置。

A. 页面设置　　　B. 数据环境　　　　C. 快速报表　　　D. 报表设计器

14. 在 Visual FoxPro 6.0 系统中,可以使用命令_____打印制定的报表。

A. do form ＜报表文件名＞

B. repot form ＜报表文件名＞ to print

C. report form ＜报表文件名＞ preview

D. 以上命令都可以实现

15. 报表标题要通过_____控件定义。

A. 域控件　　　　B. 标签　　　　　　C. 布局　　　　　D. 线条

9.2　填　空　题

1. 报表文件保存的是_____。

2. 报表是由_____和_____两部分组成。

3. 在报表中,打印输出内容的主要区是_____带区。

4. 报表布局是报表的_____。

5. 在 VFP 中设计报表,可以设置一个或多个数据分组,分组基于一个或多个字段组成的_____。

6. 常用的报表布局有_____、_____、_____和_____。

7. _____报表就是表中每条记录的各个字段,在页面上按水平方向分布。

8. "图片 ActiveX 绑定控件"按钮用于显示_____或_____内容。

9. 定位输出连通打印机的命令是_____。

10. 在 VFP 中,报表可以在打印机上输出,也可以选择系统菜单栏中"显示"菜单下的_____命令浏览。

第10章　　　　　菜　　　单

10.1　选　择　题

1. 关于菜单结构,错误的叙述的是_____。

A. 典型的菜单系统一般是一个下拉菜单

B. 下拉菜单由条形菜单和弹出式菜单组成

C. 菜单项名称和内部名称是一样的

D. 每选择一个菜单项,就会产生一个动作

2. 在命令窗口,可以用 do 命令运行菜单程序的扩展名为_____。

A. mpr　　　　　　B. fmt　　　　　　C. frm　　　　　　D. mnx

3. 在 Visual FoxPro 6.0 系统中,可以在_____中指定菜单的快捷键。

A. 结果　　　　　　B. 菜单级　　　　　C. 菜单项　　　　　D. 提示选项

4. 将一个预览成功的菜单存盘,在运行该菜单时却不能执行。这是因为_____。

A. 没有编入程序　　　　　　　　　B. 没有生成程序

C. 没有使用命令　　　　　　　　　D. 没有放到项目中去

5. 在 Visual FoxPro 6.0 系统中,在代码中引用的是条形菜单的_____。

A. 内部名称　　　B. 名称　　　　　C. 标题　　　　　D. 选项序号

6. 在 Visual FoxPro 6.0 系统中设计快捷菜单时,快捷菜单一般从属于某个界面对象,一般在选定对象的_____事件中添加调用快捷菜单程序的命令。

A. Click　　　　　B. Dblclick　　　　C. Load　　　　　D. rightClick

7. 在 Visual FoxPro 6.0 系统中,为顶层表单添加下拉式菜单时,需要将表单的 ShowWindow 属性值定义为_____。

A. 2　　　　　　　B. 3　　　　　　　C. 4　　　　　　　D. 5

8. 要使文件菜单项用 F 作为访问快捷键,可有_____定义该菜单标题。

A. 文件(F)　　　B. 文件(>/F)　　　C. 文件(\<F)　　　D. 文件(/<F)

9. 在 VFP 中,可以利用系统菜单中的"显示"菜单下的_____命令来定义菜单系统的总体属性。

A. 菜单选项　　　B. 提示选项　　　C. 常规选项　　　D. 其他选项

10. VFP 支持的下拉式菜单由弹出式菜单和_____组成。

A. 主菜单　　　　B. 子菜单　　　　C. 快捷式菜单　　　D. 条形菜单

11. Visual FoxPro 6.0 中,当所有的模块分别调试成功后,对整个项目进行联合调试并编译,这个过程叫做_____。

A. 连接　　　　　B. 关联　　　　　C. 连编　　　　　D. 组装

12. Visual FoxPro 6.0 中,项目文件的扩展名为_____。

A. prg　　　　　B. pjx　　　　　C. dbf　　　　　D. app

13. 在一个系统中,若使用全局变量,最好在_____中定义。

A. 主程序　　　　B. 表单　　　　C. 菜单　　　　D. 工具栏

14. 不属于一个应用系统数据库设计的工作是_____。

A. 收集数据　　　B. 分析数据　　　C. 建立关联　　　D. 系统设计

10.2　填　空　题

1. 菜单系统是由菜单、_____、_____和菜单标题组成。

2. 菜单栏用于放置多个_____。

3. 在 VFP 中进行菜单设计时,通过_____命令可以允许或者禁止在程序执行时访问系统菜单,或重新配置系统菜单。

4. 在应用程序中,一般以_____方式列出其功能。

5. 每个菜单项都可以放置一个热键,热键通常是一个_____。

6. 在 Visual FoxPro 6.0 系统中,一般通过菜单设计器设计菜单,菜单设计器中的"结果"开中可选项为_____、过程、_____和填充名称或菜单项。

7. 在某些界面对象上用鼠标右键单击会弹出一个快捷菜单供用户选择,快捷菜单是由一个或一组_____组成的。

8. 应用系统一般都可以利用菜单进行操作,菜单的任务可以是执行一个过程、执行一条命令_____。

9. 在 Visual FoxPro 6.0 系统中,菜单设计器中的"选项"可以用来定义菜单项的_____。

10. 在 Visual FoxPro 6.0 中,利用项目管理器进行项目连编时,应用程序可以连编生成的文件形式有两种,其扩展名分别是_____、_____。

11. 在 Visual FoxPro 6.0 中,利用"项目管理器"为项目添加数据库,需要在"项目管理器"对话框的_____选项卡中单击_____按钮。

参考答案

第1章

1.1 选择题

1. D 2. B 3. C 4. C 5. A 6. D 7. A 8. B 9. C 10. C 11. A 12. D 13. A 14. A 15. A 16. A 17. B 18. B 19. D 20. D

1.2 填空题

1. 层次模型、网状模型、关系模型
2. 数据库应用系统
3. 表
4. 32、关系模型
5. 数据库管理系统、DBMS
6. 主关键字
7. 自然连接
8. 一对多

第2章

2.1 选择题

1. A 2. C 3. C 4. D 5. D 6. D 7. B 8. D 9. B 10. A

2.2 填空题

1. QUIT
2. PJX
3. 设计器、生成器、向导
4. 数据库、表、查询
5. 表单、报表、标签
6. 程序
7. 菜单、文本文件
8. 工具、选项

第3章

3.1 选择题

1. D 2. D 3. C 4. C 5. D 6. B 7. B 8. D 9. A 10. B 11. A 12. D 13. C 14. B 15. D 16. A 17. C 18. D 19. C 20. A 21. B 22. B 23. B 24. C 25. A 26. B 27. D 28. B 29. A 30. B 31. C 32. A 33. D 34. C 35. C 36. B 37. D 38. D 39. A 40. D 41. C 42. D 43. C 44. C 45. A

46．A 47．A 48．B 49．A 50．C

3.2 填空题

1．DIMENSION、DECLARE

2．真、假

3．定义、使用

4．.f.

5．你 123

6．DE

7．字符型

8．－2

9．1

10．50

11．10

12．8

13．0

14．GOODGIRLBOY

15．280

16．STORE 20 TO A1，A2

17．389．75、390、400、78、0、－78．56

18．1．、F．、F．、1．、T．、F．、9．、F．、F．、F．、T．、10

19．.T．、F．、T．、F．、F．、T．、F．、F．

20．后

21．6

22．数值

23．0

24．6

25．0

26．.T．、F．

27．RIGHT、LEFT

28．年龄、45

29．11

30．N、C

第4章

4.1 选择题

1．B 2．D 3．D 4．C 5．D 6．C 7．B 8．D 9．A 10．C 11．A 12．A
13．D 14．C 15．B 16．C 17．B 18．C 19．A 20．A 21．A 22．A 23．B
24．A 25．B 26．C 27．B 28．C 29．A 30．A 31．B 32．B 33．A 34．A
35．C 36．B 37．A 38．A 39．D 40．D 41．C 42．B 43．C 44．D 45．B

46. A   47. B   48. B   49. D   50. C   51. A   52. A   53. B   54. D   55. C

56. B   57. A   58. A   59. C   60. C   61. A   62. A   63. C   64. C   65. C

66. C   67. C   68. D   69. B   70. A   71. B   72. C   73. B   74. B   75. B

76. C   77. A   78. D   79. B   80. A   81. C   82. A   83. D   84. D   85. C

86. D   87. A   88. C   89. A   90. B   91. B   92. D   93. D   94. A   95. D

96. D   97. B   98. D   99. B   100. C

4.2 填空题

1. 实体完整性、域完整性、参照完整性

2. 主索引、候选索引、域完整性

3. 临时

4. 永久

5. 逻辑

6. 查询、更新

7. 数据库

8. 1、多、多

9. 多、1、SET DATABASE TO

10. CLEAR

11. 绝对、相对、L

12. 永久、级联、限制

13. APPEND BLAN K

14. 32767

15. SET ORDER TO XUEHAO、DELE TAG XUEHAO

16. 实体

17. 关联

18. SELECT 3

19. MODIFY STRUCT

20. 升序、降序

第 5 章

5.1 选择题

1. C   2. D   3. B   4. A   5. C   6. D   7. D   8. B   9. B   10. B   11. A   12. D

13. D   14. A   15. C   16. D   17. D   18. B   19. C   20. C   21. B   22. A   23. B

24. D   25. C   26. A   27. D   28. B   29. D   30. D

5.2 填空题

1. 数据库

2. qpr

3. 查询条件

4. 本地视图、远程视图

5. 浏览窗口

6. 打开

7. 连接

8. 杂项

9. 连接　连接

10. 基本表

11. 使用 SQL 语句操作视图

12. 基本表

13. 数据库

14. MODIFY VIEW ＜文件名＞

15. 表

16. 数据库　视图名　浏览

17. 连接条件

18. 更新

19. INTO CURSOR

20. 表、查询

第 6 章

6.1　选择题

1. D　2. B　3. A　4. A　5. D　6. C　7. D　8. C　9. C　10. D　11. C

12. B　13. C　14. D　15. A　16. B　17. C　18. A　19. C　20. C　21. A

22. B　23. C　24. A　25. B　26. A　27. D　28. A　29. D　30. C

6.2　填空题

1. UPDATE WHERE

2. DELETE

　　FROM

3. GROUP BY 课程号

4. Y

5. DROP　VIEW

6. IS NULL

7. ＊＝,＝＊

8. JOIN,普通连接,内部连接

9. 两个表中的记录不管是否满足连接条件都将在目标表或查询结果中出现,不满足连接条件的记录对应部分为 NULL

10. 插入,更新,删除

11. LIKE,＊,?

12. ADD,ALTER

13. BETWEEN, IN

14. COUNT, SUM, AVG, MAX,MIN

15. INTO ARRAY Array Name

16. SOME，WHERE

17. TO A

18. WHERE，GORUP BY，ORDER BY，DISTINCT

19. PRIMARY KEY…TAG，REFERENCES…TAG

20. DELETE，DROP

21. 一

22. 简单查询，SELECT，FROM，SELECT，FROM，WHERE

23. 查询，SELECT 命令，SELECT…FROM…WHERE 查询块

24. 交互式 SQL，嵌入式 SQL

25. 删除索引

26. !=

27. UNIQUE

28. SELECT 命令

29. INTO CURSOR，INTO TABLE，INTO ARRAY，TO FILE…ADDITVE

30. CHECK

第 7 章

7.1 选择题

1. C 2. D 3. B 4. C 5. B 6. C 7. A 8. C 9. C 10. C 11. C
12. D 13. A 14. D 15. C 16. A 17. C 18. D 19. D 20. B 21. A
22. B 23. C 24. D 25. C 26. D 27. A 28. B 29. C 30. A

7.2 填空题

1. NOTE *

2. MODIFY COMMAND A1. PRG

3. F9

4. PY＝IIF(CJ＞＝90,"优秀",IIF(CJ＞＝60,"合格","不合格"))

5. PUBLIC

6. 1

7. SET DEFAULT

8. 跟踪窗口

9. SET TALK OFF

10. 11 55

11. RELEASE ALL LIKE ?X *

12. 程序调试

13. 正,负

14. ;

15. 逻辑假(. F.)

16. SET PROCEDURE TO W11, DO AA

17. 查询,菜单

18. 分支(DO CASE…ENDCASE)

19. 运行所选区域

20. 逻辑

21. ACCEPT

22. 私有

23. 1

24. 程序

25. 程序结构

26. 位置

27. AREA；PARAMETERS X，Y，S1

28. Y＝5050

29. 6　　5

30. Ctrl＋S

7.3　编程题

1.

```
AA = 0
FOR I = 2 TO 100 STEP 2
AA = AA + I
ENDFOR
? AA
RETURN
```

2.

```
INPUT "请输入项数" TO N
S = 0
A = 1
B = 2
I = 1
T = A/B
DO WHILE I< = N
  S = S + T
  I = I + 1
  C = A
  A = B
  B = C + B
  T = A/B
ENDDO
?S
```

3.

```
SUM = 0
TEMP = 1
FOR N = 1 TO 10
    TEMP = TEMP * N
    SUM = SUM + TEMP
```

```
ENDFOR
?SUM
```

第8章

8.1 选择题

1. A　2. A　3. C　4. B　5. C　6. B　7. D　8. C　9. D　10. A　11. B
12. B　13. B　14. D　15. C　16. A　17. B　18. D　19. A　20. D　21. B
22. D　23. C　24. D　25. C

8.2 填空题

1. LOAD

2. CLICK

3. 1 或"男"

4. value

5. CAPTION

6. VISIBLE

7. DO FORM T1

8. 前

9. Release 方法

10. RecordSource

11. Caption

12. COLUMNCOUNT

13. 布局

14. .t.

第9章

9.1 选择题

1. D　2. B　3. A　4. D　5. C　6. C　7. C　8. C　9. A　10. C　11. B　12. B
13. A　14. B　15. B

9.2 填空题

1. 报表格式的定义

2. 数据源、报表布局

3. 细节

4. 输出格式

5. 分组表达式

6. 列报表、行报表、多栏报表、一对多报表

7. 列

8. 通用型字段

9. set device to print

10. 预览

第 10 章

10.1 选择题

1. C 2. A 3. D 4. B 5. A 6. D 7. A 8. C 9. C 10. D 11. C 12. B
13. A 14. D

10.2 填空题

1. 菜单项、菜单栏

2. 菜单标题

3. set sysmenu

4. 菜单

5. 字符

6. 命令、子菜单

7. 弹出式菜单

8. 激活另一个菜单

9. 属性

10. app、exe

11. 数据、添加

第 二 篇

实 验 篇

第11章 Visual FoxPro 的安装与使用

数据库技术是近年来计算机科学技术中发展最快的领域之一，它已成为计算机信息系统与应用系统的核心技术和重要基础。本章介绍的是 Visual FoxPro 6.0 的安装、启动、基本使用方法、退出等基本操作，为以后使用 Visual FoxPro 打下坚实的基础。

11.1 Visual FoxPro 的安装与启用

11.1.1 Visual FoxPro 的安装步骤

Visual FoxPro 6.0 的安装操作如下。

(1) 将 Visual FoxPro 6.0 的系统光盘插入光盘驱动器或下载 Visual FoxPro 6.0 的安装程序，找到 SETUP.EXE，双击该文件，运行安装向导，如图 11-1 所示。

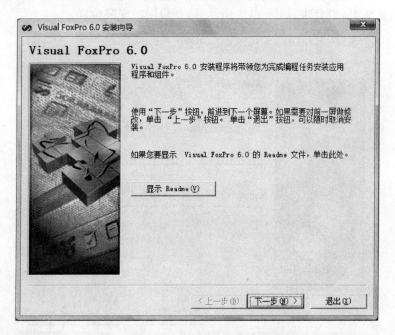

图 11-1　Visual FoxPro 6.0 的安装过程(1)

(2) 按照安装向导的提示，单击"下一步"按钮进行安装，系统提问是否接受协议，选择"接受协议"，如图 11-2 所示。

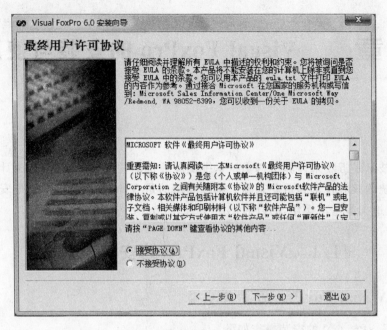

图 11-2　Visual FoxPro 6.0 的安装过程(2)

（3）单击"下一步"按钮，显示如图 11-3 所示，输入产品的 ID 号，然后再单击"下一步"按钮，计算机确认 ID 号合法，如图 11-4 所示，选择程序的安装位置。

图 11-3　Visual FoxPro 6.0 的安装过程(3)

（4）单击"下一步"按钮，显示协议如图 11-5 所示。单击"继续"按钮，则显示提示画面，如图 11-6 所示。

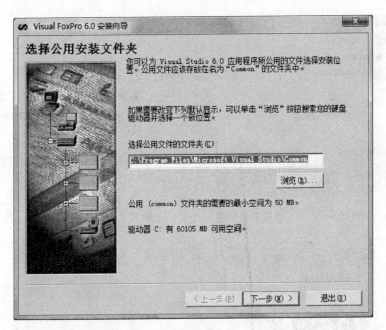

图 11-4　Visual FoxPro 6.0 的安装过程(4)

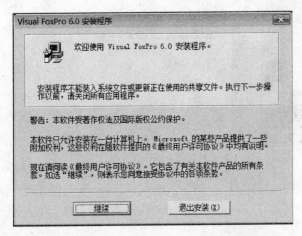

图 11-5　Visual FoxPro 6.0 的安装过程(5)

(5) 安装程序要求用户选择安装方式(典型安装、自定义安装),如图 11-7 所示。选用典型安装进行安装,单击"典型安装"按钮就开始安装了。

图 11-6　Visual FoxPro 6.0 的
安装过程(6)

(6) 程序安装成功,如图 11-8 所示,单击"确定"按钮,程序安装完毕。

(7) 安装向导会提示是否安装 MSDN 组件(Visual FoxPro 6.0 的帮助文档),如图 11-9 所示。如不安装,单击"退出"按钮,则 Visual FoxPro 6.0 的帮助信息菜单的大部分内容将是不可用的。

Visual FoxPro 的安装与使用

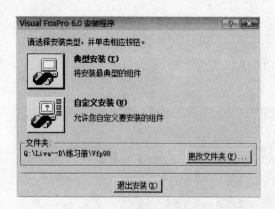

图 11-7 Visual FoxPro 6.0 的安装过程(7)　　　　图 11-8 Visual FoxPro 6.0 的安装过程(8)

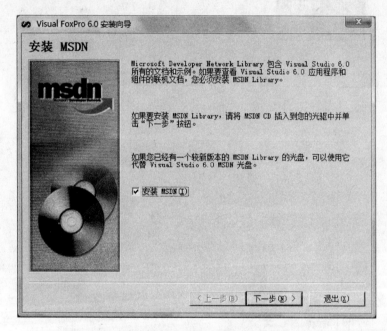

图 11-9 Visual FoxPro 6.0 的安装过程(9)

11.1.2 Visual FoxPro 的启动和退出

Visual FoxPro 6.0 的启动操作有如下几种方法:

(1) 使用 Windows 的系统菜单。用鼠标单击"开始"按钮,指向"程序",再单击 Microsoft Visual FoxPro 6.0 命令,如图 11-10 所示。

如果是第一次进入 Visual FoxPro 6.0,则系统将显示一个全屏欢迎界面,如图 11-11 所示。由于该界面可以不显示,选择"以后不再显示此屏"复选框,并且关闭当前窗口,则下次启动时,系统将不再显示该欢迎界面。

(2) 双击桌面上的 Visual FoxPro 6.0 图标,如图 11-12 所示。

(3) 找到 Visual FoxPro 6.0 安装后的文件夹 VFP98,打开此文件夹,找到可执行文件 VFP6.EXE,如图 11-13 所示。

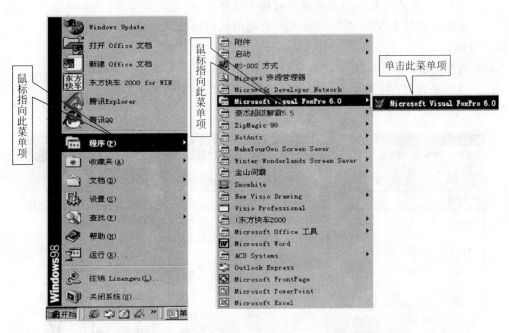

图 11-10　从开始菜单启动 Visual FoxPro 6.0

图 11-11　欢迎界面

Visual FoxPro 的安装与使用

Visual FoxPro 6.0 系统的退出操作有如下几种方法：

（1）鼠标左键单击 Visual FoxPro 6.0 标题栏最后面的关闭窗口按钮。

图 11-12　Visual FoxPro 6.0 的快捷键

（2）选择"文件"→"退出"菜单命令，如图 11-14 所示。

（3）单击主窗口左上方的狐狸图标，从窗口下拉菜单中选择"关闭"，或者按 Alt＋F4 键，如图 11-15 所示。

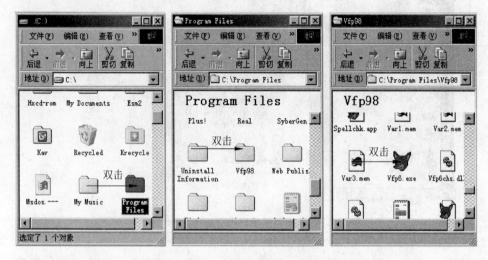

图 11-13　从安装文件夹启动 Visual FoxPro 6.0

（4）在命令窗口中输入 QUIT 命令，按 Enter 键，如图 11-16 所示。

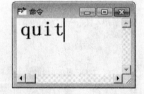

图 11-14　"文件"菜单　　　　图 11-15　窗口下拉菜单　　　　图 11-16　命令窗口

11.1.3　Visual FoxPro 的配置

Visual FoxPro 6.0 默认目录的设置：

（1）选择"工具"→"选项"菜单命令，出现"选项"对话框，在"选项"对话框中选择"文件位置"选项卡，如 11-17 图所示。

（2）在文件类型中选"默认目录"，按"修改"按钮，或者直接双击"默认目录"，弹出如图 11-18 所示的"更改文件位置"对话框，如果"使用默认目录"复选框没有处于选中状态，则选中"使用默认目录"复选框，激活"定位默认目录"文本框。然后直接输入路径，或者单击文

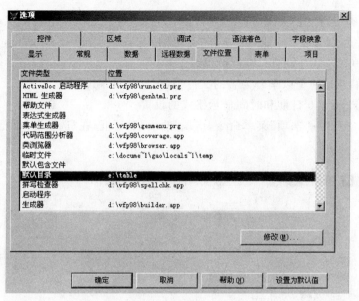

图 11-17 "文件位置"选项卡

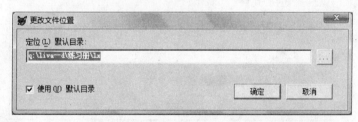

图 11-18 "更改文件位置"对话框

图 11-19 "选择目录"对话框

本框右侧的"…"按钮,出现如图 11-19 所示的"选择目录"对话框,选中文件夹之后按"选定"按钮。单击"确定"按钮关闭"更改文件位置"对话框。

(3) 单击"确定"按钮,关闭"选项"对话框,所更改的设置仅在本次系统运行期间有效。或者单击"设置为默认值"按钮,再单击"确定"按钮,关闭"选项"对话框,以后每次启动 Visual FoxPro 6.0 时所做的更改继续有效。

建议同学们新建一个以学号为名的文件夹,把默认目录设到该文件夹。

Visual FoxPro 6.0 日期和时间显示格式的设置:

(1) 选择"工具"→"选项"菜单命令,出现"选项"对话框,在"选项"对话框中选择"区域"选项卡,如图 11-20 所示。

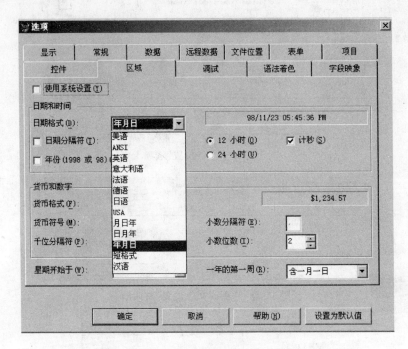

图 11-20 "区域"选项卡

(2) 在"区域"选项卡中,可以设置日期和时间的显示方式。

Visual FoxPro 6.0 其他工作环境的设置:

(1) 选择"工具"→"选项"菜单命令,出现"选项"对话框,在"选项"对话框中选择"数据"选项卡。

(2) 使用"表单"、"显示"等选项卡的方式与此相同。

11.2 Visual FoxPro 的设计基础

11.2.1 Visual FoxPro 的用户界面

进入中文 Visual FoxPro 6.0 后,显示如图 11-21 所示的用户界面。Visual FoxPro 6.0 系统的主界面由以下部分组成:标题栏、菜单栏、工具栏、命令窗口、工作区窗口和状态栏。

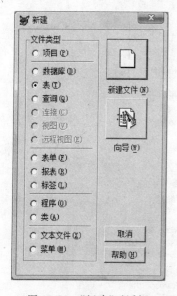

图 11-21　Visual FoxPro 6.0 的系统主界面

11.2.2　Visual FoxPro 的菜单

打开系统菜单栏中的"文件"菜单,将显示如图 11-14 所示的下拉菜单。

新建菜单项的使用(以新建 Accounts 表为例):

(1)选择"文件"→"新建"菜单命令或用快捷键 Ctrl+N。将显示系统的"新建"对话框,在文件类型中选择"表",如图 11-22 所示。

(2)可以选择"新建文件"利用设计器来创建新文件,也可以选择"向导"利用向导来创建新文件。为了简单,选择"向导",进入"表向导"步骤 1,"样表"选择 Accounts,在"可用字段"中随意选几个字段,如图 11-23 所示,然后单击"完成"按钮。

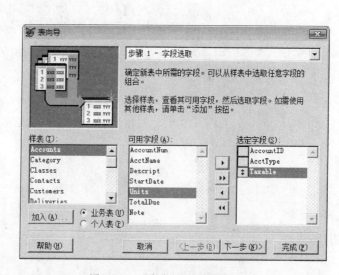

图 11-22　"新建"对话框　　　　图 11-23　"表向导"步骤 1 对话框

(3)直接跳到步骤 4,选择"保存表,然后浏览该表"单选按钮,如图 11-24 所示,单击"完成"按钮。将会弹出如图 11-25 所示的窗口,"输入表名"位置的表名刚好是 Accounts 不用修改,单击"保存"按钮。

(4)将显示刚刚新建的 Accounts 表如图 11-26 所示,并且出现"表"菜单,如图 11-27 所示。"表"菜单的功能将在以后的章节介绍。

Visual FoxPro 的安装与使用

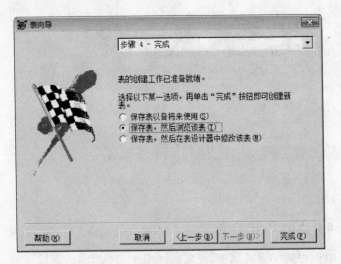

图 11-24 "表向导"步骤 4 对话框

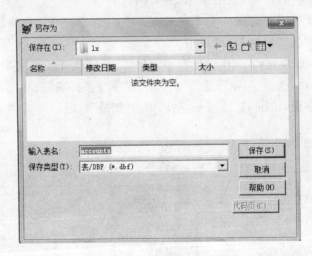

图 11-25 "另存为"对话框

图 11-26 Accounts 表

图 11-27 "表"菜单

由图 11-25 可知,新建的表 Accounts,已存储到图 11-19 所示的默认路径里了,方便以后的操作。

　　新建菜单项的使用(以新建 Books 数据库为例):

　　(1) 选择"文件"→"新建"菜单命令或用快捷键 Ctrl+N。将显示系统的"新建"对话框,在文件类型中选择"数据库",如图 11-22 所示。

　　(2) 为了简单,选择"向导",进入"数据库向导"步骤 1,在"选择数据库"下选择 Books,如图 11-28 所示,单击"完成"按钮。

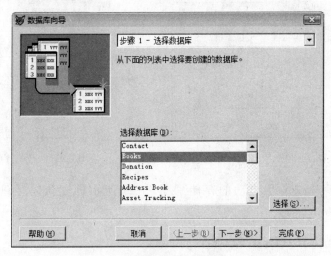

图 11-28　"数据库向导"步骤 1 对话框

　　(3) 直接跳到步骤 5,选择"保存数据库,然后在数据库设计器中进行修改"单选按钮,如图 11-29 所示,单击"完成"按钮,将会弹出"另存为"对话框,数据库名是 Books 不用修改,单击"保存"按钮。

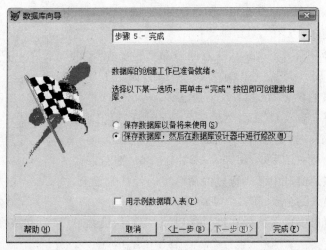

图 11-29　"数据库向导"步骤 5 对话框

　　(4) 将显示刚刚新建的 Books 数据库设计器如图 11-30 所示,并且出现"数据库"菜单,如图 11-31 所示。"数据库"菜单的功能将在以后的章节介绍。

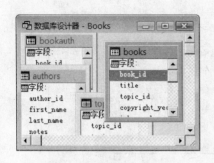

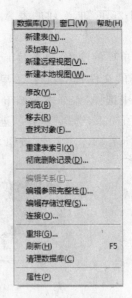

图 11-30　数据库设计器　　　　　　　图 11-31　"数据库"菜单

新建的数据库 Books,也自动的存储到图 11-19 所示的默认路径里了,方便以后的操作。

11.2.3　Visual FoxPro 的命令窗口

命令窗口显示与隐藏的操作有如下几种方法:

(1) 单击命令窗口右上角的"关闭"按钮可关闭它,可以通过"窗口"→"命令窗口"菜单命令重新打开。

(2) 单击"常用"工具栏上的命令窗口按钮 ，按下则显示,弹起则隐藏命令窗口。

(3) Ctrl+F4 键隐藏命令窗口;按 Ctrl+F2 键显示命令窗口。

命令窗口的使用:

(1) 在命令窗口输入?date(),注意问号和括号要在英文状态下输入,然后按 Enter 键。将显示系统的日期,如图 11-32 所示。日期显示格式的设置如图 11-20 所示。

(2) 在命令窗口输入 QUIT,然后按 Enter 键,将退出系统。

在命令窗口操作时,应注意以下几点:

(1) 每行只能写一条命令,每条命令均以 Enter 键结束。

图 11-32　显示系统日期

(2) 将光标移到窗口中已执行过的命令行的任意位置上,按 Enter 键将重新执行。

(3) 清除刚输入的命令,可以按 Esc 键。

(4) 在命令窗口中单击鼠标右键,可以显示一个快捷菜单,可以完成命令窗口和其他窗口编辑操作。

11.2.4　Visual FoxPro 的工具栏

显示和隐藏工具栏的操作有如下几种方法:

(1) 选择"显示"→"工具栏"菜单命令,系统将显示如图 11-33 所示的对话框。"工具栏"列下前面有叉号的工具栏项目已经显示,没有叉号的已经隐藏,可以通过鼠标左键确定显示和隐藏相应的工具栏项目,再按"确定"按钮。

（2）在系统主菜单下工具栏位置中的空白区域或各工具栏的间隙区域单击鼠标右键,系统将显示如图 11-34 所示的上下文相关快捷菜单。其中,有"√"标记的工具栏项目表示已经显示在桌面上,没有"√"标记的已经隐藏,可以通过鼠标左键确定显示和隐藏相应的工具栏项目。

图 11-33 "工具栏"对话框

图 11-34   工具栏位置单击鼠标右键
弹出的上下文相关菜单

修改工具栏的操作：
（1）选择"显示"→"工具栏"菜单命令,将显示如图 11-33 所示的对话框。
（2）按"定制"按钮,弹出如图 11-35 所示的对话框。

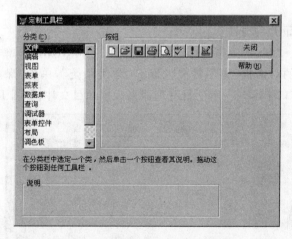

图 11-35 "定制工具栏"对话框

（3）选择工具栏的类别,用鼠标按住所需的按钮,并将它拖动到系统工具栏上任意类的任意位置,这样可以向工具栏添加按钮。

（4）如果不需要工具栏中的某一按钮,可以用同上面相反的方法,在系统工具栏中,按住该按钮,并将它拖离工具栏即可。

新建工具栏的操作：

Visual FoxPro 的安装与使用

（1）选择"显示"→"工具栏"菜单命令，将显示如图 11-33 所示的对话框。选择"新建"按钮，系统将显示如图 11-36 所示的对话框。

（2）输入工具栏的名字之后，按"确定"按钮，将显示新建的工具栏。可以发现，该工具栏的内容是空的。加入按钮的方式同定制时采用的拖动方法完全一样。请同学们定制如图 11-37 所示的工具栏。

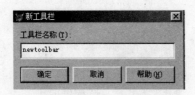

图 11-36　定制新的工具栏　　　　图 11-37　向新的工具栏添加按钮

定制工具栏的显示方式：

（1）如果需要把固定在工具栏上的工具栏变成浮动显示，把鼠标定位在该工具栏中按钮之间的间隙位置，然后拖动该工具栏离开工具栏区域即可。

（2）如果需要把浮动工具栏变成显示在工具栏位置的固定工具栏，可以把鼠标定位在该工具栏小窗口的窗口标题上，然后拖动该工具栏窗口到工具栏区域，直到出现单条的矩形框时松开鼠标，你就会发现该工具栏的显示已经成为固定工具栏的一部分了。

11.3　项目管理器

11.3.1　创建项目

创建项目的有如下几种方法：

（1）选择"文件"→"新建"菜单命令，在文件类型中选择"项目"，单击"新建文件"按钮，弹出如图 11-38 所示的对话框，为项目文件取名"学生系统"，单击"保存"按钮。在 Visual FoxPro 6.0 系统的窗口中出现一个项目管理器来表示项目文件，如图 11-39 所示。

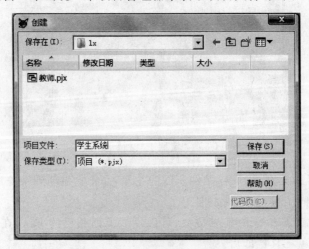

图 11-38　"创建"对话框

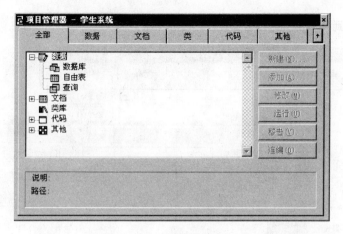

图 11-39　"项目管理器"对话框

（2）在命令窗口输入：CREATE PROJECT＜项目文件名＞，如 CREATE PROJECT 学生系统。

11.3.2　打开和关闭项目管理器

打开项目文件有如下几种方法：

（1）选择"文件"→"打开"菜单命令，"文件类型"选择"项目"，然后选中或输入要打开项目的文件名，单击"确定"按钮。

（2）在命令窗口中输入：MODIFY PROJECT＜项目名＞，如 MODIFY PROJECT 学生系统。

（3）直接找到项目文件存储的位置，双击项目文件。

关闭项目文件直接单击项目管理器右上的 ×̲ 。

11.3.3　项目管理器的使用

（1）创建文件：以新建"教师"数据库为例。首先选定"全部"选项卡，通过鼠标的单击使数据前的加号变为减号以展开"数据"或选择"数据"选项卡，然后选中"数据库"，选择"新建"按钮，如图 11-40 所示。接下来的操作同用"新建"菜单建数据库的操作。此时新建的数

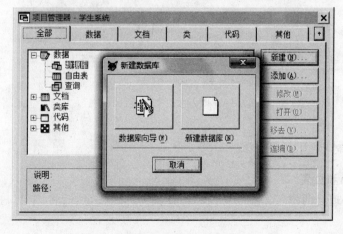

图 11-40　"新建数据库"对话框

Visual FoxPro 的安装与使用

据库会自动添加到项目管理器中,如图 11-41 所示。

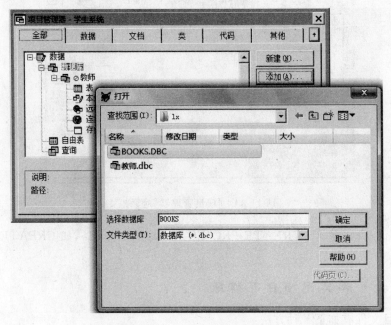

图 11-41 "添加"按钮的使用

(2) 添加文件:把用菜单建立的数据库 BOOKS 添加到项目里。选择"全部"选项卡中"数据"或"数据"选项卡,然后选择"数据库",单击"添加"按钮,将显示如图 11-41 所示,选择 BOOKS,然后选择"确定"按钮。

(3) 修改文件:选定一个已有的文件再选择"修改"按钮。

(4) 移去文件:移去刚刚添加的 BOOKS 数据库。选定 BOOKS 数据库,再选择"移去"按钮,将显示如图 11-42 所示的提示框,选择"移去"按钮,这时 BOOKS 数据库只是从项目中移去,并没有从磁盘中删除;如果要从磁盘中删除文件,则选择"删除"按钮。

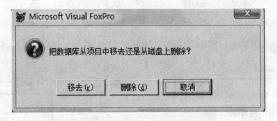

图 11-42 移去文件提示框

11.3.4 定制项目管理器

1. 改变大小和位置

改变项目管理器的位置:可以将鼠标指针指向标题栏,然后将该窗口拖到屏幕上的其他位置。

改变项目管理器的大小:可以将鼠标指针指向该窗口的顶端、底端、两边或角上,然后拖动鼠标即可增大或减少它的尺寸。

2. 折叠项目管理器

单击窗口右上角的向上的箭头,可折叠项目管理器。这样可以节省屏幕空间。折叠之后,以前的箭头改变方向朝下,鼠标再单击它,展开项目管理器,回到它原来的样子,如图 11-43 所示。

图 11-43　折叠项目管理器

3. 分离项目管理器

在折叠项目管理器之后,可把其中的一个标签,用鼠标将它拖离项目管理器。如要还原标签,则可单击标签上的 X 按钮,或是将标签拖回到项目管理器中。如果希望某一标签始终显示在多窗口屏幕的最外层,则可以单击标签上的图钉图标,这样,该标签就会始终保留在其他 Visual FoxPro 6.0 窗口的上面。再次单击图钉图标可以取消标签的"顶层显示"设置,如图 11-44 所示。

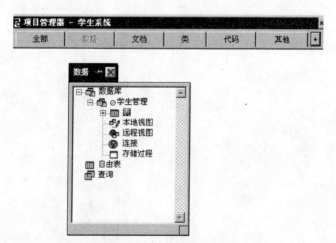

图 11-44　分离项目管理器

4. 停放项目管理器

可以用鼠标拖动项目管理器的标题栏到 Visual FoxPro 6.0 主窗口的菜单栏和工具栏附近,项目管理器变成了系统工具栏的一个工具条。可以用鼠标把项目管理器从工具栏拖出来,如图 11-45 所示。

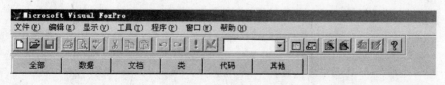

图 11-45　停放项目管理器

Visual FoxPro 的安装与使用

11.4 练 习 题

1. 练习安装 Visual FoxPro 6.0 集成环境。

2. 掌握 Visual FoxPro 6.0 的启动与退出。

3. 熟悉 Visual FoxPro 6.0 集成环境,包括主窗口、系统菜单、工具栏、命令窗口、状态栏、帮助系统等。

4. 创建一个项目文件并以"我的项目.pjx"为文件名保存在磁盘中。

第12章 函数、命令与表达式

Visual FoxPro 提供了一套方便实用的数据库管理开发语言，虽然可以使用 Visual FoxPro 界面来执行许多数据库任务以及开发用于分类、跟踪和处理数据信息的应用程序，但是，要想掌握 Visual FoxPro 的强大功能，需要更深入地了解 Visual FoxPro 编程语言。

与其他编程语言一样，Visual FoxPro 允许用户操作多种数据类型，如数字和字符串。这些数据类型可以被存于表、数组、变量和数据容器中。可以使用操作符来操作数据，如数学运算符、逻辑运算符等。此外，Visual FoxPro 还提供了一个丰富的命令和函数集合来维护、显示和管理数据。

Visual FoxPro 开发环境具有很好的交互能力，许多命令和函数可以直接在其命令窗口中解释和执行，并从主窗口中显示执行结果。

12.1 数 据 类 型

在 Visual FoxPro 中所有的数据都有自身的类型，称为数据类型。它用于描述和规定 Visual FoxPro 数据可能取值的范围和大小（长度）。Visual FoxPro 有严格的数据类型，清楚地认识它们，是有效管理数据的前提。

表 12-1 给出了一个二维表的例子，数据标识关键字分别是 SNO、NAME、AGE、SEX、MAJOR。其中，"0201"、"李小明"、"20"、"男"、"英语教育"是一条记录的相应内容，Visual FoxPro 中就可称之为数据。Visual FoxPro 的数据类型如表 12-2 和表 12-3 所示。

表 12-1 Visual FoxPro 中的一个表

SNO	NAME	AGE	SEX	MAJOR
0201	李小明	20	男	英语教育
⋮	⋮	⋮	⋮	⋮

表 12-2 Visual FoxPro 的数据类型（一）

标 识 符	类 型	说 明	例 子
C(Character)	字符型	可以包含任何键盘上输入的可见的字符、汉字和标点符号	student、"李小明"
I(Integer)	整型	整数，占四个字节。取值范围：$-2\,147\,483\,647 \sim 2\,147\,483\,647$	168、-56
Y(Currency)	货币型	用来存储货币值的数据，小数点后至多只保留到 4 位	\$51.00 \$678.9876

续表

标 识 符	类 型	说 明	例 子
D(Date)	日期型	由年月日组成,一般采用美国式:mm/dd/yy,表示为月/日/年	8/23/2006
T(Date Time)	日期时间型	有年月日和具体的时间组成	8/23/2006 02:25:50
L(Logic)	逻辑型	用于存储布尔值 TRUE 或者 FALSE,占一个字节	.T. 或者 .F.
N(Numeric)	数值型	可以存储整数和小数	5.936 60,−8645

表 12-3　Visual FoxPro 的数据类型(二)(只适用于表的字段)

标 识 符	类 型	说 明	例 子
F(Float)	浮点型	与数值型相似	51.001,67.98769
D(Double)	双精度型	双精度的浮点数据	
G(General)	通用型	用于存储指向一个 OLE 对象的指针	
M(Memo)	备注型	用于存储指向一个数据块的指针,占 4 个字节	
Memo(Binary)	备注型(二进制)	在表中,它指向以二进制形式储存的备注文件	

12.2　常量与变量

12.2.1　常量

Visual FoxPro 的常量有六种类型。

1. 字符型常量

例如"网络操作系统"、'Visual FoxPro'、[12345]等都是字符型常量。

2. 数值型常量

例如,100,−35.5、1.56E6(科学记数法,表示 $1.56×10^6$)等。

3. 逻辑型常量

用.T.、.t.表示"真"、;用.F.、.f.表示"假"。

4. 日期型常量

日期型常量是表示日期值的数据。日期型常量的定界符是一对花括号。花括号内包括年、月、日 3 部分内容,各部分内容之间用分隔符分隔。分隔符可以是斜杠(/)、连字号(-)、句点(.)和空格,其中斜杠(/)是默认分隔符。日期型常量占 8 个字节。

日期型常量的格式有两种。

1) 传统的日期格式

系统默认的日期型数据为美国日期格式"mm/dd/yy"(月/日/年),传统日期格式中的月、日各为 2 位数字,而年份可以是 2 位数字,也可以是 4 位数字,如{01/05/08}、{01/05/2008}等。

2）严格的日期格式

Visual FoxPro 系统增加了一种所谓严格的日期格式。不论哪种设置，按严格日期格式表示的日期型和日期时间型数据，都具有相同的值和表示形式。严格的日期格式是：{^yyyy-mm-dd}。这种格式书写时要注意：花括号内第一个字符必须是脱字符(^)；年份必须是 4 位；年月日的次序不能颠倒、不能缺省，如{^2007-08-09}。

日期型常量的格式设定参考 SET DATE 命令。

5. 日期时间型常量

例如{^2007-08-09,1:10:56pm}表示 2007 年 8 月 9 日下午 1 时 10 分 56 秒。

6. 货币型常量

例如 $463.7890。

12.2.2 变量

变量在命令操作或程序执行过程中，其值是可以改变的。变量有以下几类。

1. 字段变量

字段变量是一种只能在表文件中出现的变量。以表 12-1 为例，SNO、NAME、AGE 等就是字段变量，"0201"、"李小明"、"20"则是相应字段变量的值。

2. 内存变量

内存变量存在于程序中，其值存储在内存里，一旦程序运行完毕，这些变量就自动释放。内存变量的作用是提供数据值的传递和运算。

内存变量的变量名由字母（汉字）、数字和下划线组成，并以字母（汉字）或下划线开头。

内存变量的类型主要有数值型、浮点型、字符型、逻辑型、日期型和日期时间型 6 种。内存变量的类型取决于首次接受的常量和类型，当用户给某个内存变量赋值后，该内存变量的类型就已确定。

内存变量是内存中的临时存储单元，在程序的执行过程中，可以保留中间结果和最后结果，或用来保留对数据库进行某种分析处理后得到的结果。

Visual FoxPro 的内存变量可以不事先声明定义，创建一个内存变量只要直接对它进行赋值即可，赋值有两种方法。

1）内存变量＝表达式

例如：

```
A1 = 2.345            && 创建一个变量 A1,数据类型是数值型
```

2）使用 STORE…TO…语句

例如：

```
STORE2 TOB1,B2        && 创建一个变量 B1,B2,其值为 2,数据类型是整型
```

注意：字段变量和内存变量可以同名，系统默认优先访问字段变量，若想访问内存变量，必须在内存变量名前加上前缀 M. 或 M—>。

3. 数组

数组变量是结构化的变量，是一组具有相同名称、以下标相互区分的有序内存变量。

数组必须先定义后使用，定义数组是向系统申请数组元素在内存中的存储空间。

1) 数组定义

命令格式：

DIMENSION | DECLARE <数组名 1>(<数值表达式 1>[,<数值表达式 2>]) [,<数组名 2>(<数值表达式 3>[,<数值表达式 4>])…]

命令功能：定义指定的数组。

【实例 12-1】 定义一个一维数组 A(4)和二维数组 B(2,2)

DIME A (4),B(2,2)

分别表示：

一维数组 AA 有 4 个元素：A (1)、A(2)、A(3)、A(4)。

二维数组 BB 有 4 个元素：B(1,1)、B(1,2)、B (2,1)、B(2,2)。

2) 数组的赋值

命令格式 1：

STORE <表达式> TO <数组名/数组元素>

【实例 12-2】

```
STORE 0 TO AA          && 将数值 0 赋给数组 AA 的所有元素
STORE "李磊" TO BB(2,1)&& 将"李磊"赋给数组 BB 的第 2 行第 1 列的元素
```

命令格式 2：

<数组名/数组元素> = <表达式>

【实例 12-3】

```
BB = .T.        && 将逻辑真值赋给数组 BB 的所有元素
```

4. 系统变量

系统变量是 Visual FoxPro 系统特有的内存变量，它由 Visual FoxPro 系统定义、维护。系统变量有很多，其变量名均以下划线"_"开始，因此在定义内存变量和数组变量名时，不要以下划线开始，以免与系统变量名冲突。系统变量设置、保存了很多系统的状态、特性，了解、熟悉并且充分地运用系统变量，会给数据库系统的操作、管理带来很多方便，特别是开发应用程序时更为突出，学习时可对此有所关注。

变量的基本操作如下所示。

1) 显示内存变量

用?/?? 命令可以分别显示单个或一组变量的值。

命令格式：

? |?? <表达式表>

命令功能：计算表达式表中各表达式的值，并在屏幕上显示输出各表达式的值。

?：先回车换行，再计算并输出表达式的值；

??：在屏幕上当前位置，计算并直接输出表达式的值；

<表达式表>：用逗号分隔的表达式，各表达式的值输出时，以空格分隔。

用 DISPLAY MEMORY 或 MEMORY 命令显示内存变量及相关信息。

2）清除内存变量

命令格式一：

RELEASE＜内存变量表＞&& 清除指定变量

命令格式二：

RELEASE ALL[EXTENDED] && 清除程序或过程中的所有变量,[EXTENDED]指定释放所有全局变量

命令格式三：

CLEAR MEMORY　&& 从内存中释放所有变量,但不释放系统内存变量,与 RELEASE ALL[EXTENDED]相同

命令格式四：

CLEAR ALL &&CLEAR MEMORY 相同

12.3　常用的环境设置命令

Visual FoxPro 启动完成后,工作环境被设置成默认状态,可以即时地更改环境参数,有交互式修改、程序化执行修改等几种方法。

12.3.1　SET 设置命令

交互式修改是在命令窗口输入环境设置命令,执行后该修改会立即生效。绝大部分的环境参数是通过 SET 命令设置的,Visual FoxPro 中内置了 120 多个 SET 命令。下面主要介绍一些常用的环境设置命令。

1. SET TALK 命令

格式：

SET TALK ON/OFF

功能：确定是否显示命令的执行结果。

说明：参数"ON"允许命令的结果发送到 Visual FoxPro 的主窗口；"OFF"禁止将结果输出到屏幕。

2. SET DATE 命令

格式：

SET DATE TO AMERICAN‖BRITISH|USA|ANSI|MDY |DNY|YMD

说明：设置日期显示格式。

各种设置的结果如下：

设置值	日期格式
AMERICAN	MM/DD/YY
BRITISH	DD/MM/YY
USA	MM-DD-YY
ANSI	YY/MM/DD

MDY	MM/DD/YY
DMY	DD/MM/YY
YMD	YY/MM/DD

3. SET DEVICE 命令

格式：

SET DEVICE TO SCREEN/TO PRINTER/TO FILE<文件名>

功能：把@…SAY 的输出发送到屏幕、打印机或文件。

说明：TO SCREEN 把输出发送到 Visual FoxPro 主窗口或活动的自定义窗口；TO PRINTER 将输出发送到打印机；TO FILE<文件名>将输出发送到文件。

4. SET DEFAULT 命令

格式：

SET DEFAULT TO <盘符|目录名>

功能：设置 Visual FoxPro 默认目录。

SET DEFAULT TO c:\Program Files\Microsoft Visual FoxPro\

5. SET SAFETY 命令

格式：

SET SAFETY ON/OFF

功能：在改写文件时,是否显示对话框确认改写有效。

说明：ON(默认)指定在改写已存在的文件之前显示对话框,以选择是否改写；OFF 指定已存在的文件改写之前不显示对话框。

6. SET DELETED 命令

格式：

SET DELETED ON/OFF

功能：在使用某些命令时,指定是否对加了删除标记的记录进行操作。

说明：对于做了删除标记的记录；参数"ON"忽略对其进行操作；"OFF"则相反,默认值"OFF"。

7. SET PATH TO［路径表］

格式：

SET PATH TO［路径表］

说明：设置查找文件的路径。

12.3.2 其他设置命令

1. CLEAR 命令

格式：

CLEAR

说明：清除屏幕。

2. CLEAR ALL

格式：

CLEAR ALL

说明：关闭所有文件，释放所有的内存变量，设置 1 号工作区为当前工作区。

3. CLOSE ALL

格式：

CLOSE ALL

说明：关闭所有工作区中已打开的数据库、表及索引文件，设置 1 号工作区为当前工作区。

12.4　运算符和表达式

　　表达式是指简单的常数、常量、变量和函数或它们之间通过运算符联系起来的有特定意义的式子。也可将常量、变量和函数看作表达式的特例。运算符用于操作相同的数据，Visual FoxPro 运算符可分为字符运算符、日期/时间运算符、逻辑运算符、数值运算符和关系运符。

1. 算术运算符和表达式

　　算术表达式可由算术运算符和数值型常量、数值型内存变量、数值类型的字段、返回数值型数据的函数组成。算术表达式的运算结果是数值型常数。

　　算术运算符和表达式的实例如表 12-4 所示。

表 12-4　算术运算符和表达式

运　算　符	说　　明	例子	计算结果
＋	加法运算	50＋1	51
－	减法运算	30－2	28
*	乘法运算	5 * 8	40
/	除法运算	40/5	8
＊＊或 ^	乘方运算	2＊＊3	8.00
％	模运算(求余数)	9/2	1

2. 字符运算符和表达式

　　字符表达式可由字符运算和字符型常量、字符型内存变量、字符型类型的字段、返回字符型数据的函数组成。字符表达式的运算结果是字符常量。

　　字符运算符和表达式的实例见表 12-5。

表 12-5　字符运算符和表达式

运　算　符	说　　明	例　子	计算结果
＋	字符串连接	"abc"＋"def"	"abc def"
－	将前一个字符串的空格删除后再连接	"abc"－"def"	"abcdef"
$	如果 $ 前面的字符串包含在 $ 后面的字符串中，则结果为 T，否则为 F	"abc" $ "def"	.T.

3. 关系运算符和表达式

关系表达式可由关系运算符和字符表达式、算术表达式、时间表达式组成。关系运算是运算符两边同类型元素的比较,其运算结果为逻辑型常量,如果关系成立则结果为.T.(真);反之为.F.(假)。

关系运算符和表达式的实例见表 12-6。

表 12-6 关系运算符和表达式

运　算　符	说　明	例　子	计　算　结　果
=	等于,进行字符串比较时受 SET EXACT 命令影响	(1) 3=3 (2) "abc"="ab" (3) "abc"="ab"	(1) .T. (2) .T.(SET EXACT OFF) (3) .F.(SET EXACT ON)
==	与"="相似,字符串比较时不受 SET EXACT 命令影响,字符串长度要相等,每个字符也对应一致,其结果才是.T.	"abc"=="ab"	无论是 SET EXACT OFF 还是 ON,都是.F.
$	如果 $ 前面的字符串包含在 $ 后面的字符串中,则结果为 T,否则为 F	"abc" $ abcdef""	.T.
>	大于	1>2	.F.
>=	小于或等于	2>=1	.T.
<	小于	23<45	.T.
<=	小于或等于	{^2006/02/15}<={^2006/02/15}	.T.
<>或!=	不等于	(1) 10<>5 (2) "abc"!="abc"	(1) .T. (2) .F.

4. 逻辑运算符和表达式

逻辑表达式可由逻辑运算符和逻辑值组成。

逻辑运算符和表达式的实例见表 12-7。

表 12-7 逻辑运算符和表达式

运　算　符	说　明	例　子	计　算　结　果
AND	"与"运算	.T.AND.F.	.F.
OR	"或"运算	.T.OR.F.	.T.
NOT 或 !	"非"运算	(1) NOT.T. (2) !.F.	(1) .F. (2) .T.

5. 日期/时间运算符

日期/时间运算符主要是减法运算符"-"。运算符两边可以都是日期/时间型,也可以一边是数值型。如果两边都是日期型,相减运算结果是数值型,是两个日期的间隔值;如果一个是日期型,另一个是数值型,相减结果是日期型。

【实例 12-4】

```
{^2006-05-25} - 30              && 结果是 04/25/06,日期型
{^2006-8-16} - {^2004-8-16}     && 结果是 730,数值型
```

6. 宏替换表达式

使用宏替换（&）可以非常方便地替换变量名,使用方法是在变量前加上 &。当宏替换表达式后连接其他表达式时,宏替换表达式以句点（.）结束。

【实例 12-5】

```
cName = "Visual FoxPro 6.0"
?"&cName"                && 结果返回 Visual FoxPro 6.0
?" &cName .学习园地"      && 结果返回 Visual FoxPro 6.0 学习园地
```

12.5 常用函数

Visual FoxPro 系统内置了许多具有特定功能的标准函数,这些函数像其他操作数一样总是返回一个特定的值,用户可以直接引用（不必关心它是怎样实现的）,从而完成某些特定的操作。

函数的一般形式:

函数名（[参数 1]）[,参数 2]…）

函数有函数名、参数和函数值 3 个要素。其中,函数名起标识作用；参数是自变量,一般是表达式,也可以是常量,没有参数的函数称为无参函数；函数运算后会返回一个值,称为函数值,函数类型通常是指函数值的类型。

下面将分类介绍一下常用的函数。

12.5.1 常用字符函数

1. ALLTRIM()函数

语法：ALLTRIM(cExpression)

功能：删除指定删除首尾空格的字符串表达式。

参数说明:

（cExpression） 指定要删除首尾空格的字符串表达式。

示例:

```
ttr = " ABC "
timestr = ALLTRIM(str)
?timestr && 显示结果为"ABC"
```

注：如果只删除左边或右边的空格,可使用 LTRIM()或 RTRIM()函数。

2. CHR()函数

语法：CHR(nANSIcode)

功能：返回指定 ASCII 码所对应的字符。

参数说明:

nANSIcode　指定一个 ASCII 码,其值必须介于 0~255 之间,CHR 函数返回与之对应的字符。

示例:

```
?CHR(65) && 返回结果为"A"
```

3. DTOC()函数

语法:DTOC(dExpression|tExpression)

功能:将日期型或日期时间型表达式转换为字符型表达式。

参数说明:

dExpression　指定的日期型数据。

tExpression　指定的日期时间型数据。

示例:

```
?DTOC({^2005/06/15})    && 返回结果为"2005/06/15"
```

4. LEFT()函数

语法:LEFT(cExpression nExpression)

功能:从字符表达式最左边字符开始,返回指定数目的字符。

参数说明:

cExpression　指定的字符串,LEFT 函数将返回该表达式中的字符。

nExpression　指定从字符表达式中返回字符的个数。

示例:

```
?LEFT("ABCDEFGHIJKLMN",4) && 返回结果为"ABCD"
```

5. RIGHT()函数

语法:RIGHT(cExpression nExpression)

功能:从字符表达式最右边字符开始,返回指定数目的字符。

参数说明:

cExpression　指定的字符串,RIGHT 函数将返回该表达式中的字符。

nExpression　指定从字符表达式中返回字符的个数。

示例:

```
?RIGHT("ABCDEFGHIJKLMN",4) && 返回结果为"KLMN"
```

6. SUBSTR()函数

语法:SUBSTR(cExpression nExpression[,nCharactersReturned])

功能:返回指定字符串的子串。

参数说明:

cExpression　指定要从其中返回子串的字符表达式。

nStartPosition　指定返回的字符串在字符表达式 cExpression 中的位置。

nCharactersReturned　指定从 cExpression 中返回字符串的长度,可以缺省,缺省时将返回从指定字符到字符串结束的所有字符。

示例:

```
?SUBSTR("ABCDEFG",2,2)    && 返回结果为"BC"
?SUBSTR("ABCDEFG",5)      && 返回结果为"EFG"
```

12.5.2 常用数值函数

1. ABS()函数

语法：ABS()函数

功能：返回指定数值表达式的绝对值。

参数说明：

nExpression 指定的数值表达式。

示例：

```
?ABS( -- 12.34)   && 显示结果为 12.34
?ABS(15)          && 显示结果为 15
```

2. MOD()函数

语法：MOD(nDividend,Divisor)

功能：取模计算,即计算指定的两个数值表达式相除的余数。

参数说明：

nDividend 被除数。

Divisor 除数。

示例：

```
?MOD(24,10)   && 返回结果为 4
?MOD(9,2)     && 返回结果为 1
```

3. RAND()函数

语法：RAND([nSeedValue])

功能：产生一个 0~1 之间均匀分布的随机数。

参数说明：

nSeedValue 指定的种子数,它决定 rand()函数返回的数值序列,可以省略。

示例：

```
?RAND()   && 返回结果为 0~1 之间的小数,不同的时刻得到的结果不相等
```

4. ROUND()函数

语法：ROUND (nExpression nDecimaIpIaces)

功能：在指定的位置进行四舍五入运算。

参数说明：

nExpression 指定要四舍五入的数值表达式。

nDecimaIpIaces 指定小数位数。

示例：

```
?ROUND(123.456,2)       && 返回结果为 123.46
```

12.5.3 常用日期和时间函数

1. DATE()函数

语法：DATE([nYear,nMonth,nDay])

功能：返回操作系统的当前日期，或创建一个日期型的值。

参数说明：

nYear　指定年份。

nMonth　指定月份。

nDay　指定日期。

示例：

```
?DATE()              && 返回操作系统的当前日期
?DATE(2006,8,24)     && 返回值为 2006 年 8 月 24 日日期值
```

2. CTOD()函数

语法：CTOD(cExpression)

功能：将字符型表达式转换为日期型表达式。

参数说明：

cExpression　指定由 CToD 函数转换的字符表达式，且必须为有效日期。

示例：

```
?CTOD("08/24/06")      && 结果为 2006 年 8 月 24 日的日期值
```

3. DAY()函数

语法：DAY(dExoression)

用途：确定指定日期为其所在月份中的第几天。

dExpression　指定的日期或时间类型的表达式。

示例：

```
?DAY({^2006/08/24})   && 返回结果为 24
```

说明：函数 Year(dExoression)与函数 Month(dExoression)的用法类似。

4. TIME()函数

语法：TIME()

用途：确定系统的当前时间。

示例：

```
?TIME()      && 返回系统当前时间
```

12.5.4 常用数据库操作函数

1. BOF()函数

语法：BOF()

用途：判断表的记录指针是否在表的开始位置。

2. EOF()函数

语法：EOF()

用途：判断表的记录指针是否在表的末尾。

3. RECCOUNT()函数

语法：RECCOUNT()

用途：确定表中记录的个数。

4. RECNO()函数

语法：RECNO()

用途：确定表中当前记录的编号。

12.6　Visual FoxPro 文件类型

在使用 Visual FoxPro 过程中，会创建很多类型的文件，它们以不同的扩展名来标识和区别，分别表示其特定的内容和用途。

比如以 prg 为扩展名的文件是一个 VFP 的命令文件。表 12-8 列出了 Visual FoxPro 中常见的文件类型。

表 12-8　Visual FoxPro 的常见文件类型

扩 展 名	文件类型及作用
app	Visual FoxPro 生成的应用程序或 Active Document
bak	备份文件
cdx	表复合索引文件，用于存储具有若干个索引标识符的复合索引文件
dbc	数据库文件
dbf	表文件。存储数据表结构和记录内容（存储备注型和通用型字段的数据除外）
dcx	数据库索引文件
exe	可执行应用程序文件
fpt	表备注文件，存储备注型和通型字段的数据
fxp	源程序编译后的目标程序文件
frt	报表备注文件
frx	报表文件，用于存储报表定义的内容
idx	单一索引文件，用于存储只有一个索引标识符的单索引文件
lbt	标签备注文件
lbx	标签文件，用于存储标签的定义内容
mem	内存变量文件，用于存储已定义的内存变量
mnt	菜单备注文件
mnx	菜单文件，用于存储菜单的定义内容
mpr	用于存储根据菜单定义文件自动生成的菜单源程序文件
mpx	菜单源程序文件编译后的文件
pjt	项目备注文件
pjx	项目文件，通过项目文件可实现对其他类型文件的组织
prg	源程序文件，也称命令文件。存储用 VFP 语言编写的程序
qpr	生成的查询程序
qpx	查询程序文件编译后的文件
sct	表单备注文件
scx	表单文件，用于存储表单格式

函数、命令与表达式

12.7 练 习 题

1. 内存变量的操作

以下操作在命令窗口按给出的内容输入,符号"&&"之后的内容是注释说明,不用输入。

(1) 在命令窗口中给变量赋值,如输入:

A = 432.5	&& 表示定义了变量名为 A 的数字型变量,其值为 432.5
B = .T.	&& 给逻辑型内存变量 B 赋值为.T.
C = "广东"	&& 把字符串"广东"赋给字符型内存变量 C
STORE {^2007/09/01} TO D	&& 将日期数值赋给日期型内存变量 D
?A,B,C,D	&& 显示 A、B、C 和 D 的值

以上命令的显示结果是什么?

(2) 在命令窗口输入如下的命令序列,按顺序写出应用程序窗口显示的内容。

```
D = DATE()
D1 = D + 35
?D1—4
?DOW(D1)
?TYPE("D1")
?LEN('&D1')
D2 = DTOC(D1)
?TYPE("D2")
?LEN('&D2')
```

2. 常用函数练习

1) INT 函数

```
?INT(15.63)
X = —16.53
?INT(X)
```

2) ROUND 函数

```
?ROUND(12.34567,3)
A = 12.3456
?ROUND(A + 4.56,0)
```

3) 随机函数 RAND

```
?RAND()
?RAND()
?RAND(1)
```

4) VAL 函数

```
X = '20033'
?VAL(X)
```

5) 字符函数一

```
?STR(1234.56,5)
```

```
?STR(1234.56,3)
?SUBSTR('广东省广州市',5,2)
?LEN(TRIM('中国'+'人民'))
```

6）字符函数二

```
?'AB'+'CD '+'EF'
?'AB'+TRIM( 'CD ')+'EF'
?'AB'+RTRIM( 'CD ')+'EF'
?'AB'+LTRIM( 'CD ')+'EF'
?'AB'+ALLTRIM( 'CD ')+'EF'
```

7）时间函数

```
A = DATE()
?A
?DAY(A)
?MONTH(A)
YEAR(A)
?DOW(A)
?CDOW(A)
```

3．执行如下命令，写出显示的结果

1）逻辑表达式

2）字符表达式一

```
?'2008'+'北京奥运'
?'2008    '+'北京奥运'
?'2008    '—'北京奥运'
```

3）字符表达式二

```
NAME = '张建军'
?'姓名'+NAME
?'姓名 &+NAME'
```

4）命令序列

```
R = 15
MJ = PI() * R^2
?'三角形的面积是：'
??MJ
```

5）宏替换函数

```
CLEAR ALL
A = '数学系学生'
B = '100'
C = '.T.'
D = "{^2005/12/31}"
STORE "124 + 45.6" TO N
?'&A'
? &B
? &C
```

```
? &D
? &N
ML = '?100 + 52 * 2'
?'&ML'
? &ML
? &ML
```

4. SET 命令组练习

1）设置日期的显示格式

```
SET MARK TO "/"
SET DATETO YMD
D = {^ 2008/08/31}
?D
SET DATE TO MDY
?D
SET MARK TO "—"
?D
CLEAR ALL
```

2）设置字符是否精确比较

```
SET EXACT ON
?"ABCD" = "AB"
SET EXACT OFF
?"ABCD" = "AB"
```

3）打开或关闭系统状态行（默认 OFF），观察屏幕上的显示

```
SET STATUS ON
SET STATUS OFF
```

第13章　数据表和数据库

表是存储数据的基本单位,是处理数据和建立关系数据库的基本单元。在 Visual FoxPro 中,表分为"自由表"和"数据库表"两种类型。

(1) 自由表:不包含在任何数据库中而独立存在的表,与数据库无关联。

(2) 数据库表:包含在数据库中的表,即与数据库相关联的表。

这两种类型的表区别不大,自由表可以添加在数据库中而成为数据库表,数据库表也可以从数据库中移出来而成为自由表。

Visual FoxPro 从 3.0 版本开始便提供真正的数据库概念,允许对数据表建立关系,存储过程,以及支持长表名、长字段名等功能。

表文件的扩展名是 dbf,数据库文件的扩展名是 dbc。

13.1　创建自由表

自由表是完全独立的,与其他表没有任何逻辑上的关系,是简单的二维表格,由行和列组成,表格中的每一行称为一个记录,每一列则称为一个字段(或者属性)。

若要新建一个表,有 3 种方法:一是使用表设计器,二是使用向导,三是使用命令。

13.1.1　利用表设计器创建新表

表设计器是在 Visual FoxPro 中创建新表的最重要的工具。下面以学生表为例,介绍使用表设计器创建新表的一般步骤。

1. 创建表结构

1) 新建一个表

单击"文件"菜单中的"新建"命令,弹出"新建"对话框,如图 13-1 所示。

2) 设置选项卡

选中"表"单选按钮,再单击"新建文件"按钮,此时弹出"创建"对话框,如图 13-2 所示。在该对话框中选择表文件保存的路径,输入要保存的表文件名(这里输入"学生"),然后单击"保存"按钮,此时将弹出如图 13-3 所示的"表设计器"对话框。表设计器有 3 个选项卡,分别是"字段"、"索引"和"表"。各选项卡的功能如下:

- "字段"　用于输入字段名、字段类型和宽度等信息。
- "索引"　用于为表创建索引,用户可以为索引指定索引名、设计索引类型、索引表达式和筛选表达式等。
- "表"　为表指定长表名、记录有效性规则、触发器等。

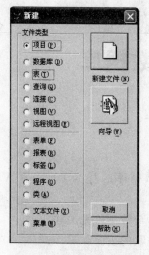
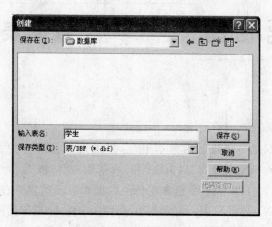

图 13-1 "新建"对话框　　　　　　　　图 13-2 "创建"对话框

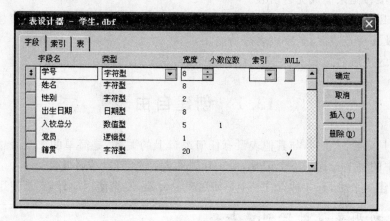

图 13-3 "表设计器"对话框

3）输入表结构信息

在"字段"选项卡中，单击"字段名"下面的文本框，便可以定义表的字段名。该选项卡中有"字段名"、"类型"、"宽度"、"小数位数"、"索引"和"NULL"6 列。当"字段名"列输入内容后，右边各列可用。各列的含义是：

- "字段名" 设置表中字段的名字，即字段变量名。
- "类型" 选择该字段的数据类型。
- "宽度" 规定该字段的最大宽度。
- "小数位数" 对于数值型字段变量，规定了它的小数是多少位，其中小数点占一位。
- "索引" 设置索引。
- NULL：指定该字段是否接受 NULL 值（空值）。

说明：使用 NULL 值的目的是为了解决在字段或记录里的信息目前还无法得到的情况。例如，如果一名存款者的款项利息状况在填写记录时还不清楚，则与其存储一个可能产生歧义的零或空格，还不如在字段中存储 NULL 值，直到存入有实际意义的信息为止。

定义字段的操作如下:

(1) 在"字段名"列中输入字段名。

(2) 在"类型"列中的下拉列表框中选择该字段的类型。

(3) 在"宽度"列中的微调框中设置以字节为单位的宽度,使字段的宽度足够容纳要显示的信息内容。注意,一个汉字需要占用两个字符。

(4) 如果"类型"是"数值型"或"浮点型",须在"小数位数"框中设置小数点位数,否则无须设置。

(5) 如果希望为某个字段添加索引,就在"索引"列表框中选择一种排序方式(升序或降序),否则,无须设置。

(6) 如果想让字段接受 NULL 值,单击 NULL 列的按钮,使之变成√。

(7) 单击"插入"按钮,重复①~⑥的操作,定义下一个字段。

4) 插入与删除

在表设计器中,有"插入"和"删除"两个按钮。

"插入"按钮用于在两个已经设置好的字段之间插入一个字段。单击该按钮后,就会在当前字段行的上方显示出一项空字段供用户填写,如图 13-4 所示。

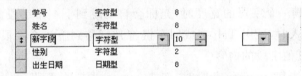

图 13-4　字段的插入

"删除"按钮用于删除当前字段,单击要删除的字段行,再按"删除"按钮,便可删除该字段。

5) 设置索引字段

为了方便查询,需要为表设置索引字段。如在学生表,可以设置字段"学号"为索引字段。查询时按学生学号进行查询可以提高查询速度。图 13-5 显示了索引字段的设置方法。

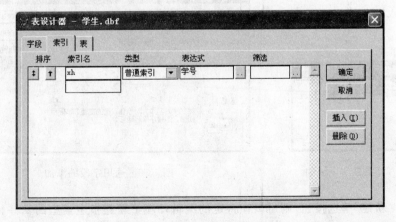

图 13-5　利用表设计器设置索引

6）保存

字段设置完毕，按"确定"按钮保存并关闭表设计器窗口。

2. 输入记录

表结构创建后，可以向表中输入记录。在命令窗口中输入 APPEND 或 EDIT 命令，即弹出如图 13-6 所示的表编辑窗口，在窗口中可以输入记录。

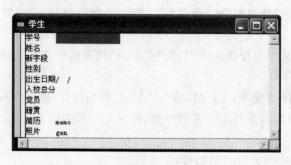

图 13-6　表编辑窗口

在输入数据的时候，必须注意下面几点：

（1）输入内容占满一个字段的宽度时，光标会自动跳到下一个字段。内容没有占满字段宽度但完成数据输入时，可用 Tab 键或回车键将光标移到下一个字段，还可以用鼠标单击其他字段，以输入其他字段的内容。

（2）当要编辑备注型（memo）字段时，双击 memo 或把光条移到 memo 处，按 Ctrl＋Home 键可以进入备注字段的编辑窗口进行输入、修改，如图 13-7 所示。备注内容编辑完成后，按 Ctrl＋W 键可以保存并关闭窗口，直接关闭窗口也可以保存。如果不想保存，则按 Esc 键或 Ctrl＋Q 键退出。

（3）编辑通用型（gen）字段时，双击 gen 或把光条移到 gen 处，按 Ctrl＋Home 键可以进入 gen 字段的编辑窗口。然后单击"编辑"菜单中的"插入对象"命令，弹出"插入对象"对话框，如图 13-8 所示。这时可以选择两种插入对象的方法。

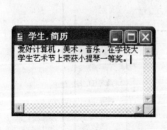

图 13-7　备注字段添加

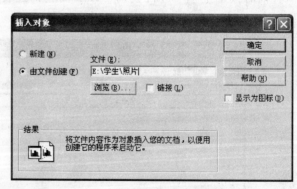

图 13-8　通用字段的添加

- 选中"新建"单选按钮，则可以在特定的编辑环境下新建指定类型的文件。
- 选中"由文件创建"单选按钮，再单击"浏览"按钮，查找可以插入的文件（如图片文件）到要作为照片对象的文件。

如果要清除通用型字段内容,可在打开通用型字段后,选系统菜单"编辑"中的"清除"即可。

3. 用命令方式创建表结构

表设计器除了可以用菜单打开以外,还可以在命令窗口或程序中用 CREATE 命令来打开。

命令格式:

CREATE[表文件名]

表文件名是要建立的新表的文件名称,文件的命名必须符合 Windows 文件命名规则。如果仅输入 CREATE,系统将弹出"创建"对话框(如图 13-2 所示),供用户输入文件名并保存。如果命令中含有表文件名,则直接保存并打开表设计器。其余操作与前面相同。

注意:在 Visual FoxPro 中,当建表的时候已经打开了一个数据库,那么这个新表就会自动添加到数据库中成为数据库表。在这种情况下,如果要建立自由表,必须先关闭数据库后再建表。例如:

```
CLOSE DATABASES    && 关闭数据库
CREATE [表文件名]
```

4. 本书常用的几个表

下面几个表是本书常用的表,贯穿本书的各章节:

学生.dbf

课程.dbf

选课.dbf

各表的结构分别如表 13-1~表 13-3 所示。

表 13-1　学生.dbf 结构

字段名	学号	姓名	性别	出生日期	入校总分	党员	籍贯	简历	照片
数据类型	C	C	C	D	N	L	C	M	G
宽度	8	8	2	8	5,1	1	20	4	4

表 13-2　课程.dbf 结构

字段名	课程号	课程名	学时
数据类型	C	C	N
宽度	3	10	3

表 13-3　选课.dbf 结构

字段名	学号	课程号	成绩
数据类型	C	C	N
宽度	8	3	6

13.1.2 使用表向导创建新表

创建新表还可以借助于"表向导",利用"表向导"可以随时创建新表。向导会提出一系列的问题,并根据用户的回答建立一个表。下面只作简单的介绍。

在"新建"对话框中,选定"表"后,单击"向导"按钮,打开"表向导"(Table Wizard)对话框,如图 13-9 所示。表向导是一个导航式对话框,只需按向导的提示一步步进行操作,便可生成一个表。

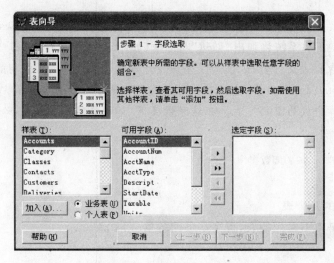

图 13-9 "表向导"对话框

13.1.3 在"项目管理器"中创建新表

在项目管理器中,可以非常方便地创建新表:单击"数据"选项卡,在选项卡中选中"自由表"项,再单击"新建",此时将弹出"新建表"对话框。在对话框中选"新建表"或"表向导",便可以创建新表了。接下来的操作与前面所述相同。本书中,许多文件的操作都在项目管理器中完成。为此,先在项目管理器中创建一个项目文件"学生管理.pjx",用于管理各种文件,该文件在本书中经常用到。

13.2 表的基本操作

本节介绍一些有关表的基本操作,包括表文件操作、记录操作等。

13.2.1 表的打开和关闭

1. 表和工作区

1) 工作区的概念

当一个数据库被打开的时候,其中的每个数据库表可以分别分配一个工作区,VFP 提供了 32 767 个工作区。

工作区实际上是一些内在空间,以序号 1,2,…,32 767 标识,对应的字符是 A,B,…,Z,

超过字符 Z 的工作区只能用数字表示。

虽然利用不同工作区可以装入多个表,但处于活动状态(即允许使用操作)的表始终只有一个。使用 SELECT 命令可以选择工作区以便打开不同的表。

2) 选择工作区

系统提供了选择工作区的命令,以便使用多个表时在各个工作区之间进行切换。

命令:

SELECT

格式:

SELECT<工作区号|表别名>

说明:选择指定的工作区。如果该工作区已存在表,则该表被打开。引用非当前工作区中表的字段时,字段名前应冠以表别名,格式为:

表别名.字段名

注意:在未建立关联时,只能引用非当前工作区中表的当前记录的各字段值。用 SELECT 命令选定的工作区称为当前工作区,系统默认 1 号工作区为当前工作区。

【**实例 13-1**】 工作区选择。

```
SELECT 2     && 选择工作区 2
SELECT D     && 选择工作区 4
SELECT kc    && 选择别名为 kc 的工作区
```

此外,还可以使用命令"SELECT0"选定当前尚未使用的最小号工作区;当记不清当前工作区区号时,可以使用函数 SELECT()测评当前工作区的区号。

【**实例 13-2**】 "SELECT 0"工作区选择。

```
USE 学生.dbf      && 在系统默认的 1 号工作区打开表学生.dbf
SELECT 0          && 相当于 SELECT2 或 SELECT B
?SELECT()         && 显示 2
USE 课程 ALIAS x01 && 在 2 号工作区打开表课程.dbf,并指定别名为 x01
```

2. 打开表

打开表就是把指定的表文件从磁盘中装入内存或使它从中激活供系统使用。

命令:

USE

格式:

USE[表别名|?][IN 工作区号]

说明:USE 命令除了可以打开 dbf 文件外,还可以打开索引文件。

【**实例 13-3**】

```
SELECT 1     && 选择工作区 1
USE 学生      && 表 学生 分配到当前工作区并打开
SELECT 2     && 选择工作区 2
```

USE 课程　　&& 表 课程 分配到 2 号工作区并打开

注意：IN 子句支持序号 0 作为工作区，其意义是在可用的最小序号的工作区中打开一个表。例如，工作区 1 到 5 号中都分配了表，那么 USE 选课 IN 0 就是把表"选课"装入到工作区 6 号中。

3. 表的关闭

关闭一个表，既可用 USE 命令，也可用 CLOSE 命令。

命令：

CLOSE

格式：

CLOSE[ALL|TABLES[ALL]]

说明：把指定的有关文件从内存中移去，即文件被关闭。具体命令是：

（1）CLOSE ALL　该命令能关闭所有已打开的数据库、表和索引，并选择 1 号工作区作为当前工作区。

CLOSE ALL 命令能关闭表设计器、项目管理器、标签设计器、报表设计器和查询设计器。

CLOSE ALL 命令不能关闭命令窗口、调试窗口、帮助文件。

（2）CLOSE TABLES ALL　指关闭当前数据库中已分配了工作区的数据库表和所有自由表，但数据库仍处于打开状态。

CLOSE TABLES 指在数据库没有打开的情况下关闭所有的自由表。

（3）USE　USE 命令可关闭当前工作区中已打开的表。

13.2.2　表结构的修改

表建立后，在应用的过程中，可能会发现一些数据表存在设计上的错误，这就需要对表的结构进行修改以保证数据库能准确、稳定的工作，更好地反映实际情况。在 Visual FoxPro 中，可以用命令的方式来修改表结构，也可以在项目管理器中选中要修改的表进行修改。

1. 利用项目管理器修改表结构

在项目管理器中，可以方便地修改表结构，操作步骤如下：

（1）在"项目管理器"窗口中，选择"数据"选项卡（如果要修改的表包含在数据库中，需先展开数据库），展开"表"，选择要修改结构的表，再单击"修改"按钮，如图 13-10 所示，此时系统会启动表设计器，如图 13-3 所示。

（2）在表设计器中，用鼠标单击需要修改的字段（跟创建表结构的操作一致），此时系统会将光标定位到需要修改的字段上，字段当前处于编辑状态，可以对当前字段的各列属性进行修改。

（3）修改完毕，单击"确定"按钮，保存对表结构的修改。

2. 使用命令方式修改表结构

使用命令方式修改表结构，必须先打开表，然后使用 MODIFY STRUCTURE 命令。

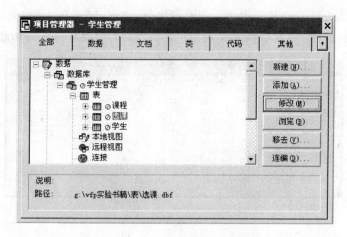

图 13-10 "项目管理器"对话框

命令格式：

MODIFY STRUCTURE

13.2.3 表记录的显示和修改

当一个表创建完成后，常常要以快捷方便的方式在 Visual FoxPro 的主窗口下显示和修改这个表的内容。

1. 利用菜单打开浏览窗口

编辑记录的主要工具是编辑窗口或浏览窗口。如果用菜单来打开这两个窗口，其步骤是：

（1）选择"文件"→"打开"命令，弹出"打开"对话框。

（2）在"打开"对话框的"查找范围"下拉列表框中选择表文件所在路径，从"文件类型"下拉列表框中选择"表(*.dbf)"，在出现的表文件列表中选择要打开的表（这里选中表学生.dbf），再按"确定"按钮，如图 13-11 所示。默认情况下，表以只读方式打开。如果要以共享方式打开，须将对话框下方的复选框"以只读方式打开"取消。

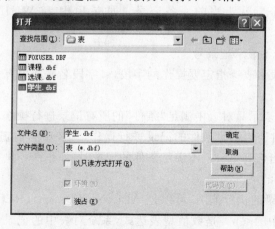

图 13-11 "打开"对话框

数据表和数据库

（3）打开的表并不自动显示出来。此时可以单击"显示"菜单中的"浏览"命令，弹出学生.dbf 的浏览窗口，如图 13-12 所示。用户可在该窗口对记录进行查看和修改。

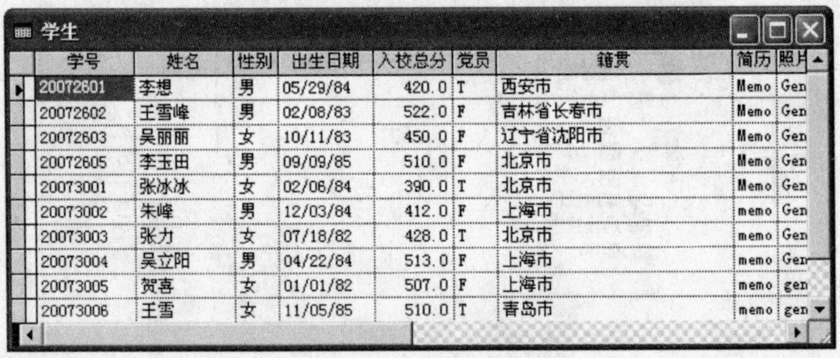

字号	姓名	性别	出生日期	入校总分	党员	籍贯	简历	照片
20072601	李想	男	05/29/84	420.0	T	西安市	Memo	Gen
20072602	王雪峰	男	02/08/83	522.0	F	吉林省长春市	Memo	Gen
20072603	吴丽丽	女	10/11/83	450.0	F	辽宁省沈阳市	Memo	Gen
20072605	李玉田	男	09/09/85	510.0	F	北京市	Memo	Gen
20073001	张冰冰	女	02/06/84	390.0	F	北京市	Memo	Gen
20073002	朱峰	男	12/03/84	412.0	F	上海市	memo	Gen
20073003	张力	女	07/18/82	428.0	F	北京市	memo	Gen
20073004	吴立阳	男	04/22/84	513.0	F	上海市	memo	Gen
20073005	贺喜	男	01/01/82	507.0	F	上海市	memo	gen
20073006	王雪	女	11/05/85	510.0	T	青岛市	memo	gen

图 13-12　浏览窗口

2. 用命令打开浏览窗口

Visual FoxPro 提供了以下的命令来完成这些功能。

（1）EDIT：打开记录编辑窗口。

（2）BROWSE：打开记录浏览窗口。

3. 在 Visual FoxPro 主窗口中显示记录

有时候用户只是想查看一下表中的记录，并不需要对它进行修改，那么可以用以下两个命令。

（1）DISPLAY：显示一条记录。

（2）LIST：列出所有记录。

命令格式如下：

```
LIST|DISPLAY[<范围>][FIELDS][<字段名表达式表>];
[FOR<条件表达式>]WHILE[<条件表达式>]
[TO PRINTER][TO FILE<文件名>][OFF]
```

说明：

- DISPLAY 命令分屏显示数据，而 LIST 命令不分屏显示。
- 没有 FOR 和 WHILE 子句时，如省略<范围>子句，则 LIST 命令默认为 ALL，DISPLAY 命令默认为当前一条记录。如有 FOR 和 WHILE 子句时，则都默认为 ALL。
- OFF 参数表示不显示记录号。
- FIELDS<字段名表>指定要操作的字段，<字段名表>中有多个字段时，字段名之间用逗号分隔。
- FOR<条件>表示只对表中满足"条件"的所有记录进行操作。
- WHILE<条件>对满足条件的记录进行操作，从表中当前正在使用的记录开始向下顺序判决，当遇到第一个不满足条件的记录时，停止命令执行，而不管其后是否还有满足条件的记录。
- 范围：表示记录的执行范围，可以是 ALL、NEXT<n>、RECORD<n>、REST 几项中之一，其中的<n>是数值型表达式，系统对表中的记录是逐条进行处理的，范围可以是以下 4 种参数之一。

ALL：表示全部记录。

NEXT<n>：表示从当前记录开始的以下 n 条记录。

RECORD<n>：表示第 n 号记录。

REST：表示从当前记录到最后一条记录。

- ［TO PRINTER］［TO FILE<文件名>］：表示操作结果的输出去向。

注意：VFP 为每一个打开的表设置了一个内部使用的记录指针,指向正在被操作的记录,该记录称为当前记录。记录指针的作用是标识表的当前记录。

【实例 13-4】 显示记录的指定字段。

```
CLEAR
USE 学生
DISPLAY 姓名,学号,性别          && 显示该表所有记录的姓名、学号、性别的字段值
LIST 姓名,学号,性别             && 显示该表所有记录的姓名、学号、性别的字段值
LIST FIELDS 姓名,学号           && 显示表中"姓名"和"学号"两列数据
LIST FOR 入校总分>450          && 显示表中入校总分大于 450 分的所有记录
LIST FIELDS 姓名,学号,性别,入校总分 FOR 入校总分>450   WHILE 性别 = "女"
```

当命令中同时有 FOR 和 WHILE 子句时,要优先满足 WHILE 条件。

13.2.4 记录的定位和查找

记录在表中是依物理次序存放在文件中的,为了访问它们,系统内部提供了一个记录指针,指出当前要操作哪一条记录。记录的定位就是设置记录指针指向哪一条记录。

1. 定位任意一个记录

定位任意一个记录的命令为:

(1) GO|GOTO<数值表达式>[IN 工作区|IN 表别名]

GO 和 GOTO 命令都是把记录指针指向指定的记录。<数值表达式>的值作为要定位的记录号,它的值必须是数字,取值范围在 1 和表的最大记录数范围内。

(2) GO|GOTO TOP|BOTTOM[IN 工作区|IN 表别名]

该命令把记录指针定位在表的第一个记录(TOP)或最后一个记录(BOTTOM)。

【实例 13-5】

```
USE 学生.dbf
GO TOP
DISP
GO BOTTOM
DISP
```

输入以上命令后,得到以下结果,如图 13-13 所示。

注意:表的最后一个记录并不等于表尾,因为表的末尾是一个指针,它指示下一个新记录将存储的位置,也可以把它看作是一个空记录。如果使用 GO BOTTOM 命令,函数 EOF()返回的值将是.F.。

2. 相对移动记录指针

相对移动记录指针用 SKIP 命令实现。

命令:

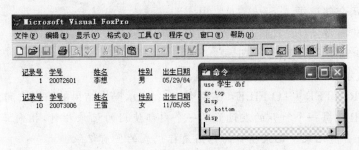

图 13-13　记录指针示例

SKIP

格式：

SKIP[数值表达式]

说明：<数值表达式>的值取正或负的整数，表示指针从当前记录开始移动多少个记录。

<数值表达式>的值大于零时指针往文件尾移动，小于零时指针往文件头移动。

<数值表达式>缺省时表示 1。

示例：

SKIP　　&& 记录指针指向当前记录的下一个记录
SKIP −1 && 记录指针指向当前记录的下一个记录
SKIP 4　&& 记录指针指向当前记录之后的第 4 个记录

3. 顺序查找记录

顺序查找记录是按一定的条件对记录进行定位。

命令：

LOCATE FOR…CONTINUE

格式：

LOCATE FOR<逻辑表达式>[范围][WHILE<逻辑表达式 2>]
CONTINUE

说明：LOCATE FOR … 在找到符合条件的第一个记录以后，就停止查找。而CONTINUE 命令则告诉系统继续往下查找。如果不用 CONTINUE 命令，在找到第一个满足条件的记录后，将不再往下查找。

13.2.5　记录的添加和删除

数据表以记录形式存储数据。这些数据可能需要经常更新，这就涉及记录的添加或删除。记录的添加和删除是表的最基本操作，下面介绍相关命令的用法和格式。

1. 记录的添加

1）菜单方式

添加记录可以使用菜单方式，其步骤是：用菜单或命令打开浏览窗口后，单击"显示"菜单中的"追加模式"命令,便可以在浏览窗口中的记录末尾加上一个空记录供用户输入新的记录。下面介绍在表中添加记录的命令。

2)添加记录命令 APPEND

命令:

APPEND

格式:

APPEND[BLANK][IN 工作区|表别名]

说明:APPEND 命令通常有以下两种用法。

(1) APPEND:向表的末尾追加一个空记录并打开编辑窗口。

(2) APPEND BLANK:向表的末尾添加一个空记录,但 Visual FoxPro 并不打开编辑窗口,用户可以用 EDIT、CHANGE、BROWSE 等命令以窗口方式向新记录输入内容,也可以用 REPLACE 命令输入内容。

3)值替换命令 REPLACE…WITH…

REPLACE…WITH…命令可以在不打开任何编辑窗口的情况下直接对表进行字段值的修改替换。

命令:

REPLACE…WITH…

格式:

REPLACE 字段名 1WITH<表达式 1>[ADDITIVE]
[,字段名 2WITH<表达式 2>][ADDITIVE]…

说明:这个命令可以看作是对字段变量的赋值。ADDITIVE 表示可以将新加入的内容添加到原来内容的后面。要注意的是,使用此命令时所操作的表必须是打开的。

【实例 13-6】 向学生.dbf 加一个新记录。

USE 学生.dbf
APPEND BLAND   && 向表的末尾添加一个空记录
REPLACE 学号 WITH "20072699",姓名 WITH "王晓路",性别 WITH "女",出生日期 WITH{^1987/08/24},
入校总分 WITH 510,党员 WITH .F.,籍贯 WITH "长春市"

用 LIST 或者 BROWSE 命令看看学生.dbf 有什么变化。

注意:REPLACE…WITH…命令能够在一些辅助手段下进行字段赋值,根据特定的条件来替换字段值。具体方法是在它后面加上 FOR 逻辑表达式或 WHILE 逻辑表达式子句。

FOR 子句和 WHILE 子句是有区别的。FOR 子句会自动把指针移到表头再执行命令,而 WHILE 子句则在当前记录执行命令。

2. 记录的删除和恢复

在 Visual FoxPro 中,要把没有用的记录从表中永久删除,首先要对这些记录作删除标记。记录的恢复是指撤销删除标记。

1)删除记录

删除记录的步骤是:

（1）对记录设置删除标记，对应的命令是 DELETE。

命令：

DELETE

格式：

DELETE［范围］［FOR＜逻辑表达式 1＞］［WHILE＜逻辑表达式 2＞］；
　　　　［IN 工作区｜表别名］

说明：记录被设置删除标记后，仍存在于表文件中。用 LIST 或者 DISPLAY 命令可以看到删除标记是一个星号"＊"，而在 BROWSE 窗口中包含删除记号的记录前则有一个小黑块■。

（2）删除已经设置了删除标记的记录，对应的命令是 PACK。

命令：

PACK

格式：

PACK［MEMO］［DBF］

说明：将表中含有删除标记的记录从磁盘移去之后，系统将自动把表中的记录重新整理一遍。使用此命令时，表必须以只读方式打开。

［MEMO］关键字表示删除备注文件中不用的空间，但并不删除记录。

［DBF］表示删除记录，但不删除备注文件。

2）恢复记录

命令：

RECALL

格式：

RECALL［范围］［FOR＜逻辑表达式 1＞］［＜WHILE 逻辑表达式 2＞］

说明：撤销表中所有带有删除标记的记录。没有 FOR 短语指定逻辑条件，则只恢复当前带有删除标记的记录。

【实例 13-7】

```
USE 学生.dbf
DELETE FOR 姓名 = "林敏"
LIST
```

使用以上命令行后，姓名＝"林敏"的记录做了删除标记，在该记录前有一个星号"＊"。

接着使用以下命令：

```
DELETE FOR 党员 = .T.              && 所有党员前加了删除标记
RECALL RECORD 11                  && 恢复"林敏"的记录
PACK                             && 物理删除所有党员的记录
LIST
```

注意：如果要移去表中的所有记录，只留下表结构，则可以使用 ZAP 命令。运行 ZAP

命令相当于执行 DEAETE ALL 命令后,再执行 PACK 命令,但用 ZAP 命令更快。特别注意用 PACK 和 ZAP 命令删除的记录是不能再恢复的,所以操作时一定要小心。

13.3 数 据 库

数据库是当今应用最广最有活力的计算机技术之一,运用数据库技术开发的管理软件已广泛应用于各行各业,如财务管理、销售管理、行政管理、档案管理、图书管理等都离不开数据库。随着计算机技术的发展,数据库正以越来越强大的生命力深入各个领域的数据管理之中,使现代化管理发生了飞跃性的变化。

13.3.1 数据库概念

数据库(database)是按一定的结构和规则组织起来的相关数据的集合。

实际上,数据库就是一些存放数据的表格,把所需存放的各种数据分门别类存放在这些表中。

小的数据库可以是一张简单的表,大的数据库可以包含数以百计或更多相互关联的表。

1. 数据库的基本组成

数据库由一个以上相互关联的数据表组成,可以包含一个或多个表、视图、远程数据源的连接和存储过程。

视图(view):视图是一个保存在数据库中,由引用一个或多个表或其他视图的相关数据组成的虚拟表,可以是本地的、远程的或带参数的。

存储过程(stored procedure):保存在数据库中的一个过程。该过程包含一个用户自定义函数中的任何命令和函数。创建数据库时系统自动生成 3 个文件。

- 数据库文件:扩展名为 dbc。
- 数据库备注文件:扩展名为 dct。
- 数据库索引文件:扩展名为 dcx。

2. 数据库的设计过程

(1) 明确建立数据库的目的和使用方式。

(2) 设计所需的数据表(包括表结构和表记录)。

(3) 建立表之间的关系。

(4) 改进设计。

13.3.2 数据库基本操作

1. 数据库的创建过程

数据库的创建过程中一般会涉及下面的常用操作。

(1) 创建新表:用表设计器(设置字段属性和表属性)。

(2) 添加表:用数据库设计器按钮或数据库菜单。

(3) 创建视图:用视图向导、视图设计器。

(4) 建立关系:用鼠标将父亲的索引拖到子表的相关索引上。

(5) 编辑关系:用数据库菜单或快捷菜单(参照完整性生成器)。

（6）移去关系：用快捷菜单或 Delete 键。

（7）修改表：用表设计器。

（8）删除表或视图：用数据库设计器按钮或数据库菜单。

2. 数据库的创建、打开和关闭

1）创建数据库

创建数据库的步骤如下：

（1）从系统菜单中选择"文件"→"新建"命令，弹出"新建"对话框。

（2）在"新建"对话框中选择"数据库"并单击"新文件"按钮，在"创建"对话框中给出库文件名（如"学生管理"）和保存位置，按"确定"按钮保存。这样在数据库设计器中建立了新数据库。

注意：这时建立的数据库是空的，没有数据库表，可以利用"数据库设计器"工具栏向数据库添加表或视图。"数据库设计器"对话框及其工具栏如图 13-14 所示。

图 13-14 "数据库设计器"对话框

2）向数据库中添加已有的表

在数据库中可以方便地创建表。这种表隶属于数据库，称为数据库表。要向数据库添加已有的表（如课程.dbf），其操作步骤如下：

（1）单击数据库工具栏中"添加表"按钮，弹出"打开"对话框。

（2）选定"课程.dbf"，单击"确定"按钮，表被添加到数据库中。

依此方法，可将其他表添加到数据库中。

注意：一个表在同一时间内只能属于一个数据库，所以一个表加入新的数据库前必须先将该表从原数据库中移去。

3）在数据库中创建新表

这里以表学生.dbf（学生选课）为例，说明在数据库中创建数据库表的操作方法（该表的结构如表 13-1 所示），它是本书的常用表之一。

（1）单击"新建表"按钮，弹出"创建表"对话框。接下来的操作与创建自由表的操作基本相似。与自由表操作不同的是，数据库表可以设置字段级规则、记录级规则和记录有效性、触发器等。例如在图 13-15 中，可以为每个字段设置标题属性和掩码属性。

（2）单击"数据库设计器"对话框中的"确定"按钮，关闭数据库表设计器。

（3）接着在学生.dbf 中输入记录。

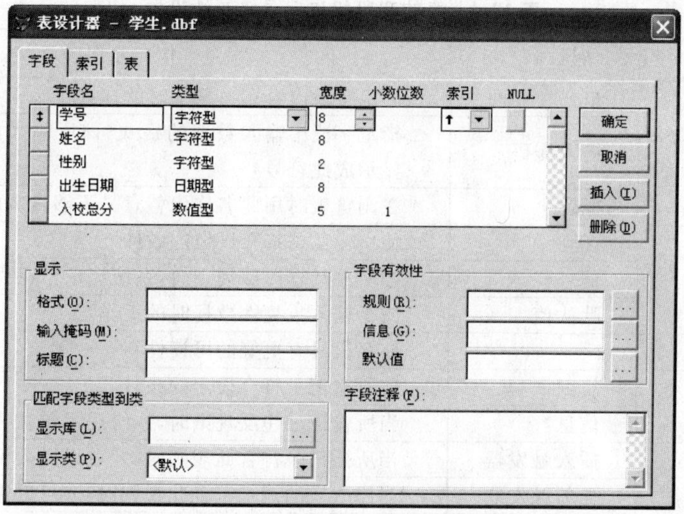

图 13-15 "表设计器"对话框

4）打开数据库

可以从"文件"菜单中选择"打开"命令，在"打开"对话框中选择要打开的数据库文件。如果数据库文件已包含在项目中，也可以在项目中打开。实际上，数据库是一个容器对象，当打开数据库时，同时也打开了数据库设计器及数据库中所有的表，利用数据库来管理表的一个重要优点就是：当数据库打开时，其中所有的表也同时打开了。

打开数据库文件对应的命令是：

OPEN DTATBASE<数据库名>

该命令可以在窗口中输入

5）关闭数据库

关闭数据库对应的命令是：

CLOSE DATABASE   && 关闭当前数据库
CLOSE ALL   && 关闭所有被打开的数据库

注意：

（1）关闭了数据库表不等于关闭了数据库，但关闭了数据库则其中的数据表被同时关闭。

（2）用鼠标关闭了数据库设计器窗口并没有关闭数据库。

3. 数据库表的属性

数据库表作为数据库的一部分，可作设置其字段级、记录级规则，以及记录有效性、触发器等。而自由表则不能设置这些属性。这又是自由表与数据库表的一个区别。在数据库表的表设计器中，选项卡"字段"和"表"可以设置表的各种属性。

表 13-4 列出了表的字段级和记录级属性设置。

1）字段级规则

字段级规则是一种与字段相关的有效性规则，在插入或修改字段值时被激活，多用于数据输入正确性的检验。

表 13-4 表的字段级和记录级属性设置

属 性 类 别	属 性 名 称	作　用
字段显示属性	格式	确定字段内容在被显示时的样式
	输入掩码	指定字段中输入数据的格式（即所输入的任何内容均显示成此符号）
	标题	在浏览表时用此名称代替意义不够直观的字段名
字段有效性	规则	使所输数据符合设定的条件
	信息	当所输数据违反规则时，系统提示错在哪里
	默认值	减少输入重复性数据时的工作量
字段注释		使字段具有更好的可读性
记录验证规则	规则	使所输记录符合设定的条件
	信息	当所输记录违反规则时，系统提示错在哪里
触发器	插入触发器	当所插记录符合此规则时，才可以插入到表中
	更新触发器	当修改后的记录符合此规则时，才可以进行修改
	删除触发器	当待删记录符合此规则时，才可以被删除掉
表注释		使表具有更好的可读性

为字段设置验证规则的方法：

（1）在表设计器中选定要建立规则的字段名。

（2）在"规则"方框旁边选择"…"按钮。

（3）在表达式生成器中设置有效性表达式，并按"确定"按钮。

（4）在"信息"框中，输入用引号括起的错误提示信息。

（5）在"默认值"框中，输入合适的初值（注意不同类型数据的表示方法）。

（6）按"确认"按钮。

2）记录级规则

记录级规则是一种与记录相关的有效性规则，当插入或修改记录时激活，常用来检验数据输入的正确性。记录被删除时不使用有效性规则。记录级规则在字段级规则之后和触发器之前激活，在缓冲更新时工作。

3）触发器

触发器是在一个插入、更新或删除操作之后运行的记录级事件代码。不同的事件可以对应不同的，它们常用于交叉表的完整性检验中。

13.3.3 数据库的基本操作命令和数据库表的约束机制

上面有关创建数据库、向数据库添加或移去表等操作，可以用命令来实现，下面对它们进行一些简单的介绍。

1. 创建新的数据库文件命令

命令：

CREATE BATABASE＜库文件名＞

说明：该语句创建并打开一个数据库文件。

2. 打开指定的数据库文件

命令：

```
OPEN DATABASE<库文件名>
```

说明：该语句打开一个数据库文件。

3. 关闭数据库文件

命令：

```
CLOSE DATABASE
```

说明：该语句关闭当前工作区的数据库文件。

命令：

```
CLOSE DATABASE ALL
```

说明：使用参数 ALL，则该语句关闭所有工作区中的数据库。

4. 删除数据库

命令：

```
DELETE BATABASE<库文件名>
```

说明：该语句删除指定的数据库文件。

5. 向数据库添加表

命令：

```
OPEN DATABASE<库文件名>     && 先打开要添加表的数据库
ADD TABLE 表名               && 向打开的数据库文件添加指定的表
```

说明：该语句打开指定数据库文件，向其中添加指定表。

6. 移去数据中的表

命令：

```
OPEN DATABASE<库文件名>
```

说明：

```
REMOVE TABLE 表名
```

说明：该语句打开指定数据库文件，移去其中指定的表。

7. 打开数据库表

命令：

```
OPEN DATABASE<库文件名>
USE<表名>
```

说明：该语句打开指定数据库文件中的表。

13.4 表 的 索 引

数据库系统中所设计的索引技术，作为一种排序机制不但能优化表内查找，更重要的是能根据由此创建的表间关系来进行表间查找。

同一本书的目录一样，表索引是一个记录号与索引值的列表，它确定了记录的处理顺序。它并不改变表中所存储记录的顺序，只改变了 Visual FoxPro 系统读取每条记录的顺序。

索引建立在索引文件中，可以为一个表建立多个索引，每一个索引代表一种处理记录的顺序。

13.4.1 索引类型

1. 一般分类

表的索引有下列两种类型。

1) 单索引文件

只包含一个索引项的索引文件，称为单索引文件，该文件的扩展名是 IDX。

2) 复合索引文件

含有多个索引项的索引文件，称为复合索引文件，该文件的扩展名是 CDX。复合索引又分为结构复合索引和非结构复合索引。当 Visual FoxPro 打开一个表时，便自动查找结构复合索引文件。

2. 按功能分类

按功能不同又可将索引文件分为 4 类。

1) 主索引

主索引是一个永远不允许在指定字段和表达式中出现重复值的索引，它是在永久关联中建立参照完整性时主表和被引用表使用的索引。主索引决定了处理记录的顺序。创建主索引时要求在指定字段或表达式中不允许出现重复值，这样可以确保字段中输入值的唯一性。可以为数据库中的每一个表建立一个主索引（自由表没有主索引）。如果一个表已经有了一个主索引，可以继续添加候选索引。

2) 候选索引

与主索引类似，要求字段值的唯一性并决定了处理记录的顺序。一个表只能建立一个主索引，一个表（自由表和数据表）允许建立多个候选索引。候选索引可作主关键字的索引。

3) 普通索引

允许表中有重复索引值的记录，它决定记录的处理顺序。在一个表中可以加入多个普通索引。它是 Visual FoxPro 中最普通的一种索引，对应于下列命令：

```
INDEX ON<索引关键字>TAG<索引标志>
```

4) 唯一索引

允许表中索引值的记录不唯一，但索引文件中不能有相同的索引值，即对于索引值相同的记录，只有记录号最小的记录号才能存于索引文件中。这是为兼容旧版本而保留的一种形式。

13.4.2 索引的建立和删除

索引分单项索引和复合字段索引两种，按单个字段建立的索引称为单项索引，按多个字段建立的索引称为复合字段索引。

1. 利用表设计器建立索引

表的索引可以在建表的时候创建，也可以打开已有表，利用"表设计器"创建表的索引。下面介绍如何在"表设计器"中建立表的索引。

（1）在"索引名"列中输入索引标识名。如果"字段"选项卡中设置了索引，则索引名将自动出现。

　　表的索引是以字段为基础的,即设置表中哪一个字段的值来排序。索引标识名标识了
索引的字段名称,它是由用户自行定义的。

　　(2) 从"类型"列表中选择索引类型。

　　(3) 在"表达式"列中输入作为记录排序依据的字段名,或通过单击"表达式"列框后面
的 □ 按钮,弹出"表达式生成器"对话框来建立表达式。

　　(4) 设置筛选表达式。若想有选择地输出记录,可以在"筛选"列中输入筛选表达式,或
者单击该列表框后面的 □ 按钮来建立表达式。例如要筛选性别为"女"的记录,则在"筛选"
列中输入性别="女"。

　　(5) 左侧"排序"列中的箭头按钮表示升/降序,箭头方向向上表示升序,向下时则按降
序排序。

　　(6) 如果要设置多个索引,重复步骤(1)～(5),设置好索引后,单击"确定"按钮关闭对
话框。

　　【实例 13-8】 给学生表建立一个按学号字段升序排列的主索引 xh,建立一个按姓名降
序排列的普通索引 xm,如图 13-16 所示。

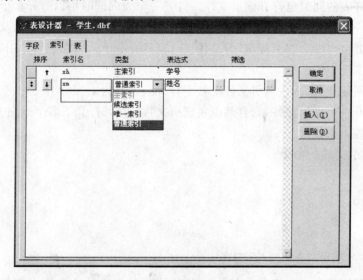

图 13-16　表设计器建立索引

2. 使用命令建立索引

命令:

INDEX ON

格式:

INDEX ON ＜索引表达式＞＜TO 单索引文件名＞|＜TAG 索引标识名＞
[FOR 逻辑表达式][ASCENDING]|[DESCENDING]

说明:命令中各关键字有它们特定的含义。

　　• ＜索引表达式＞可以是一个字段名称,或几个字段名称的组合,也可以是一个表达

式或自定义函数。但表达式中各元素的值的类型要保持一致。

- <TO 单索引文件名>用于建立单索引文件,<TAG 索引标识名>用于建立复合索引文件。而[ASCENDING]表示以升序建立索引(默认情况下),[DESCENDING]则表示以降序建立索引。
- [FOR 逻辑表达式]是设置筛选索引的子句,它的作用是把所访问的记录限制在指定的条件上。当创建了筛选索引之后,只有符合筛选表达式的记录才可显示和访问。

【实例 13-9】 给学生表建立一个按性别字段升序排列的索引 xb,建立一个按入校总分降序排列的索引 rxzf。

```
USE 学生
INDEX on 性别 TAG xb   && 性别为索引关键字,以 xb 为索引标识符建立复合索引
BROWSE
INDEX ON 入校总分 TAG rxzf descending
BROWSE
```

3. 打开与关闭索引文件

若要求在对表的记录进行操作(添加、删除、修改)时,索引文件也会随之作相应的修改,此时就要在打开表的同时也打开索引文件。打开一个表的同时可以打开多个索引文件。但任何时刻只有一个索引文件起作用,当前起作用的索引文件称为主控索引文件;同一个复合索引文体中能包含多个索引标识,但是任何时刻只有一个索引标识起作用,当前起作用的索引标识称为主控索引。

如果索引刚建立,那么该索引文件就处于打开状态并为主控索引文件。

如果仅打开一个索引文件,它自然就主索引文件;如果打开了多个索引文件,可以通过命令来确定主控索引文件。

1) 打开索引文件的命令

命令:

```
SET INDEX TO
```

格式:

```
SET INDEX TO<索引文件表>[ADDITIVE]
```

说明:打开当前表一个或多个索引文件,索引文件表中第一个索引文件为主控索引文件。如果 ADDITIVE 缺省,则在打开指定的索引文件时,关闭除了结构复合索引文件以外的所有索引文件。

命令"USR 文件名 INDEX 索引文件表"用法跟上面命令相似。

2) 关闭索引文件

命令:

```
SET INDEX TO
```

格式:

```
SET INDEX TO
```

说明:关闭当前工作区中除了结构复合索引文件以外的所有索引文件。

4. 索引的删除

可以通过删除.cdx 文件中的标识来删除不再使用的索引。删除无用的索引标识可以提高性能,因为 Visual FoxPro 不必再去更新不需要的标识。

从.cdx 结构文件中删除标识有两种途径:通过"表设计器"和使用命令。

通过"表设计器"从.cdx 结构文件中删除标识。其步骤如下:

① 打开"表设计器"。

② 单击"索引"选项卡,在选项卡中所列的索引列表中选择要删除的索引名(即索引标识)。

③ 单击"删除"按钮后便可以把索引删除。

通过使用 DELETE TAGE 命令从.cdx 结构文件中删除标识。

命令:

DELETE TAG

格式:

DELETE TAG<索引标识|ALL>

说明:"DELETE TAG 索引标识"只是删除索引文件中的一个索引,而 DELETE TAG ALL 则删除所有的索引。

示例:删除 xsda 表中包含的 xml 标识。

USE xsda
DELETE TAG xml

13.5 记录的排序

表中的记录通常按输入的先后顺序排列,有时需要改变其排列顺序输出,例如在 xsda 表中,要求将 rxcj 从高到低排列,这就需要对表中的记录的排列顺序进行重排。

排序就是根据表中某些字段的值重新排列记录,并将排序结果保存到新表,而原表不变。

命令:

SORT TO

格式:

SORT TO<新表文件名>ON<字段名 1>[/A][/D][/C]
[,<字段名 2>[/A][/D][/C]…][范围][FOR<条件>]
[WHILE<条件>][FIELDS<字段名表>]

说明:根据字段名表中指定的字段值按升/降序进行排序,排序结果保存到新表中。

注意:ON 短语的字段名不能是备注型或通用型。可以使用多个字段名实现多重排序,即先按字段名 1 排序,对于字段值相同的记录再按字段名 2 排序,以此类推。

排序的最大特点是每次排序都会生成一个内容与源表完全相同,只是记录的排序不同的表。所以,排序通常适用于记录较少的表,因为对于规模较大的表进行排序,不但占用时间长,生成的新表占用存储空间大,而且源表中的数据一经修改,又需要重新排序。所以,在实际中用得较少，最常用的方法还是索引。

【实例 13-10】 对学生表按入校总分字段进行排序，生成排序文件名为成绩.dbf，排序文件输出字段包括学号、姓名、性别和入校总分。

```
USE 学生.dbf
BROW
SORT TO 成绩 on 入校总分 fields 学号,姓名,性别,入校总分
USE 成绩
BROW
```

排序后结果如图 13-17 所示。

成绩

学号	姓名	性别	入校总分
20073001	张冰冰	女	390.0
20073002	朱峰	男	412.0
20072601	李想	男	420.0
20073003	张力	女	428.0
20072603	吴丽丽	女	450.0
20073005	贺喜	女	507.0
20072605	李玉田	男	510.0
20073006	王雪	女	510.0
20073004	吴立阳	男	513.0
20072602	王雪峰	男	522.0

图 13-17　排序的结果

13.6　表的统计

表的统计指对表中符合条件的记录及记录中的数据的统计。表的统计通过统计命令来实现。

1. 求和命令

命令：

```
SUM
```

格式：

```
<数值型字段名表>[范围][FOR<条件 1>][WHILE<条件 2>][TO<内有变量表>]
```

说明：在打开的表中，对数值型字段名表的各个字段分别求和。

【实例 13-11】 对于学生表，求女生的入校总分的总和，结果存在 ml 变量中。

```
CLEAR
USE 学生
SUM 入校总分 TO ml FOR 性别 = "女"
?ml
```

2. 求平均值命令

命令：

```
AVERAGE
```

格式：

AVERAGE<数值型字段名表>[范围][FOR<条件1>][WHILE<条件2>][TO<内存变量表>]

说明：在当前表中，对数值型字段名表的各个字段分别求平均值。

【实例 13-12】 对于学生表，求女生的入校总分的平均值，结果存在 m2 变量中。

```
CLEAR
USE 学生
AVERAGE 入校总分 TO m2 FOR 性别 = "女"
?m2
```

3. 计数命令

命令：

COUNT

格式：

COUNT[范围][FOR<条件1>][WHILE<条件2>]<内存变量表>

说明：计算指定范围内满足条件的记录数。

注意：通常记录数显示在主窗口的状态栏中，使用 TO 子句还能将记录数保存到内存变量中，以便以后引用。缺省[范围]将指定表的所有记录。

【实例 13-13】 对于学生表，求女生人数，结果存在 m3 变量中。

```
CLEAR
USE 学生
COUNT TO m3 FOR 性别 = "女"
?m3
```

4. 分类汇总命令

汇总命令可对数据进行分类合并。例如在选课表中，可能要按课程汇总成绩，工资计算系统可能要按部门汇总工资等。

命令：

TOTAL TO

格式：

TOTAL TO<文件名>ON<关键字>[FIELDS<数值型字段名表>][范围][FOR<条件1>][WHILE<条件2>]

说明：在当前表中，分别对关键字值相同的记录的数值型字段值求和，并将结果存入一个新表。一组关键字值相同的记录在新表中产生一条记录。对于非数值型字段，只将关键字值相同的第 1 条记录的字段值放入该记录。FIELDS 子句的数值型字段表指出要汇总的字段。

注意：关键字指排序字段或索引关键字，即当前表必须是有序的，否则不能汇总。

【实例 13-14】 对于学生表，按性别汇总学生的入校总分。

```
USE 学生
INDEX ON 性别 TAG xb1
TOTAL ON 性别 TO 成绩汇总 FIELDS 入校总分
```

```
USE 成绩汇总
BROWSE
```


执行上面命令行后，结果如图 13-18 所示。

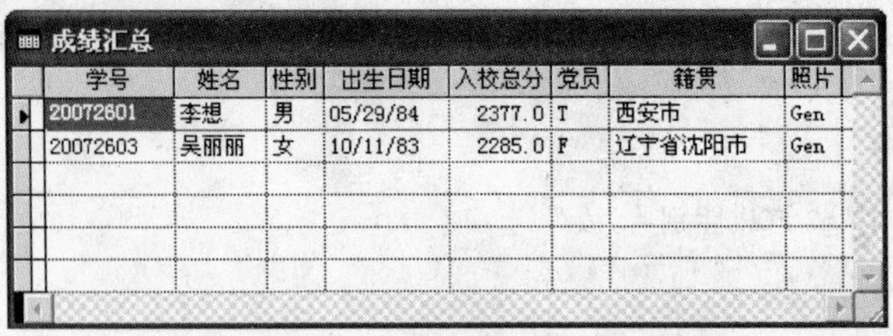

成绩汇总

学号	姓名	性别	出生日期	入校总分	党员	籍贯	照片
20072601	李想	男	05/29/84	2377.0	T	西安市	Gen
20072603	吴丽丽	女	10/11/83	2285.0	F	辽宁省沈阳市	Gen

图 13-18　成绩汇总结果

13.7　设置表间关系

在数据库设计器中，通过链接不同表的索引可以很方便的建立表之间的关系。共同的字段是两表联系的纽带，即关系（也称关联）。表之间的关系有永久性关系和临时关系两种。

13.7.1　表间永久性关系

数据库的重要优点之一便是能为表建立永久的关系。永久关系是数据库表之间的一种关系，而且作为数据库的一部分保存起来。表间的永久关系是通过索引建立的。

表间的永久性关系有一对一关系、一对多关系、多对多关系 3 种。下面简单进行介绍。

（1）一对一关系：在这种关系中，表 A 的一条记录在表 B 中只能对应一条记录，而表 B 中的一条记录在表 A 中也只能有一条记录与之对应。两表间的一对一关系不经常使用。

（2）一对多关系：一对多关系是关系型数据库中最普通的关系。在这种关系中，表 A 的一条记录在表 B 中可以多个记录与之对应，但表 B 中的每个记录最多只能有一条与表 A 的记录相对应。

（3）多对多关系：在这种关系中，表 A 可以有多条记录与表 B 中一条记录对应；反过来，表 B 中也可以有多条记录与表 A 的一条记录对应。

在这 3 种关系中，用得最多的是一对多关系。下面主要讨论一对多关系的建立。

表之间创建关系之前，想要关联的表需要有一些公共的字段和索引，而且必须在父表创建了主索引。这些公共的字段称为主关键字字段和外部关键字段。

- 主关键字字段：主关键字字段标识了表中的特定记录，如学生.dbf 中“学号”是主关键字字段，因为每个学生的“学号”的值是不允许相同的，是唯一的。

对主关键字字段要做一个主索引。

- 外部关键字字段：外部关键字字段标识了存有数据库里其他表中的相关记录，即一个表中的外部关键字字段在表中是作为主关键字字段，如“学号”在选课.dbf 中是外部关键字字段，因为“学号”值在此表中是允许有重复值的，而“学号”是学生.dbf 中的主关键字字段。

对外部关键字字段要做普通索引。

以表选课.dbf 和学生.dbf 为例，将学生.dbf 作为父表，其"学号"字段设为主索引；选课.dbf 作为子表，其"学号"字段设为普通索引。

13.7.2 建立表间关系

在"数据库设计器"中将表选课.dbf 的"学号"索引字段拖至表学生.dbf 的"学号"字段上，则在两表间设置了关系。此时在"数据库设计器"中可看到一条连接了两表的线，如图 13-19 所示。

图 13-19 建立连接

注意：需先建立索引然后才能建立关系。

在图 13-19 中，关系边线的一边为单头，一边为多头（三头），即表明两表间的关系是一对多的关系。

13.7.3 编辑表间的关系

表间的关系创建后，用户还可以编辑它，方法如下：

（1）单击关系创建后，边线将会变粗，按 Delete 键可删除该关系。

（2）双击表间的关系线，或用鼠标右键单击关系边线，从菜单中选择"编辑关系"（如图 13-19 所示），均可打开"编辑关系"（Edit Relationship）对话框，该对话框如图 13-20 所示。

图 13-20 "编辑关系"对话框

表间关系分为一对一、一对多、多对多关系，这里两表的关系是一对多的关系，因为一个学生可选多门课程。

关系的类型是由子表中所用索引的类型决定的,例如:

- 若子表的索引是主索引或候选索引,则关系是一对一。
- 若子表的索引是唯一索引或普通索引,则关系是一对多。

设置了表间关系后,在下面的操作中,这些永久关系将作为表间的默认链接。

13.7.4 数据工作期窗口

数据工作期是一个用于设置工作环境的交互操作窗口。所设置的环境可以包括打开的表及其索引,多个表之间的关联等状态。这种环境可以作为视图文件保存起来,需要时打开视图文件就可恢复原来的环境。数据工作期窗口使操作变得更加方便。

打开"数据工作期"窗口可以用菜单方式或命令方式。

1. 菜单方式

在菜单栏中打开"窗口"菜单,在菜单选项中单击"数据工作期"选项,即可打开"数据工作期"窗口。

2. 命令方式

在命令窗口中直接执行下列两条命令之一即可打开"数据工作期"窗口:

SET 或 SET VIVW ON

"数据工作期"窗口如图 13-21 所示。该窗口包括 3 部分:左边的"别名"列表框用于显示目前已打开的表,并可从中选定一个表作为当前表。右边的"关系"列表框用于显示表之间的关联状况。

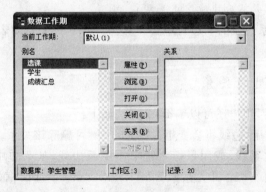

图 13-21 "数据工作期"窗口

中间 5 个可用按钮的功能简介如下:

(1)"属性"按钮　用于打开工作区属性对话框。

(2)"浏览"按钮　为当前表打开浏览窗口,用户可以浏览或编辑数据。

(3)"打开"按钮　显示"打开"对话框来打开表。如果数据库已打开,则可打开数据库表。

(4)"关闭"按钮　关闭当前表。

(5)"关系"按钮　以当前表为父表建立关联。

13.7.5 表间临时关系

临时关系是两自由表之间仅在运行时存在的关系。建立临时关系后,子表的指针会随主表记录指针的移动而移动。表被关闭后,关系自动解除。

建立关系的方法主要有在数据工作期窗口建立关系和用命令建立关系两种。

1. 使用 SET RELATION 命令建立关系

命令格式:

```
SET RELATION TO<表达式>INTO <别名>
```

说明:该命令的功能是以当前表为父表与其他一个或多个子表建立关系,其中<表达式>为父表的字段表达式,其值将与子表的索引关键字值进行比较;<别名>表示子表或其所在的工作区别名。

取消关联的命令:

```
SET RELATION TO
```

【实例 13-15】 将表文件学生.DBF 和选课.DBF 表以学号为关键字段建立关联。

```
SELECT   2              && 选择工作区 2
USE  选课               && 打开表文件选课
INDEX ON 学号 TAG 学号   && 建立学号标识
SET ORDER TO TAG 学号    && 指定学号为主索引
SELECT 1                && 选择工作区 1
USE  学生               && 打开表文件学生
SET  RELATION  TO  学号 INTO 2
```

结果以"多对一"关系显示学生各科成绩。

2. 在"数据工作期"窗口建立关系

在"数据工作期"窗口建立关联的步骤是:

(1) 打开要建立关联的表。

(2) 为子表按关联的关键字建立索引或确定主控索引。

(3) 选定父表工作区为当前工作区,并与一个或多个子表建立关联。

(4) 必要时,说明建立的关联为一对多关系(系统默认为多对一关系)。

13.8 练 习 题

1. 建立一个项目,项目名为"人力资源管理"。

2. 建立一个名为"人力资源库"的数据库,并将该数据库添加到"人力资源管理"项目中。

3. 建立一个表名为"部门表"的自由表,录入 5 条记录。并将该表添加到"人力资源库数据库"中。表结构如下:

字 段 名 称	数 据 类 型	说　　明
部门编号	字符(4)	编号,用来提供每一个部门的编号
部门名称	字符(16)	记录部门名称

4. 在"人力资源库"中建立表名分别为"职工表"、"用户表"的数据库表并录入一定数量的记录,表结构如下:

职工表:

字 段 名 称	数 据 类 型	说　　　明
职工号	字符型(8)	职工号,这是职工表的关键字,是唯一的
姓名	字符型(8)	职工姓名
曾用名	字符型(8)	职工曾用名
性别	字符型(2)	性别
民族	字符型(10)	民族
政治面貌	字符型(8)	政治面貌
婚否	字符型(4)	婚否,包括已婚、未婚两种情况
身份证	字符型(18)	身份证
部门编号	字符型(4)	部门编号
出生日期	日期型(8)	出生日期
职务	字符型(10)	职务
职称	字符型(10)	职称
学历	字符型(10)	学历
专业	字符型(10)	专业
毕业学校	字符型(20)	毕业学校
工作时间	日期型(8)	工作时间
籍贯	字符型(40)	籍贯
家庭住址	字符型(40)	家庭住址
个人简历	备注型(4)	个人简历是个人发展具体情况的说明,可以有较多内容
照片	通用型(4)	记录职工个人照片,最好是 bmp 格式文件

用户表:

字 段 名 称	数 据 类 型	说　　　明
NAME	字符型(10)	登录用户的名字
LEVEL	字符型(9)	登录用户的使用权
PWD	字符型(20)	登录密码
RECLOGIN	备注型(4)	记录登录信息
TIMES	整型(4)	登录次数
BACKIMG	字符型(40)	登录背景图片(供扩展功能)

5. 将"职工表"的"性别"字段的字段有效性的规则设定为只能输入"男"或者"女",输入错误时提示"性别输入有误",默认值为"男"。

6. 在"部门表"中建立主索引 bmbh,索引字段为"部门编号",在"职工表"中建立主索引 zgh,索引字段为"职工号",建立普通索引 bmbh,索引字段为"部门编号"。

7. 通过"部门编号"字段,将"部门表"和"职工表"连接在一起。

8. 通过"出生日期"字段对职工表的记录进行升序排列。

第14章　查询与视图的创建与操作

查询和视图是对数据进行检索的一个重要工具和方法，或者说是 Visual FoxPro 支持的一种数据库对象。本章主要介绍用"查询向导"或"查询设计器"建立查询、查询的运行与修改、查询去向的设置以及用"视图向导"或"视图设计器"建立视图、使用视图进行数据更新、建立远程视图的方法。

14.1　查　询

查询是 Visual FoxPro 支持的一种数据库对象，是 Visual FoxPro 为了方便检索数据提供的一种工具或方法。查询是从指定的表或视图中提取满足条件的记录，然后按照想得到的输出类型定向输出查询结果。查询的扩展名为 QPR。

14.1.1　使用查询向导创建查询

查询向导可以引导用户快速设计一个简单查询。查询向导将询问从哪些表或视图中搜索信息，并根据用户对一系列提问的回答来建立查询。

进入"查询向导"的3种方法

（1）选择"工具"→"向导"→"查询"命令。

（2）选择"文件"→"新建"命令，进入"新建"对话框，选择"查询"单选按钮，单击"向导"按钮。

（3）在"项目管理器"窗口中，选择"数据"选项卡，选中"查询"，单击"新建"按钮，出现"新建查询"对话框，单击"查询向导"按钮。

无论使用以上哪种方法，都会弹出"向导选取"对话框，如图 14-1 所示。

用户可在"向导选取"对话框中选择所建查询的类型。

① 查询向导：创建一个标准的查询。

② 交叉表向导：可将查询结果以电子表格的格式显示出来。

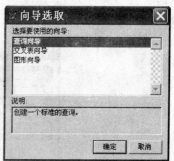

图 14-1　"向导选取"对话框

③ 图形向导：在 Microsoft Graph 中创建一个显示 Visual FoxPro 表数据的图形。

【实例 14-1】 依据"学生管理"数据库中的"学生"表和"选课"表，使用查询向导创建一个显示所有女同学选课的基本情况的多表查询。在查询中输出的字段包括"学号"、"姓名"、"性别"、"课程号"和"成绩"，将查询以文件名"女同学选课情况.qpr"保存在"e:\学生管理\

查询"目录下。

操作步骤如下：

(1) 选择"文件"→"新建"命令,进入"新建"对话框,选择"查询"单选按钮,单击"向导"按钮,弹出"向导选取"对话框,如图 14-1 所示。

(2) 在"向导选取"对话框中选择"查询向导",单击"确定"按钮,弹出查询向导的"步骤 1-字段选取"对话框。在"数据库和表"列表框中选择"学生"表,在"可用字段"列表中选择"学号"字段,单击 ▶ 按钮,将其添加到的"选定字段"列表中。重复此操作,将"姓名"和"性别"字段添加到的"选定字段"列表中；然后再在"数据库和表"列表框中选择"选课"表,将"课程号"和"成绩"字段添加到"选定字段"列表中,如图 14-2 所示,完成字段选取操作。

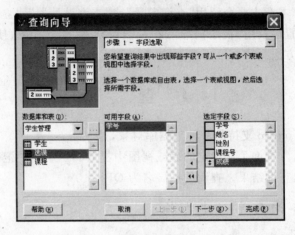

图 14-2 "步骤 1-字段选取"对话框

(3) 单击"下一步"按钮,弹出查询向导的"步骤 2-为表建立关系"对话框。这一对话框的任务是从关系列表中选择匹配的字段用于决定表或视图间的关系。对于"学生"表和"选课"表,它们是由字段"学号"联系起来的一对多关系,因此在两个表的字段下拉列表框中分别选取"学生.学号"和"选课.学号",然后单击"添加"按钮,将关系表达式"学生.学号＝选课.学号"添加到列表框中,如图 14-3 所示,完成建立两表关联关系的操作。

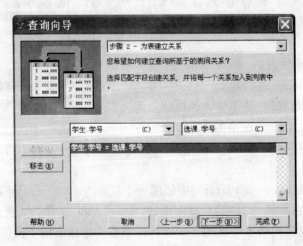

图 14-3 "步骤 2-为表建立关系"对话框

（4）单击"下一步"按钮，弹出查询向导的"步骤2a-字段选取"对话框，如图14-4所示。通过对话框中不同的选项按钮可以限制查询，各选项说明如下：

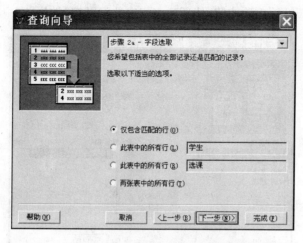

图14-4 "步骤2a-字段选取"对话框

- "仅包含匹配的行"单选按钮。将选取两表中学号相同的记录。
- "此表中的所有行"单选按钮（"学生"表）。将选取"学生"表中的所有记录，而"选课"表中学号不同的记录将不出现。对于在"学生"表中有，但在"选课"表中没有的记录，其字段值将以NULL值替代。
- "此表中的所有行"单选按钮（"选课"表）。将选取"选课"表中的所有记录，而"学生"表中学号不相同的记录将不出现。对于"学生"表中没有的记录，其字段值将以NULL值替代。
- "两张表中的所有行"单选按钮。将选取"学生"表和"选课"表中的所有记录。

本例选择"仅包含匹配的行"单选按钮。

（5）单击"下一步"按钮，弹出查询向导的"步骤3-筛选记录"对话框，分别在"字段"、"操作符"下拉列表框中选定"学生.性别"和"等于"，在"值"文本框中输入"女"，如图14-5所示，完成记录筛选操作。

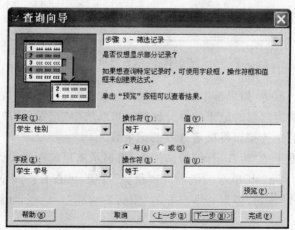

图14-5 "步骤3-筛选记录"对话框

查询与视图的创建与操作

（6）单击"下一步"按钮，弹出查询向导的"步骤 4-排序记录"对话框（见图 14-6），选择"可用字段"列表中的"学生.学号"字段，单击"添加"按钮，将"学生.学号"添加到"选定字段"列表中。然后选中"升序"单项按钮，使新建查询中的记录按"学生"表中的"学号"升序排序。

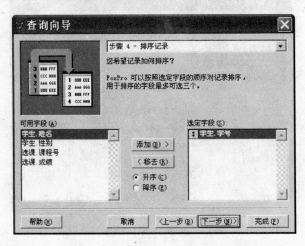

图 14-6 "步骤 4-排序记录"对话框

（7）单击"下一步"按钮，弹出查询向导的"步骤 4a-限制记录"对话框，如图 14-7 所示，在这个对话框中，有两组选项：

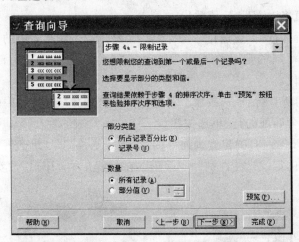

图 14-7 "步骤 4a-限制记录"对话框

- 在"部分类型"框中，如果选中"所占记录百分比"单选按钮则"数量"框中的"部分值"单选按钮将决定选取的记录的百分比数；如果选中"记录号"单选按钮，则"数量"框中的"部分值"单选按钮将决定选取的记录数。
- 选中"数量"框中的"所有记录"单选按钮，将显示满足前面所设条件的所有记录。

本例中，选择"所有记录"单选按钮，单击"预览"按钮，可查看查询设计的效果。

（8）单击"下一步"按钮，弹出查询向导的"步骤 5-完成"对话框，如图 14-8 所示。

选项说明：

- "保存查询"单选按钮。将所设计的查询保存，以后在项目管理器或程序中运行。

图 14-8 "步骤 5-完成"对话框

- "保存并运行查询"单选按钮。将所设计的查询保存,并运行该查询。
- "保存查询并在'查询设计器'修改"单选按钮。将所设计的查询保存,同时打开查询设计器修改该查询。

本例中,选择"保存并运行查询"单选按钮。

(9) 单击"完成"按钮,将弹出"另存为"对话框,如图 14-9 所示。

运行结果如图 14-10 所示。

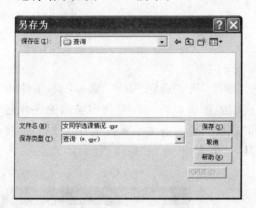

图 14-9 "另存为"对话框

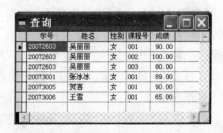

图 14-10 "女同学选课情况"查询运行结果

14.1.2 使用查询设计器创建查询

1. 进入"查询设计器"窗口有 3 种方法

(1) 选择"文件"→"新建"命令,进入"新建"对话框,选择"查询"单选按钮,单击"新建文件"按钮。

(2) 用命令 CREATE QUERY 打开"查询设计器"建立查询。

(3) 在"项目管理器"窗口中,选择"数据"选项卡,选中"查询"文件类型,单击"新建"按钮,出现"新建查询"对话框,单击"新建查询"按钮。

以上 3 种方法都会打开"查询设计器",如图 14-11 所示。

查询与视图的创建与操作

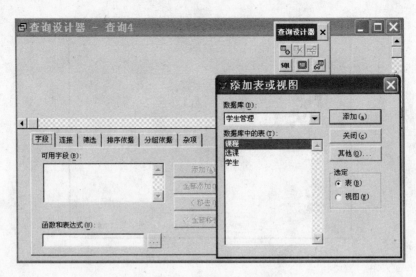

图 14-11　查询设计器

2. 查询设计器工具栏

"查询设计器工具栏"各按钮的功能如下所示。

按钮：添加表。

按钮：移去表。

按钮：添加数据库表间的连接。

按钮：显示 SQL 窗口。

按钮：最大化上部窗格。

按钮：确定查询去向。

【实例 14-2】 依据"学生管理"数据库中的"学生"表、"选课"表和"课程"表,使用查询设计器创建一个显示所有党员同学的各门课成绩的多表查询。在查询中输出的字段包括"学号"、"姓名"、"性别"、"课程号"、"课程名"和"成绩",要求输出结果按学号升序排序,将查询以文件名"党员同学成绩查询.qpr"保存在"e:\学生管理\查询"目录下。

操作步骤如下:

(1) 选择"文件"→"新建"命令,进入"新建"对话框,选择"查询"单选按钮,单击"新建文件"按钮,打开"添加表或视图"对话框,如图 14-12 所示。

(2) 在"添加表或视图"对话框中分别选择"学生"表、"选课"表和"课程"表,将它们添加到查询设计器中,单击"关闭"按钮,进入查询设计器。

(3) 在查询设计器的"字段"选项卡中,在"可用字段"列表中选择"学生.学号"、"学生.姓名"、"学生.性别"、"选课.课程号"、"课程.课程名"和"选课.成绩",分别单击"添加"按钮,将这些字段添加到"选定字段"列表中,如图 14-13 所示。

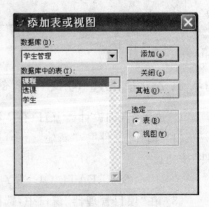

图 14-12　"添加表或视图"对话框

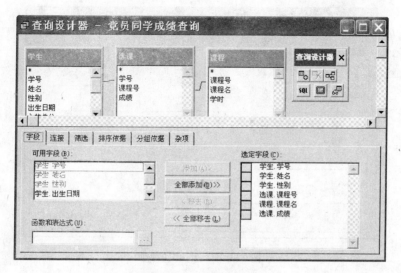

图 14-13 "字段"选项卡

（4）选择"连接"选项卡，在"连接"选项卡中设置连接条件，如图 14-14 所示。

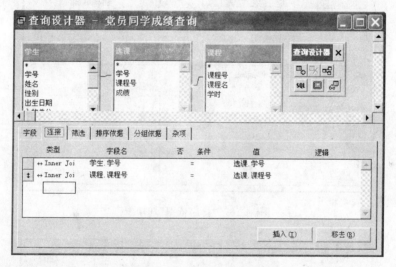

图 14-14 "连接"选项卡

（5）选择"筛选"选项卡，在"筛选"选项卡中设置筛选条件，如图 14-15 所示。

（6）选择"排序依据"选项卡，在"排序依据"选项卡中设置排序依据，如图 14-16 所示。

（7）选择"分组"选项卡，在这里不进行分组，使用默认值。

（8）选择"杂项"选项卡，查询设计器的"杂项"选项卡中的设置，如图 14-17 所示。

（9）在查询设计器上单击鼠标右键，在弹出的快捷菜单中选择"运行查询"命令，查询结果如图 14-18 所示。

（10）关闭查询结果窗口，单击查询设计器右上角的"关闭"按钮，关闭查询设计器，Visual FoxPro 将提示是否存盘，单击"是"按钮，将打开"另存为"对话框，将结果命名为"党员同学成绩查询"，保存在"e:\学生管理\查询"下，如图 14-19 所示。

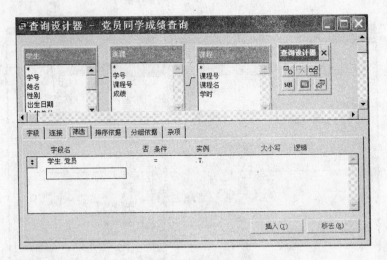

图 14-15　"筛选"选项卡

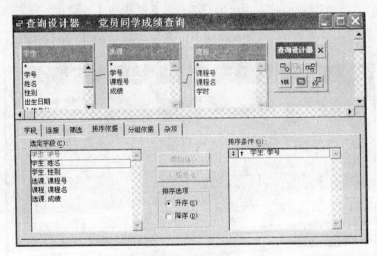

图 14-16　"排序依据"选项卡

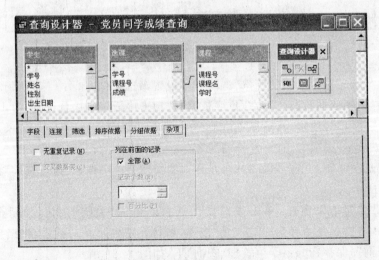

图 14-17　"杂项"选项卡

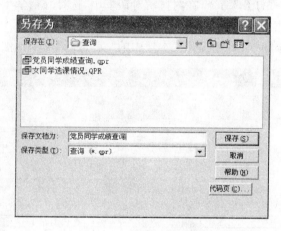

图 14-18 "党员同学成绩查询"的运行结果

图 14-19 保存查询结果

14.1.3 查询的运行与修改

1. 查询的运行

查询建立完成后,可以马上运行,也可以保存起来以后运行。

运行查询的方法有以下 6 种:

(1) 在"查询设计器"窗口中,选择菜单"查询"→"运行查询"命令。

(2) 在"查询设计器"窗口中,右击"查询设计器"窗口,选择快捷菜单中的"运行查询"命令。

(3) 选择"程序"→"运行"命令。弹出"运行"对话框,在对话框中,选择所要运行的查询文件,单击"运行"按钮。

(4) 在"项目管理器"窗口中,选择要运行的查询文件,单击右边的"运行"按钮。

(5) 在"命令"窗口中,输入 DO 查询文件名.QPR,必须给出查询文件的扩展名。例如,DO 查询 1.qpr。

(6) 常用工具栏中的 ! 按钮。

查询文件需要保存时,可以按 Ctrl＋W 键,或在关闭查询设计器时就提示"是否保存",单击"是"按钮就可以了。

2. 查询的修改

修改查询可以用以下 3 种方法:

(1) 在"项目管理器"窗口中,选择要修改的查询文件,单击右边的"修改"按钮,进入"查询设计器"窗口中修改。

(2) 选择"文件"→"打开"命令,在"打开"对话框中选择所要修改的查询文件,单击"确定"按钮,进入"查询设计器"窗口中修改。

(3) 在命令窗口中,输入 MODIFY QUERY<查询文件名>。

【**实例 14-3**】 修改【实例 14-1】中创建的查询,将查询条件改为查询男同学选课情况,并按学号降序排序,将查询以"男同学选课情况.qpr"为文件名另存在"e:\学生管理\查询"目录下。

操作步骤如下:

(1) 选择"文件"→"打开"命令,在"打开"对话框中,选择"e:\学生管理\查询\女同学选课情况.qpr"文件,单击"确定"按钮,进入"查询设计器"窗口。

(2) 选择"筛选"选项卡,将"实例"文本框中的"女"改为"男",如图 14-20 所示。

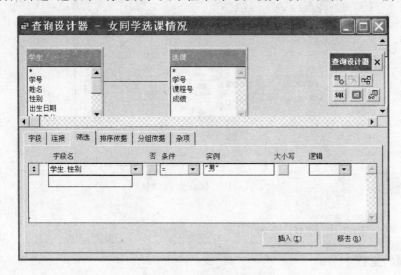

图 14-20 修改筛选条件

(3) 选择"排序依据"选项卡,选中"排序选项"框中的"降序"单选按钮,查询结果将按学号降序排序,如图 14-21 所示。

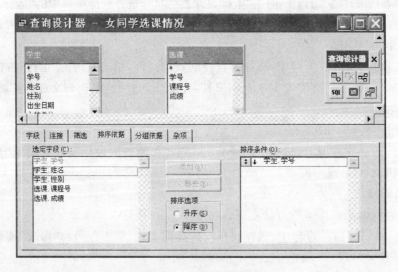

图 14-21 修改排序条件

（4）选择"文件"→"另存为"命令，将查询结果以"男同学选课情况.qpr"为文件名另存在"e:\学生管理\查询"目录下。

14.1.4 查询去向的设置

【实例14-4】 将"男同学选课情况"查询的查询结果输出到"e:\学生管理\表\男同学选课情况.dbf"数据表文件中。

操作步骤如下：

（1）打开"男同学选课情况"查询，进入查询设计器。

（2）单击"查询设计器"工具栏中的"查询去向"按钮或在系统菜单中单击"查询"→"查询去向"命令，弹出"查询去向"对话框，其中共包含7个查询去向，系统默认是"浏览"。

（3）根据要求选择"表"查询去向，在"表名"文本框中输入"e:\学生管理\表\男同学选课情况.dbf"，如图14-22所示。然后单击"确定"按钮，回到查询设计器，运行查询，此时没有查询结果显示。

图14-22 "查询去向"对话框

（4）选择"文件"→"打开"命令，打开"e:\学生管理\表\男同学选课情况.dbf"表文件，浏览该表结果如图14-23所示。

学号	姓名	性别	课程号	成绩
20073004	吴立阳	男	001	87.00
20073003	张力	男	001	89.00
20073002	朱峰	男	002	76.00
20072605	李玉田	男	001	76.00
20072605	李玉田	男	002	89.00
20072605	李玉田	男	003	84.00
20072602	王雪峰	男	001	89.00
20072602	王雪峰	男	002	87.00
20072601	李想	男	001	86.00
20072601	李想	男	002	98.00

图14-23 浏览结果

14.2 视 图

视图是创建自定义并且可更新的数据集合，视图兼有表和查询的特点：可以从一个或多个表中提取有用信息，还可以用来更新数据，并把更新的数据送回到基本表中。视图是一

查询与视图的创建与操作

个定制的虚拟逻辑表,视图中只存放相应的数据逻辑关系,并不保存表的记录内容。

视图分为本地视图和远程视图:本地视图是使用当前数据库中表建立的视图;远程视图是使用当前数据库之外的数据源创建的视图。

视图是数据库具有的一个特有功能,因此数据库打开时,才可使用视图,视图只能创建在数据库中。

14.2.1 使用视图向导创建视图

【实例 14-5】 在"学生管理"数据库中,使用视图向导建立本地视图,用于查找所有选修"大学英语"课程的学生,视图中字段包括"课程号"、"课程名称"、"学号"、"姓名"、"成绩",显示结果按成绩降序排序。将视图以"选修大学英语的学生"为名保存。

操作步骤如下:

(1) 打开"学生管理"数据库。

(2) 选择"文件"→"新建"命令,打开"新建"对话框,在"新建"对话框中选择"视图",然后单击"向导"按钮。

(3) 弹出本地视图向导"步骤 1-字段选取"对话框,选择"课程"表的"课程号"和"课程名"字段、"学生"表的"学号"和"姓名"字段、"选课"表的"成绩"字段,如图 14-24 所示。

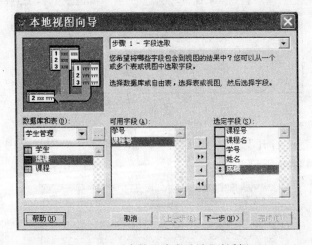

图 14-24 "步骤 1-字段选取"对话框

(4) 单击"下一步"按钮,弹出"步骤 2-为表建立关系"对话框。在此对话框中,设置关联关系,将"课程"表的"课程号"与"选课"表的"课程号"建立关联,将"选课"表的"学号"与"学生"表的"学号"建立关联,如图 14-25 所示。

(5) 单击"下一步"按钮,弹出"步骤 3-筛选记录"对话框,设置筛选条件为"课程.课程名="大学英语"",即查找选修了"大学英语"的学生,如图 14-26 所示。

(6) 单击"下一步"按钮,弹出"步骤 4-排序记录"对话框,在"可用字段"列表中选择"选课.成绩",单击"添加"按钮,选中"降序"单选按钮,表示结果将按"成绩"降序排列,如图 14-27 所示。

(7) 单击"下一步"按钮,弹出"步骤 4a-限制记录"对话框,此对话框不需要设置,使用默认值,如图 14-28 所示。

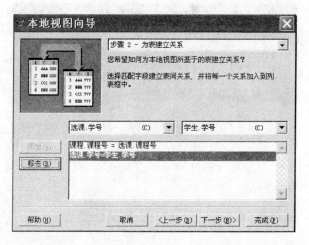

图 14-25 "步骤 2-为表建立关系"对话框

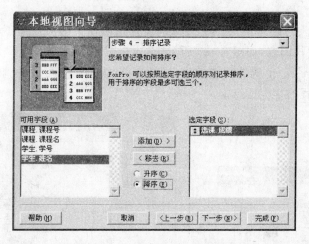

图 14-26 "步骤 3-筛选记录"对话框

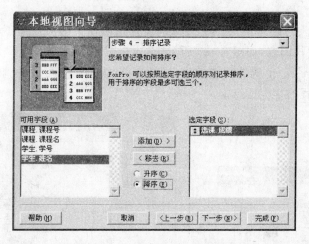

图 14-27 "步骤 4-排序记录"对话框

查询与视图的创建与操作

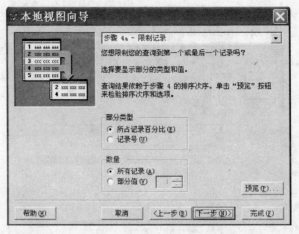

图 14-28 "步骤 4a-限制记录"对话框

（8）单击"下一步"按钮，弹出"步骤 5-完成"对话框，选择"保存本地视图并浏览"单选按钮将视图保存，同时打开表的浏览窗口查看视图的运行效果，如图 14-29 所示。

图 14-29 "步骤 5-完成"对话框

（9）单击"完成"按钮，弹出保存视图的"视图名"窗口。因为视图不是以一个文件形式存在的，所以仅保存视图名，如图 14-30 所示，输入视图名"选修大学英语的学生"。

（10）单击"确认"按钮，将打开浏览窗口，如图 14-31 所示，可以看到表中列出了所有选修了"大学英语"课程的学生信息。

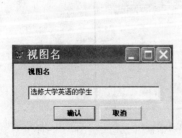

课程号	课程名	学号	姓名	成绩
002	大学英语	20072603	吴丽丽	90.00
002	大学英语	20073005	贺喜	90.00
002	大学英语	20072602	王雪峰	89.00
002	大学英语	20073001	张冰冰	89.00
002	大学英语	20073003	张力	89.00
002	大学英语	20073004	吴立阳	87.00
002	大学英语	20072601	李想	86.00
002	大学英语	20072605	李玉田	76.00
002	大学英语	20073006	王雪	65.00

图 14-30 "视图名"窗口   图 14-31 "选修大学英语的学生"视图的浏览窗口

14.2.2 使用视图设计器创建视图

【实例 14-6】 在"学生管理"数据库中,依据"学生"表,创建一个查阅女生情况的单表本地视图,按"出生日期"字段升序输出"学号"、"姓名"、"性别"、"出生日期"、"入校总分"5个字段,视图名为"女同学"。

操作步骤如下:

(1) 打开"学生管理"数据库。

(2) 选择"文件"→"新建"命令,打开"新建"对话框,在"新建"对话框中选择"视图",然后单击"新建文件"按钮,打开"视图设计器"对话框,同时弹出"添加表或视图"对话框,如图 14-32 所示,在"添加表或视图"对话框中选择"学生"表,单击"添加"按钮,将其添加到"视图设计器"对话框,然后单击"关闭"按钮,进入"视图设计器"对话框。

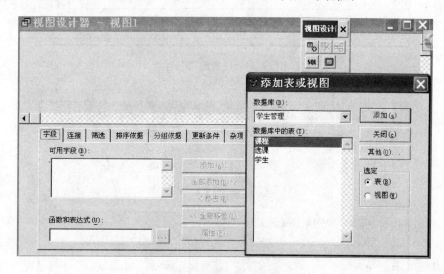

图 14-32 "视图设计器"对话框

(3) 在"视图设计器"对话框中选择"字段"选项卡,在"可用字段"列表框中选定"学号"字段,再单击"添加"按钮,把该字段添加到"选定字段"列表框中。重复此操作,依次将"姓名"、"性别"、"出生日期"、"入校总分"等字段添加到"选定字段"列表框中,即完成选取字段操作。

(4) 选择"筛选"选项卡,在"字段名"下拉列表中选择"学生.性别",在条件下拉列表中选择"=",在"实例"文本框中输入"女",即完成筛选条件的设置,如图 14-33 所示。

(5) 选择"排序依据"选项卡,在"选定字段"列表框中选择"学生.出生日期",单击"添加"按钮,将其添加到"排序条件"列表框中,并在"排序选项"中选定"升序"单选按钮,即完成排序操作,如图 14-34 所示。

(6) 选择"文件"→"保存"命令,弹出"保存"对话框,如图 14-35 所示。在"视图名称"文本框中,输入新建视图名为"女同学",再单击"确定"按钮,返回"视图设计器"对话框,单击其标题栏上的"关闭"按钮,即完成视图的创建操作。

(7) 在"数据库设计器"窗口中可看到"女同学"视图字段列表,如图 14-36 所示。

查询与视图的创建与操作

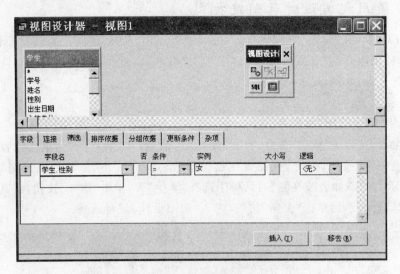

图 14-33　设置筛选条件

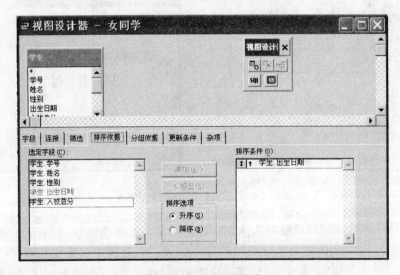

图 14-34　记录排序操作

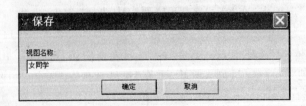

图 14-35　"保存"对话框

（8）右击"女同学"视图，弹出快捷菜单，选择"浏览"命令，进入"视图"浏览窗口，如
图 14-37 所示。

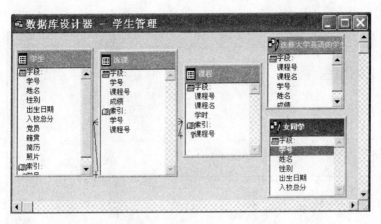

图 14-36 "女同学"视图字段列表

图 14-37 "女同学"视图浏览窗口

14.2.3 视图与数据更新

视图设计器比查询设计器只多了一个"更新条件"选项卡。使用"更新条件"选项卡用户可以指定条件,将视图中的修改传送到视图所使用的表的原始记录中,从而控制对远程数据的修改。该选项卡还可以控制打开或关闭对表中指定字段的更新,以及设置适合服务器的 SQL 更新方法。

【实例 14-7】 在"学生管理"数据库中,修改实例 14-7 所创建的"女同学"视图,使"入校总分"字段可更新,在视图中更改"吴丽丽"同学的"入校总分"为 480 分,并将更新发送回源表,打开"学生"表,观察表中数据的变化。

操作步骤如下:

(1) 打开"学生管理"数据库,在数据库设计器窗口中选择"女同学"视图,单击"数据库设计器工具栏"中的 按钮,打开"视图设计器"窗口。

(2) 选择"更新条件"选项卡,设置关键字段及可更新字段,并选中"发送 SQL 更新"复选框,如图 14-38 所示。

设置关键字段及可更新字段,可采取以下方法:

- 在"学生"表中,以"学号"作为主关键字建立索引,所以在"关键列"(即"钥匙形"列)下面的"学号"前面有"√"号。可以通过单击"钥匙形"列来设置或取消关键字段。
- 单击字段名前面的"可更新列"(即"笔形"列),使相应字段名前面出现"√"号,表示该字段可更新。如果想使表中的所有字段可更新,可以单击"全部更新"按钮,使所有字段可更新。

查询与视图的创建与操作

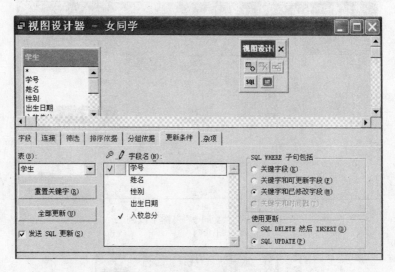

图 14-38　设置更新条件

(3) 关闭"视图设计器",将所做更改保存在"女同学"视图中。

(4) 浏览"女同学"视图,将"吴丽丽"的"入校总分"字段值由"450.0"更改为"480.0"。

(5) 选择"学生"表,单击 按钮,在浏览窗口中查看更新结果。

14.2.4　远程视图与连接

为了建立远程视图,必须首先建立连接远程数据库的"连接"。

1. 定义数据源和连接

远程视图是一种视图,它使用当前数据库之外的数据源,例如 ODBC。通过远程视图,用户无须将所有需要的远程记录下载到本地机即可提取远程 ODBC 服务器上的数据子集,并在本地操作选定的记录,然后将更改或添加的值回送到远程数据源中。

(1) 数据源 ODBC 即 Open Database Connectivity(开放式数据互连)的英语缩写,它是一种连接数据库的通用标准。

(2) 连接是 Visual FoxPro 数据库中的一种对象,它是根据数据源创建并保存在数据库中的一个命名连接。

2. 创建连接

使用"连接设计器"可以为服务器创建自定义的连接,所创建的连接包含一些如何访问特定数据源的信息,并将作为数据库的一部分保存。

用户可以自行设置连接选项,命名并保存创建的连接。某些情况下也可能需要同管理员协商或查看服务器文档,以确定连接到指定服务器的正确设置。

要创建新的连接,可以按照以下步骤进行:

(1) 用"文件"菜单的"打开"命令打开一个已存在的数据库。

(2) 在"数据库设计器"中单击鼠标右键,并在弹出的选择框中选择"连接"。

(3) 在"连接"对话框中单击"新建"按钮,弹出"连接设计器"对话框,如图 14-39 所示。

(4) 在"连接设计器"对话框中,根据服务器的需要设定相应的选项。

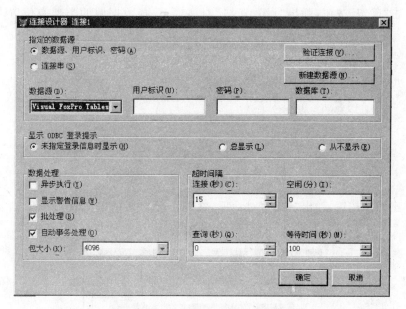

图 14-39 "连接设计器"对话框

(5) 确定连接设置后,单击"确定"按钮,并在"连接名称"对话框中输入设定的连接名称。

(6) 单击"确定"按钮,完成新连接的建立。

【实例 14-8】 创建远程视图。新建一个"教学管理"数据库,依据"学生管理"数据库中的"学生"表,在"教学管理"数据库中创建一个名为"学生视图"的远程视图,要求包括学生表中的所有字段。

操作步骤如下:

(1) 新建一个名为"教学管理"的数据库,并打开数据库,进入数据库设计器窗口。

(2) 选择"文件"→"新建"命令,打开"新建"对话框,在"文件类型"列表中选择"远程视图",单击"新建文件"按钮,弹出"选择连接或数据源"对话框,选中"可用数据源"单选按钮,则在"可用的数据源"列表中显示所有可用的数据源,在列表中选择 Visual FoxPro Database 作为数据源,如图 14-40 所示。如果有已定义并保存的连接,也可选"选取"→"连接"选项。

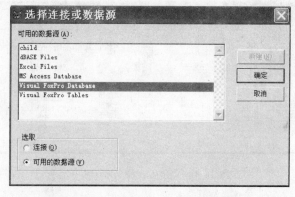

图 14-40 "选择连接或数据源"对话框

查询与视图的创建与操作

（3）单击"确定"按钮，弹出"设置连接"对话框，选择数据源的类型及位置，如图 14-41 所示。

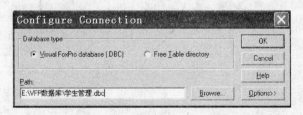

图 14-41　选择数据源的类型及位置

（4）单击 OK 按钮，弹出"打开"对话框，在"打开"对话框中，如图 14-42 所示，选择"学生"表，单击"添加"按钮，将"学生"表添加到视图设计器中，关闭"打开"对话框。

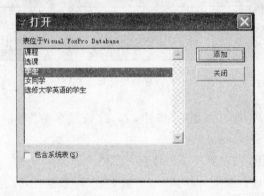

图 14-42　"打开"对话框

（5）在"视图设计器"中，选择"字段"选项卡，单击"全部添加"按钮，将"学生"表中的所有字段都添加到"选定字段"列表中。对相应选项卡进行设置，最后保存视图，视图名为"学生视图"，即可完成远程视图的创建。

（6）在"教学管理"数据库中对"学生视图"进行浏览查看，由于是远程视图，在每次浏览视图的时候都会再次弹出"设置连接"对话框，要求选择数据源的类型及位置，如图 14-41 所示，选择完数据源的类型及位置后，单击 OK 按钮，即可打开浏览窗口，如图 14-43 所示。

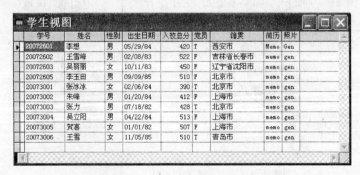

图 14-43　"学生视图"浏览窗口

14.3 练 习 题

1. 依据"人力资源库"数据库的"职员表"创建一个查询,查询所有职工的基本信息。查询中要求包含职工号、姓名、性别、政治面貌、身份证、部门、出生日期、职务、职称等字段,并按职工号升序排序。将查询以"职工查询.qpr"为文件名保存在磁盘中。

2. 依据"人力资源库"数据库的"职员表"创建一个查询,查找出所有计算机系职工的记录,并将查询结果输出到"计算机系职工.dbf"数据表中。将查询以"计算机系职工查询.qpr"为文件名保存在磁盘中。

3. 在"人力资源库"数据库中,创建一个名为"职工视图"本地视图,用于显示所有职工的基本信息,要求包括"职员表"中的所有字段,并使"职工视图"可对"职工表"中的"职称"字段值进行更新。

4. 创建一个新的数据库"党员管理.dbc",依据"人力资源库"中的"职员表",在"党员管理"数据库中创建一个远程视图"视图",要求显示职工表中所有党员的基本信息。

查询与视图的创建与操作

第15章 SQL 语句的使用

SQL 是结构化查询语言(Structured Query Language)的缩写。它既可用于大型数据库系统,也可以用于微机数据库系统。当今的关系型数据库管理系统都支持 SQL,Visual FoxPro 也支持 SQL。本章主要介绍 SQL 语言的查询功能、操作功能和定义功能。

15.1 SQL 查询功能

15.1.1 基本查询

1. SQL 语言简介

SQL 是 Structured Query Language 的缩写,也就是说是一种结构化查询语言。SQL 语言是一种标准的关系数据库语言,它用于对关系型数据库中的数据进行存储、查询、更新等操作。

2. SQL 语言的查询功能

SQL 的核心是查询。SQL 的查询命令就是一条 SELECT 语句。它的基本形式由 SELECT-FROM-WHERE 查询块组成,多个查询块可以嵌套执行。SELECT 命令和其他命令一样建立在 Visual FoxPro 内部。可以在下面三区域中创建 SELECT-SQL 命令:

(1) 命令窗口中。

(2) Visual FoxPro 程序中。

(3) 在查询设计器中。

3. SQL-SELECT 命令的格式

```
SELECT [ ALL | DISTINCT][TOP <数值表达式> [PERCENT]]
[别名.] <字段1> [[AS] <列名>] [,[别名.] <字段2> [AS] <列名>]…]
FROM [数据库名!] <表名> [[AS] <别名>] [,[数据库名!] <表名>…]
[[INNER | LEFT[OUTER] | RIGHT[OUTER] | FULL[OUTER] JOIN [数据库名!] <表名> [[AS] <别名>]
[ON <连接条件>…]]
[WHERE <条件表达式1> [AND <条件表达式2>…]
[GROUP BY <分组字段1> [,<分组字段2>… ]][HAVING <分组条件>]
[ORDER BY <排序字段1> [ASC | DESC][,<排序字段2> [ASC | DESC… ]]
[INTO TABLE [CURSOR][ARRAY] <文件名>]
[TO FILE <文件名>]
```

从 SELECT 的命令格式来看似乎非常复杂,实际上只要理解了命令中各个短语的含义就很容易掌握,其主要短语的含义如下:

（1）SELECT 说明要查询的字段。它的执行过程是：先根据 WHERE 子句的连接条件和筛选条件，从 FROM 子句指定的基本表或视图中选取满足条件的元组，再按照 SELECT 子句中指定的字段，选出数据形成结果。如果有 GROUP 子句，则将查询结果按照分组字段进行分组；如果 GROUP 子句后有 HAVING 短语，则只输出满足 HAVING 条件的元组；如果有 ORDER 子句，查询结果还要按照字段排序。

（2）DISTINCT：消除重复记录。

（3）TOP 数值表达式［PERCENT］：指定查询结果包括特定数据的行数，或者包括全部行数的百分比。使用 TOP 必须同时使用 ORDER BY 子句。

（4）FROM：列出查询要用到的所有数据表。

（5）INNER | LEFT［OUTER］| RIGHT［OUTER］| FULL［OUTER］JOIN：为表建立连接。

（6）WHERE：查询筛选条件。

（7）GROUP BY：把查询结果分组。

（8）ORDER BY：把查询结果按字段排序，默认是升序。

（9）INTO TABLE ［CURSOR］［ARRAY］文件名：把查询结果存放到表、临时表或数组中。

（10）TO FILE 文件名：把查询结果存放到文本文件中。

4. 基本查询命令格式

格式：

```
SELECT [ALL | DISTINCT] <字段列表> FROM <表>
```

功能：无条件查询。

说明：ALL：表示显示全部查询记录，包括重复记录，可以省略不写。

DISTINCT：表示显示无重复结果的记录。

利用"学生管理"数据库，使用 SQL 语句完成以下查询。

【实例 15-1】 查询显示学生表中的所有记录。

操作步骤如下：

（1）打开"学生管理"数据库。

```
OPEN DATABASE 学生管理
```

（2）在命令窗口输入如下 SQL 语句：

```
SELECT  *  FROM 学生
```

注意：命令中的"＊"表示输出所有的字段。

（3）查询结果如图 15-1 所示。

【实例 15-2】 查询显示学生表中的入校总分字段的值，并去掉重复值。

操作步骤如下：

（1）打开"学生管理"数据库。

（2）在命令窗口输入如下 SQL 语句：

```
SELECT  DISTINCT  入校总分 FROM 学生
```

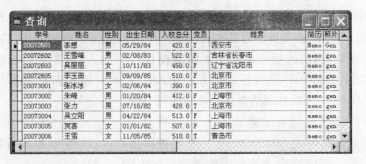

图 15-1　简单查询

(3) 查询结果如图 15-2 所示。

图 15-2　去掉重复值查询

15.1.2　条件查询

条件(WHERE)查询命令格式：

格式：

```
SELECT  [ALL|DISTINCT]  <字段列表>
FROM   <表>
WHERE   <条件表达式>
```

功能：从表中查询满足条件的数据。

说明：<条件表达式>由一系列用 AND 或 OR 连接的条件表达式组成,运算符如表 15-1 所示。

表 15-1　常用运算符

运　算　符	含　　义
=、<>、!=、#、==、>、>=、<、<=	比较大小
AND、OR、NOT	多重条件

【实例 15-3】　查询显示选课表中成绩大于等于 90 分的学生的学号和成绩。

操作步骤如下：

(1) 打开"学生管理"数据库。

(2) 在命令窗口输入如下 SQL 语句：

```
SELECT  学号,成绩 FROM  选课 WHERE  成绩> = 90
```

（3）查询结果如图 15-3 所示。

图 15-3 比较大小条件查询

【实例 15-4】 查询学生表中籍贯是北京市的女同学的学号、姓名和出生日期。

操作步骤如下：

（1）打开"学生管理"数据库。

（2）在命令窗口输入如下 SQL 语句：

```
SELECT  学号,姓名,出生日期;
FROM  学生;
WHERE  籍贯 = "北京市" AND 性别 = "女"
```

（3）查询结果如图 15-4 所示。

图 15-4 多重条件查询

15.1.3 几个特殊运算符

在条件查询中除了用比较运算符、逻辑运算符外,还可用一些特殊运算符来实现一些比较复杂的查询。常用特殊运算符如表 15-2 所示。

表 15-2 特殊运算符

运　算　符	含　义
BETWEEN … AND …	确定范围
IN	确定集合
LIKE	字符匹配

使用 LIKE 运算符进行查询的格式为：

<字段名> LIKE <字符串常量>

其中,字段名必须是字符型,字符串常量可以包含如下两个特殊符号。

- %:表示任意一个字符串。
- __:表示任意一个字符。

【实例15-5】 查询学生表中入校总分在400～500之间的学生的姓名。

操作步骤如下:

(1) 打开"学生管理"数据库。

(2) 在命令窗口输入如下SQL语句:

SELECT 姓名 FROM 学生 WHERE 入校总分 BETWEEN 400 AND 500

(3) 查询结果如图15-5所示。

图15-5 确定范围查询

【实例15-6】 查询学生表中籍贯是北京市和上海市的同学的全部信息。

操作步骤如下:

(1) 打开"学生管理"数据库。

(2) 在命令窗口输入如下SQL语句:

SELECT * FROM 学生 WHERE 籍贯 IN("北京市","上海市")

(3) 查询结果如图15-6所示。

学号	姓名	性别	出生日期	入校总分	党员	籍贯	简历	照片
20072605	李玉田	男	09/09/85	510.0	F	北京市	memo	gen
20073001	张冰冰	女	02/06/84	390.0	T	北京市	memo	gen
20073002	朱峰	男	01/20/84	412.0	F	上海市	memo	gen
20073003	张力	男	07/18/82	428.0	T	北京市	memo	gen
20073004	吴立阳	男	04/22/84	513.0	F	上海市	memo	gen
20073005	贺喜	女	01/01/82	507.0	F	上海市	memo	gen

图15-6 确定集合查询

【实例15-7】 查询学生表里所有姓"张"的学生的学号和姓名。

操作步骤如下:

(1) 打开"学生管理"数据库。

(2) 在命令窗口输入如下SQL语句:

SELECT 学号,姓名 FROM 学生 WHERE 姓名 LIKE "张%"

(3) 查询结果如图15-7所示。

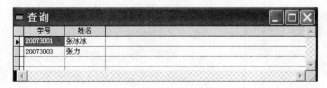

图 15-7　部分匹配查询

15.1.4　统计查询

SQL 提供了很多库函数,增强了检索功能,其主要函数如表 15-3 所示。

表 15-3　常用函数

函 数 名 称	功 能	函 数 名 称	功 能
AVG()	按列计算平均值	MAX()	求一列中的最大值
SUM()	按列计算值的总和	MIN()	求一列中的最小值
COUNT()	按列统计记录个数		

【实例 15-8】　查询统计选课表中学号"20072602"学生的学号、总分和平均分。

操作步骤如下:

(1) 打开"学生管理"数据库。

(2) 在命令窗口输入如下 SQL 语句:

```
SELECT  学号,SUM(成绩) AS 总分,AVG(成绩) AS 平均分;
FROM  选课;
WHERE 学号 = "20072602"
```

(3) 查询结果如图 15-8 所示。

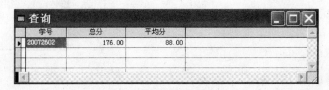

图 15-8　统计查询结果

15.1.5　查询的排序

通过 ORDER BY 子句,可以对查询记录进行排序。包括升序(ASC)和降序(DESC),默认为升序。子句命令格式:

格式:

```
ORDER BY <排序字段名 1>[ASC | DESC][,<排序字段名 2>[ASC | DESC]]
```

说明:当有多个<排序列名>时,它们之间应该用逗号隔开,先按第一个排序,对第一个排序相同的记录根据第二个列名进行排序,以此类推。

SQL 语句的使用

【实例 15-9】 查询所有学生的学号、姓名、性别和入校总分,查询结果按性别升序排列,性别相同的再按成绩降序排列。

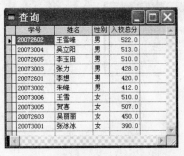

图 15-9　排序查询结果

操作步骤如下:

(1) 打开"学生管理"数据库。

(2) 在命令窗口输入如下 SQL 语句:

```
SELECT  学号,姓名,性别,入校总分;
FROM  学生;
ORDER  BY 性别,入校总分 DESC
```

(3) 查询结果如图 15-9 所示。

15.1.6　分组和计算查询

SQL 命令通过命令 GROUP BY 子句实现对查询结果进行分组。子句命令格式:

格式:

```
GROUP BY <分组字段 1>[,<分组字段 2>…][HAVING <分组条件>]
```

说明:根据指定的字段进行分组查询,将具有相同数值的记录合并成一条。HAVING 设置过滤条件,且必须与 GROUP BY 一起使用,指定结果中的组必须满足的条件。HAVING 子句与 WHERE 子句用法相同。

【实例 15-10】 在选课表里查询选修了"001"和"002"的学生平均成绩在 80 分以上的学生的学号和平均成绩。

操作步骤如下:

(1) 打开"学生管理"数据库。

(2) 在命令窗口输入如下 SQL 语句:

```
SELECT  学号,AVG(成绩) AS 平均成绩;
FROM  选课;
WHERE  课程号 IN ("001","002");
GROUP BY  学号;
HAVING  AVG(成绩)>80
```

学号	平均成绩
20072601	92.00
20072602	88.00
20072603	95.00
20072605	82.50
20073001	89.00
20073003	89.00
20073004	87.00
20073005	90.00

图 15-10　分组查询结果

(3) 查询结果如图 15-10 所示。

15.1.7　多表连接查询

在一个数据库中的多个表之间一般都存在着某些联系,若一个查询语句中同时涉及两个或两个以上的表时,这种查询称之为连接查询(也称为多表查询)。在多表之间查询必须建立表与表之间的连接。

表的连接方法有两种。

方法一:用 FROM 指明表名,WHERE 子句指明连接条件。

```
SELECT  FROM 表名 1,表名 2,表名 3 WHERE 表名 1.公共字段 = 表名 2.公共字段   AND   表名 2.公共字段 = 表名 3.公共字段
```

方法二：利用 JOIN 进行连接。

SELECT FROM 表名 1 JOIN 表名 2 JOIN 表名 3 ON 表名 2.公共字段 = 表名 3. 公共字段 ON 表名 1.公共
字段 = 表名 2. 公共字段

注意：JOIN 和 ON 的顺序相反。

【**实例 15-11**】 查询"李想"同学的学号、性别、选修的课程名和成绩。

操作步骤如下：

(1) 打开"学生管理"数据库。

(2) 在命令窗口输入如下 SQL 语句：

SELECT 学生.学号,性别,课程名,成绩;
FROM 学生,选课,课程;
WHERE 学生.学号 = 选课.学号 AND 选课.课程号 = 课程.课程号 AND 姓名 = "李想"

另一种方法：

SELECT 学生.学号,性别,课程名,成绩;
FROM 学生 JOIN 选课 JOIN 课程;
ON 选课.课程号 = 课程.课程号 ON 学生.学号 = 选课.学号;
WHERE 姓名 = "李想"

(3) 查询结果如图 15-11 所示。

15.1.8　嵌套查询

在 SQL 中，一个 SELECT…FROM…WHERE 称为一个查询块，将一个查询块嵌套在另一个 SELECT 语句的 WHERE 子句或 HAVING 子句中称为嵌套查询，也就是说，SELECT 语句中还有 SELECT 语句叫做嵌套查询。

【**实例 15-12**】 查询选修了课程号是"002"的学生学号、姓名、性别和课程号。

操作步骤如下：

(1) 打开"学生管理"数据库。

(2) 在命令窗口输入如下 SQL 语句：

SELECT 学生.学号,学生.姓名,学生.性别,选课.课程号 AS 课程号;
FROM 学生;
WHERE 学生.学号 IN;
　　(SELECT 选课.学号 FROM 选课 WHERE 选课.课程号 = "002")

(3) 查询结果如图 15-12 所示。

图 15-11　多表连接查询结果

图 15-12　嵌套查询

第
15
章

SQL 语句的使用

15.1.9 Visual FoxPro 中 SQL SELECT 的几个特殊选项

1. 显示部分结果

在 SELECT 语句中使用"TOP<数值表达式>[PERCENT]"选项，可以方便地显示满足条件的前几条记录。

【实例 15-13】 显示入校总分最高的前 5 名学生的信息。

操作步骤如下：

（1）打开"学生管理"数据库。

（2）在命令窗口输入如下 SQL 语句：

```
SELECT * TOP 5  FROM 学生 ORDER BY 入校总分 DESC
```

（3）查询结果如图 15-13 所示。

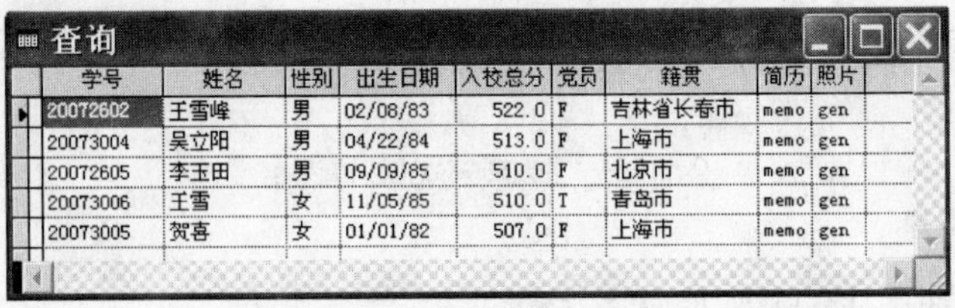

图 15-13 显示入校总分最高的前 5 名学生

【实例 15-14】 显示入校总分最低的前 20％的学生信息。

操作步骤如下：

（1）打开"学生管理"数据库。

（2）在命令窗口输入如下 SQL 语句：

```
SELECT * TOP 20 PERCENT  FROM 学生 ORDER BY 入校总分
```

（3）查询结果如图 15-14 所示。

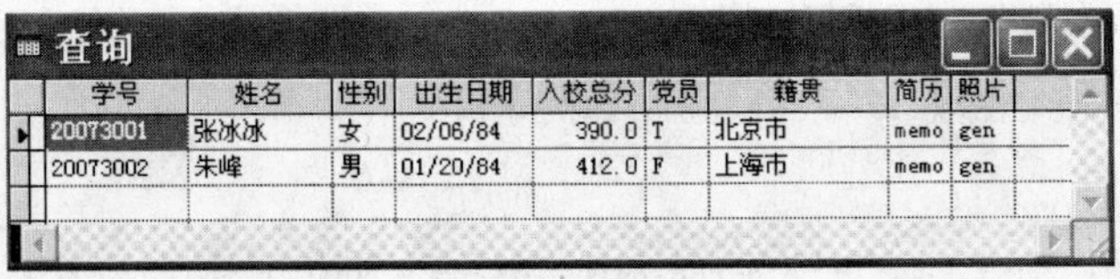

图 15-14 显示入校总分最低的前 20％的学生

2. 将查询结果存放在表中

在 SELECT 语句中使用"INTO DBF|TABLE 表名"短语，可以将查询结果存放到表（.dbf 文件）中。

【实例 15-15】 显示入校总分最高的前 5 名学生的信息，并将查询结果存放到"前 5 名学生.dbf"表中。

操作步骤如下：

（1）打开"学生管理"数据库。

（2）在命令窗口输入如下 SQL 语句：

```
SELECT * TOP 5 FROM 学生；
INTO TABLE 前 5 名学生；
ORDER BY 入校总分 DESC
```

（3）运行查询，打开并浏览"前 5 名学生.dbf"表，结果如图 15-15 所示。

学号	姓名	性别	出生日期	入校总分	党员	籍贯	简历	照片
20072602	王雪峰	男	02/08/83	522.0	F	吉林省长春市	memo	gen
20073004	吴立阳	男	04/22/84	513.0	F	上海市	memo	gen
20072605	李玉田	男	09/09/85	510.0	F	北京市	memo	gen
20073006	王雪	女	11/05/85	510.0	T	青岛市	memo	gen
20073005	贺喜	女	01/01/82	507.0	F	上海市	memo	gen

图 15-15　"前 5 名学生.dbf"表的浏览窗口

3. 将查询结果存放在文本文件中

在 SELECT 语句中使用"TO FILE＜文本文件名＞［ADDITIVE］"短语，可以将查询结果存放到文本文件（.txt 文件）中。如果使用 ADDITIVE，则结果将追加到原文件的尾部，否则将覆盖原文件。

【实例 15-16】　显示入校总分最高的前 5 名学生的信息，并将查询结果存放到"前 5 名学生.txt"文本文件中。

操作步骤如下：

（1）打开"学生管理"数据库。

（2）在命令窗口输入如下 SQL 语句：

```
SELECT * TOP 5 FROM 学生；
TO FILE 前 5 名学生；
ORDER BY 入校总分 DESC
```

（3）运行查询，打开"前 5 名学生.txt"文本文件，结果如图 15-16 所示。

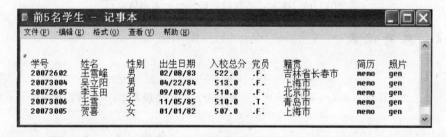

图 15-16　"前 5 名学生.txt"文本文件

15.2　操作功能

SQL 的操作功能是指对表中的数据进行操作的功能，主要包括记录数据的插入、更新和删除。

15.2.1 插入记录

格式 1：

INSERT INTO <表名> [<(字段名表)>] VALUES <(表达式表)>

格式 2：

INSERT INTO <表名> FROM ARRAY <数组名>

功能：在指定的表文件末尾追加一条记录。格式 1 用<表达式表>中的各表达式值赋值给<字段名表>中的相应的各字段。格式 2 用数组的值赋值给表文件中各字段。

【实例 15-17】 在学生表中插入一条新记录。

操作步骤如下：

(1) 打开"学生管理"数据库。

(2) 在命令窗口输入如下 SQL 语句：

INSERT INTO 学生(学号,姓名,性别,出生日期,入校总分,党员);
VALUES ("20081001","李红", "女", {^1990-02-26},545.0, .T.)

(3) 执行命令，打开并浏览"学生"表，结果如图 15-17 所示。

学号	姓名	性别	出生日期	入校总分	党员	籍贯	简历	照片
20072601	李想	男	05/29/84	420.0	T	西安市	Memo	Gen
20072602	王雪峰	男	02/08/83	522.0	F	吉林省长春市	memo	gen
20072603	吴丽丽	女	10/11/83	450.0	F	辽宁省沈阳市	memo	gen
20072605	李玉田	男	09/09/85	510.0	F	北京市	memo	gen
20073001	张冰冰	女	02/06/84	390.0	T	北京市	memo	gen
20073002	朱峰	男	01/20/84	412.0	F	上海市	memo	gen
20073003	张力	男	07/18/82	428.0	T	北京市	memo	gen
20073004	吴立阳	男	04/22/84	513.0	F	上海市	memo	gen
20073005	贺喜	女	01/01/82	507.0	F	上海市	memo	gen
20073006	王雪	女	11/05/85	510.0	F	青岛市	memo	gen
20081001	李红	女	02/26/90	545.0	T		memo	gen

图 15-17 插入一条新记录后的学生表浏览窗口

15.2.2 更新记录

格式：

UPDATE <表文件名> SET <字段名1> = <表达式> [,<字段名2> = <表达式>…] [WHERE <条件>]

功能：修改指定表文件中满足 WHERE 条件子句的数据。其中 SET 子句用于指定字段和修改的值，WHERE 用于指定更新的行，如果省略 WHERE 子句，则修改表中的所有记录。

【实例 15-18】 将学生表中所有女同学的入校总分都加 10 分。

操作步骤如下：

(1) 打开"学生管理"数据库。

(2) 在命令窗口输入如下 SQL 语句：

UPDATE 学生 SET 入校总分 = 入校总分 + 10 WHERE 性别 = "女"

(3) 执行命令，打开并浏览"学生"表，结果如图 15-18 所示。

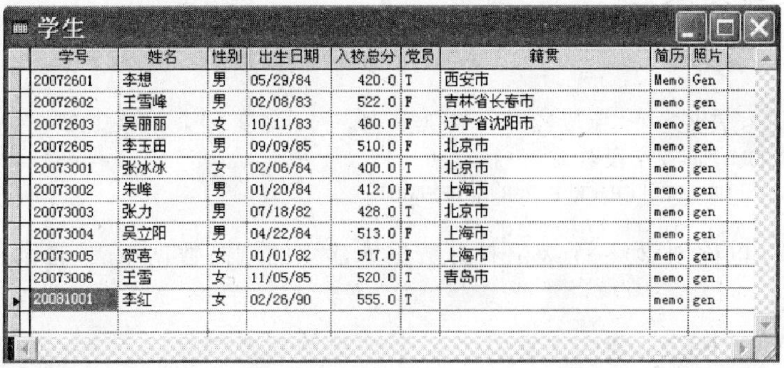

图 15-18　将所有女同学的入校总分都加 10 分后的学生表浏览窗口

15.2.3　删除记录

格式：

DELETE FROM ＜表名＞ WHERE ＜表达式＞

功能：从指定的表中删除满足 WHERE 子句条件的所有记录。如果在 DELETE 语句中没有 WHERE 子句，则该表中的所有记录都将被删除。

【实例 15-19】　删除学生表中姓名为"李红"的记录。

操作步骤如下：

(1) 打开"学生管理"数据库。

(2) 在命令窗口输入如下 SQL 语句：

DELETE FROM 学生 WHERE 姓名 = "李红"

(3) 执行命令，打开并浏览"学生"表，结果如图 15-19 所示。

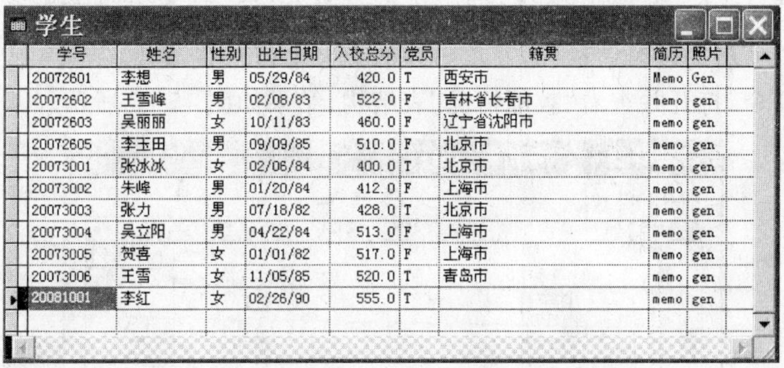

图 15-19　为"李红"记录加上删除标记后的学生表浏览窗口

15.3　定义功能

数据定义语言用于执行数据定义的操作，如创建或删除表、索引和视图之类的对象。由 CREATE、DROP、ALTER 命令组成，完成对象的建立（CREATE）、删除（DROP）和修改（ALTER）。

15.3.1 表的定义

格式：

CREATE TABLE ＜表名＞（＜字段名1＞＜数据类型＞[（＜宽度＞[，＜小数位数＞]）]
[NULL | NOT NULL][，＜字段名2＞…]
[PRIMARY KEY][UNIQUE][CHECK[ERROR]][DEFAULT]）

功能：定义(也称创建)一个表。打开数据库建立的就是数据库表，否则就是自由表
说明：

- PRIMARY KEY：建立主索引。
- NULL：可以为空；NOT NULL：不可以为空。
- UNIQUE：建立候选索引。
- CHECK＜逻辑表达式＞短语用来为字段值指定约束条件。
- ERROR＜文本信息＞短语用来指定不满足约束条件时显示的出错提示信息。
- DEFAULT＜表达式＞短语用来指定字段的默认值。

【实例15-20】 在"学生管理"数据库中，创建一张数据库表"教师情况.DBF"，其中"教师编号"是主索引关键字，"姓名"字段为候选索引关键字，"性别"字段的值只能输入"男"或"女"，输入其他值则出错，且默认值为"女"，"工资"字段允许为空值，其值只能是大于0的数。

操作步骤如下：

（1）打开"学生管理"数据库。

（2）在命令窗口输入如下 SQL 语句：

CREATE TABLE 教师情况；
(教师编号 C(8) PRIMARY KEY，姓名 C(6) UNIQUE，性别 C(2) CHECK 性别 = "男" OR 性别 = "女" ERROR "性别只能是男或女" DEFAULT "女"，出生日期 D，工资 N(6,1) NULL CHECK 工资＞= 0)

注意：字段之间要用逗号隔开，字段内部的定义要用空格隔开。

（3）执行命令，打开并查看"教师情况"表结构，结果如图 15-20 所示。

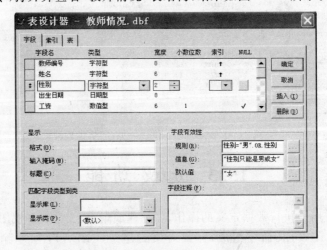

图 15-20 "教师情况"表结构

15.3.2 表结构的修改

修改表结构的 SQL 语句是 ALTER TABLE。

1. 增加新字段或修改字段属性

格式：

ALTER TABLE ＜表名＞［ADD|ALTER＜字段名＞ ＜数据类型(宽度,小数位数)＞［字段的完整性约束]]

功能：修改＜表名＞所指定的表的结构。该格式可以添加（ADD）新的字段或修改（ALTER）已有字段的类型、宽度、有效性规则、错误信息,定义主关键字和联系等属性,但不能修改字段名。

【实例 15-21】 为教师情况表增加"电话"字段：字符型,宽度为 13。

ALTER TABLE 教师情况 ADD 电话 C(13)

【实例 15-22】 将教师情况表中的"性别"字段的默认值改为"男"。

ALTER TABLE 教师情况 ALTER 性别 C(2) DEFAULT "男"

2. 修改字段名

格式：

ALTER TABLE ＜表名＞ RENAME ［COLUMN]＜字段名＞ TO ＜新字段名＞

功能：修改＜表名＞所指定的表的字段名,用 TO 后面的新字段名代替 TO 前面的字段名,字段名前也可以加 COLUMN 表示列。

【实例 15-23】 将教师情况表中的"电话"字段名改为"办公电话"。

ALTER TABLE 教师情况 RENAME ［COLUMN] 电话 TO 办公电话

3. 删除字段

格式：

ALTER TABLE ＜表名＞ DROP ［COLUMN]＜字段名＞

功能：删除指定的字段。

【实例 15-24】 删除教师情况表中的"办公电话"和"婚否"两个字段。

ALTER TABLE 教师情况 DROP 办公电话 DROP 婚否

15.3.3 表的删除

格式：

DROP TALBE ＜表名＞

功能：删除指定表(包括在此表上建立的索引)。

说明：如果只是想删除一个表中的所有记录,则应使用 DELETE 语句。

【实例 15-25】 删除教师情况表。

DROP TABLE 教师情况

15.3.4 视图的定义和删除

1. 定义视图

格式:

```
CREATE  VIEW  <视图名>  AS  <SELE 语句>
```

功能:建立一个视图。

【实例 15-26】 在"学生管理"数据库中,建立一个视图 VIEW1,要求视图中包含"学号"、"姓名"、"课程号"、"课程名"和"成绩"等字段,只显示成绩大于 90 分的记录,并按"学号"升序排序。

```
OPEN  DATABASE  学生管理
CREATE VIEW  view1  AS;
SELECT  学生.学号,姓名,选课.课程号,课程名,成绩;
FROM  学生  JOIN 选课  JOIN 课程;
ON  选课.课程号 = 课程.课程号;
ON  学生.学号 = 选课.学号;
WHERE  成绩>90;
ORDER BY 学生.学号
```

2. 删除视图

格式:

```
DROP  VIEW  <视图名>
```

功能:删除一个视图。

【实例 15-27】 删除视图 VIEW1。

```
DROP  VIEW  VIEW1
```

15.4 练 习 题

利用"人力资源库"数据库中的职员表和部门表,用 SQL 语句完成以下操作。

1. 查询学历为"博士"的职工的"职工号"和"姓名"。

2. 查询工商管理系主任的"职工号"、"姓名"和"出生日期"。

3. 查询职称是副教授和教授的职工的全部信息。

4. 查询所有姓"王"的职工的"职工号"、"姓名"和"性别"。

5. 查询统计职员表中年龄在 24 岁以下的职工人数。

6. 查询所有职工的"职工号"、"姓名"、"性别"、"部门"和"职称",查询结果按"部门"升序排列,"部门"相同的再按"职称"降序排列。

7. 查询职员表中各部门的职工人数。

8. 查询"李平"这名职工的"职工号"、"姓名"、"部门编号"和"部门名称"。

9. 在职员表插入一条新记录,职工号为"888888",姓名为"李四",性别为"男",出生日期为"1984-03-16",部门为"计算机系",职称为"助教"。

10. 将"吴苗苗"这名职工的职称改为"副教授"。

11. 删除职员表中的"李四"这条记录。

12. 在"人力资源库"数据库中，创建一个名为"工资表.DBF"的数据库表，包括职工号 C(8)、姓名 C(8)、性别 C(2)、部门 C(20)、工资 N(6,1)等字段，其中"职工号"是主索引关键字，"工资"字段的值只能是大于 0 的数。

13. 为上题所创建的"工资表"增加"奖金"字段：数值型，宽度为 6,1 位小数。

14. 将"工资表"中的"性别"字段的默认值设置为"男"。

15. 将"工资表"中的"工资"字段名改为"基本工资"。

16. 在"人力资源库"数据库中，建立一个名为"男职工"的视图，要求视图中包含"职工号"、"姓名"、"部门"和"职称"等字段，并按"姓名"排序。

第 16 章　Visual FoxPro 程序设计

Visual FoxPro 不但拥有大量的交互式数据库管理工具,而且还拥有一整套功能完善的程序语言系统及过程式程序设计和面向对象可视化程序编写工具。本章主要介绍程序文件的建立与执行、结构化程序设计的基本控制结构及模块化程序设计的方法。

16.1　程序与程序文件

在 Visual FoxPro 中,将完成某项任务所需执行的命令序列以文件的形式存储在磁盘上,这种文件称为命令文件或程序文件,程序文件在执行时必须从磁盘调入内存才能执行。

16.1.1　程序文件的建立与执行

1. 建立和修改程序文件

Visual FoxPro 程序文件是一个以 PRG 为扩展名的文本文件。Visual FoxPro 建立和编辑程序文件可以采用多种文本编辑工具实现,这些文本编辑工具可以是 Visual FoxPro 系统提供的内部编辑器,也可以是其他常用文本编辑软件。这里主要只介绍命令方式与菜单方式。

1) 命令方式

命令:

```
MODIFY  COMMAND  <程序文件名>
```

功能: 打开一个编辑器窗口,用于建立或修改程序文件。

【实例 16-1】　用命令方式建立显示"课程"表中所有记录的程序文件 P1. PRG。

操作步骤如下:

(1) 在命令窗口输入下列命令,进入"程序文件"编辑窗口。

```
MODIFY  COMMAND  P1.PRG
```

(2) 在"程序文件"编辑窗口,输入下列命令,如图 16-1 所示。

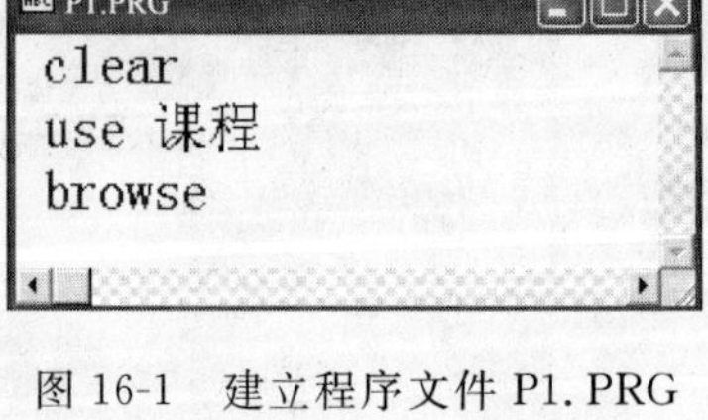

图 16-1　建立程序文件 P1. PRG

(3) 输入完成后,在"文件"菜单中选择"保存"命令或按 Ctrl＋W 键,在"另存为"对话框的"保存文档为"文本框中输入 P1. PRG,保存文件。

2) 菜单方式

(1) 如果是新建文件,在"文件"菜单中选择"新建"命令,打开"新建"对话框,在"新建"

对话框中选择"程序"单选按钮,然后单击"新建文件"按钮,进入程序编辑窗口。如果是修改已有的程序文件,则在"文件"菜单中选择"打开"命令,在"打开"对话框中输入或选择要修改的文件名,单击"确定"按钮,系统自动将按输入或选择的文件名将程序文件调入内存并显示在程序编辑窗口以供修改。

(2) 在程序编辑窗口逐条输入或修改程序语句。

(3) 输入或修改完成后,在"文件"菜单中选择"保存"或"另存为"命令,保存文件。

【实例 16-2】 用菜单方式修改程序文件 P1. PRG,使之显示"学生"表中的所有记录,并另存为文件 P2. PRG。

操作步骤如下:

(1) 选择"文件"菜单中的"打开"命令,选择程序 P1. PRG,进入"程序文件"编辑窗口。

(2) 在"程序文件"编辑窗口,修改程序,如图 16-2 所示。

(3) 输入完成后,在"文件"菜单中选择"另存为"命令,在"另存为"对话框的"保存文档为"文本框输入 P2. PRG,保存文件。

2. 执行程序文件

执行程序文件就是依次执行程序文件中的每条命令或语句。程序文件的执行有命令和菜单两种方式。

1) 命令方式

命令:

DO <程序文件名>

功能:在命令窗口运行以 PRG 为扩展名的程序文件。

2) 菜单方式

在 Visual FoxPro 系统环境下,选择"程序"菜单中的"运行"命令,在显示的对话框中确定或输入要执行的程序文件名。

【实例 16-3】 用菜单方式运行程序文件 P1. PRG。

操作步骤如下:

选择"程序"菜单中的"运行"命令,打开"运行"对话框,在"运行"对话框的文件列表框中选择要运行的程序文件 P1. PRG,然后单击"运行"按钮,运行结果如图 16-3 所示。

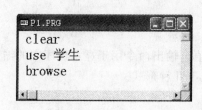

图 16-2 修改后的程序文件 P1. PRG

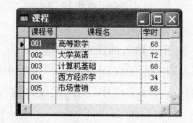

图 16-3 程序文件 P1. PRG 运行结果

16.1.2 交互式命令

在程序文件中常常要用到一些程序开始和结束的专用命令、交互式输入输出命令、注释命令及系统状态的设置命令。

1. 程序开始和结束命令及注释命令

1）清屏命令

命令：

CLEAR

功能：清除屏幕上的内容。

2）返回命令

命令：

RETURN

功能：结束当前程序的运行。

说明：如果当前程序无上级程序，该命令用于结束程序的运行，返回到命令窗口。如果当前程序是一个子程序，该命令用于结束程序的运行，返回到调用该程序的上级程序中。

3）终止程序执行命令

命令：

CANCEL

功能：终止程序执行并关闭所有打开的文件，返回到系统的命令窗口。

4）退出系统命令

命令：

QUIT

功能：终止程序运行，退出 Visual FoxPro 系统。

5）注释命令

命令：

NOTE＜注释内容＞
 * ＜注释内容＞
&&＜注释内容＞

功能：用于在程序中加入说明，以注明程序的名称、功能或其他备忘标记。

说明：注释命令为非执行语句。其中前两个命令格式作为独立的一行语句，第三条命令放在某一个语句右边。

2. 交互式输入输出命令

输入命令用于在程序的执行过程中给程序赋值。输出命令用于显示程序中的输出内容和结果。在程序文件中，交互式输入输出命令有以下几种形式。

1）INPUT 命令

命令：

INPUT［＜提示信息＞］TO ＜内存变量＞

功能：暂停程序的运行，等待用户输入表达式并将其值赋给指定的内存变量。

说明：＜提示信息＞用于提示用户进行操作的信息，命令中＜内存变量＞的类型决定于输入数据的类型，但不能为 M 型。如果输入的是表达式，本命令先计算出表达式的值，再将结果赋给＜内存变量＞；如果输入的是字符常量、逻辑常量和日期常量时应带定界符，即字符常量加定界符，逻辑常量左右加圆点，日期常量要用CTOD()函数进行转换或严格日期表示形式。

【实例 16-4】 编写程序 P3. PRG，程序的功能是任意输入两个数，求这两个数的平均数。

程序代码如下：

```
SET TALK OFF
INPUT "请输入第一个数 A: " TO A
INPUT "请输入第二个数 B: " TO B
S = A + B
N = S/2
?N
RETURN
```

在命令窗口输入命令 DO P3，运行程序，屏幕上首先显示如下提示信息：

请输入第一个数 A：（用户在闪动光标处输入 35 ↙）
请输入第二个数 B：（用户在闪动光标处输入 47 ↙）

则屏幕上显示运行结果如下所示。

两个数的平均数是： 41.0000

2) 字符串输入命令

命令：

ACCEPT ［＜提示信息＞］ TO ＜内存变量＞

功能：暂停程序的运行，等待用户从键盘上输入一串字符，存入指定的内存变量中。

说明：＜提示信息＞用于提示用户进行操作的信息。从键盘接受的字符串，不加定界符。

【实例 16-5】 编写程序 P4. PRG，其程序功能：用户输入待查询课程的"课程名"，显示该门课程的基本信息。

程序代码如下：

```
OPEN DATABASE 学生管理
USE 课程
CLEAR
ACCEPT "请输入待查课程的课程名：" TO KCM
LOCATE FOR 课程名 = KCM
DISP
CLOSE DATABASE
RETURN
```

运行程序 P4，屏幕上显示如下提示信息：

请输入待查课程的课程名：（用户在闪动光标处输入：大学英语↙）

注意：在输入课程名时不用加定界符。

则屏幕上显示运行结果如下：

记录号	课程号	课程名	学时
2	002	大学英语	72

3）单字符输入命令

命令：

WAIT [＜提示信息＞] [TO ＜内存变量＞] [WINDOW[AT＜行＞,＜列＞]]][NOWAIT][CLEAR/
NOCLEAR][TIMEOUT＜数值表达式＞]

功能：暂停程序的运行，直到用户按任意键或单击鼠标时继续程序的执行。

说明：

（1）如果［＜提示信息＞］为空串，那么不会显示任何提示信息。如果没有指定［＜提示信息＞］，则显示默认的提示信息"按任意键继续..."。

（2）＜内存变量＞用来保存用户输入的字符，其类型为字符型。若用户按的是 Enter 键或单击了鼠标，那么＜内存变量＞中保存的将是空串。若不选 TO ＜内存变量＞短语，输入的单字符不保留。

（3）一般情况下，提示信息被显示在 Visual FoxPro 主窗口或当前用户自定义窗口里。如果指定了 WINDOW 子句，则会出现一个 WAIT 提示窗口，用以显示提示信息。提示信息一般定位于主窗口的右上角，也可用 AT 短语指定其在主窗口的位置。

（4）若同时选用 NOWAIT 短语和 WINDOW 子句，系统将不等待用户按键，直接往下执行。

（5）若选用 NOCLEAR 短语，则不关闭提示窗口，直到用户执行下一条 WAIT WINDOW 命令或 WAIT CLEAR 命令为止。

（6）TIMEOUT 子句用来设定等待时间（秒数）。一旦超时就不再等待用户按键，自动往下执行。

【实例 16-6】 WAIT 命令使用示例，建立程序文件 P5.PRG，程序的功能是：通过键盘输入一个字符，无须按回车键，即在屏幕上显示刚刚输入的字符。

程序代码如下：

```
SET TALK OFF
CLEAR
WAIT "请输入一个字符：" TO A
CJ = "刚输入的字符是：" + A
WAIT        && 暂停程序执行，按任意键继续执行
?CJ
RETURN
```

程序运行如下：

请输入一个字符：（用户输入一个字符 T，注意无须按回车键）

则屏幕上显示：

按任意键继续……

当用户按下键盘上的任意键时，程序继续执行，屏幕上显示如下：

刚输入的字符是：T

4）文本输出命令

命令：

```
TEXT
<文本信息>
ENDTEXT
```

功能：将 TEXT 和 ENDTEXT 之间的文本信息照原样输出。

说明：TEXT 与 ENDTEXT 在程序中必须配对。

【实例 16-7】 TEXT 的使用示例，编写程序文件 P6. PRG，代码如下：

```
TEXT
              学生管理系统
          ================
     1——录入     2——修改
         3——查询     4——删除
     5——打印     0——退出
ENDTEXT
```

程序运行结果如下：

```
     学生管理系统
     ============
1——录入     2——修改
    3——查询     4——删除
5——打印     0——退出
```

16.2　程序的基本结构

程序的基本结构有顺序结构、分支结构和循环结构 3 种。顺序结构是指程序按照语句排列的先后顺序逐条的执行。它是程序中最简单、最常用的基本结构。

16.2.1　选择结构

选择结构也叫分支结构，是在执行程序时，按照一定的条件选择不同的语句，用来解决选择、转移的问题。选择结构的基本形式有 3 种。

1. 单向分支

单向分支，即根据用户设置的条件表达式的值，决定某一操作是否执行。

命令：

```
IF  <条件表达式>
        <命令行序列>
ENDIF
```

功能：当条件表达式的值为真时，执行<命令行序列>，否则执行 ENDIF 后面的命令。

2. 双向分支

双向分支，即根据用户设置的条件表达式的值，选择两个操作中的一个来执行。

语句：

```
IF <条件表达式>
    <命令行序列 1>
  ELSE
    <命令行序列 2>
ENDIF
```

功能：执行该命令时，首先判断<条件表达式>的值，若为真，则执行<命令行序列 1>，然后执行 ENDIF 后的命令；若为假，则执行<命令行序列 2>，然后执行 ENDIF 后的命令。

3. 多向分支

多向分支，即根据多个条件表达式的值，选择多个操作中的一个来执行。

语句：

```
DO  CASE
    CASE <条件表达式 1>
        <命令行序列 1>
    CASE <条件表达式 2>
        <命令行序列 2>
      ⋮
    CASE <条件表达式 N>
            <命令行序列 N>
    [OTHERWISE
        <命令行序列 N+1>]
ENDCASE
```

功能：系统从多个条件中依次测试<条件表达式>的值，若为真，即执行相应<条件表达式>后的<命令行序列>；若所有的<条件表达式>的值均为假，则执行 OTHERWISE 后面的<命令行序列>。

【**实例 16-8**】 编写求下列分段函数的程序。

$$Y = \begin{cases} 2X & X > 0 \\ 1 & X = 0 \\ X^2 & X < 0 \end{cases}$$

方法一：使用 IF 嵌套语句，建立程序文件 P7. PRG。

程序代码如下：

```
CLEAR
INPUT "请输入 X 数值: "TO X
IF X>0
    Y = 2 * X
ELSE
    IF X<0
        Y = X * X
    ELSE
        Y = 1
    ENDIF
ENDIF
?"Y = ",Y
RETURN
```

运行程序 P7. PRG,结果如下:

```
输入 X 数值:9↙
Y = 18
输入 X 数值:0↙
Y = 1
输入 X 数值:-9↙
Y = 81
```

方法二:用 DO CASE…ENDCASE 语句,建立程序文件 P8. PRG。
程序代码如下:

```
SET TALK OFF
CLEAR
INPUT  "请输入 X 数值:" TO X
DO CASE
    CASE X<0
        Y = X * X
    CASE X = 0
        Y = 1
    OTHERWISE
        Y = 2 * X
ENDCASE
?"Y = ",Y
SET TALK ON
RETURN
```

运行程序 P8. PRG,结果同上。

16.2.2 循环结构

循环结构也称为重复结构,是指程序在执行的过程中,其中的某段代码被重复执行若干次。被重复执行的代码段,通常称之为循环体。Visual FoxPro 支持循环结构的语句包括 DO WHILE…ENDDO、FOR…ENDFOR 和 SCAN…ENDSCAN 语句。

1. DO WHILE…ENDDO 语句
语句:

```
DO WHILE <条件表达式>
    <命令行序列 1>
    [LOOP]
    <命令行序列 2>
    [EXIT]
    <命令行序列 3>
ENDDO
```

功能:执行该语句时,先判断 DO WHILE 处的循环条件是否成立,如果条件为真,则执行 DO WHILE 与 ENDDO 之间的命令序列(循环体)。当执行到 ENDDO 时,返回到 DO WHILE,再次判断循环条件是否为真,以确定是否再次执行循环体。若条件为假,则结束该循环语句,执行 ENDDO 后面的语句。

2. FOR…ENDFOR 语句

根据用户设置的循环变量的初值、终值和步长,决定循环体内语句执行次数。该语句通常用于实现循环次数已知情况下的循环结构。

语句:

```
FOR <循环变量> = <循环初值> TO <循环终值> [STEP<步长>]
    <命令行序列 1>
    [LOOP]
    <命令行序列 2>
        [EXIT]
    <命令行序列 3>
ENDFOR | NEXT
```

功能:执行该语句时,首先将初值赋给循环变量,然后判断循环条件是否成立(若步长为正值,循环条件为<循环变量> <= <终值>;若步长为负值,循环条件为<循环变量>>= <终值>)。若循环条件成立,则执行循环体,然后循环变量增加一个步长值,并再次判断循环条件是否成立,以确定是否再执行循环体。若循环条件不成立,则结束该循环语句,执行 ENDFOR 后面的语句。

3. SCAN…ENDSCAN 语句

该循环语句一般用于处理表中记录。它是根据用户设置的当前记录指针,对一组记录进行循环操作。

语句:

```
SCAN  [<范围>] [FOR<条件表达式 1>] | [WHILE<条件表达式 2>]
    <命令行序列>
ENDSCAN
```

功能:执行该语句时,记录指针自动、依次地在当前表的指定范围内满足条件的记录上移动,对每一条记录执行循环体内的命令。

【**实例 16-9**】 编写程序,计算 $1+3+5+\cdots+99$ 的和。

方法一:利用条件循环语句 DO WHILE,建立程序文件 P9. PRG。

程序代码如下:

```
SET TALK OFF
CLEAR
S = 0
N = 1
DO WHILE N< = 99
    S = S + N
    N = N + 2
ENDDO
?"1 + 3 + 5 + … + 99 = ",S
RETURN
```

方法二:利用计数循环语句 FOR…NEXT,建立程序文件 P10. PRG。

程序代码如下:

```
SET TALK OFF
```

```
CLEAR
S = 0
FOR I = 1 TO 99 step 2
    S = S + I
NEXT
?"1 + 3 + 5 + … + 99 = ",S
RETURN
```

以上两个程序的运行结果相同,如下所示:

1 + 3 + 5 + … + 99 =   2500

【实例 16-10】 编写程序,显示"学生"表中所有北京市学生的信息。

方法一:利用 SQL…SELECT 语句,建立程序文件 P11. PRG。

程序代码如下:

```
SELECT * FROM 学生管理!学生 WHERE 学生.籍贯 = "北京市"
```

程序运行结果如图 16-4 所示。

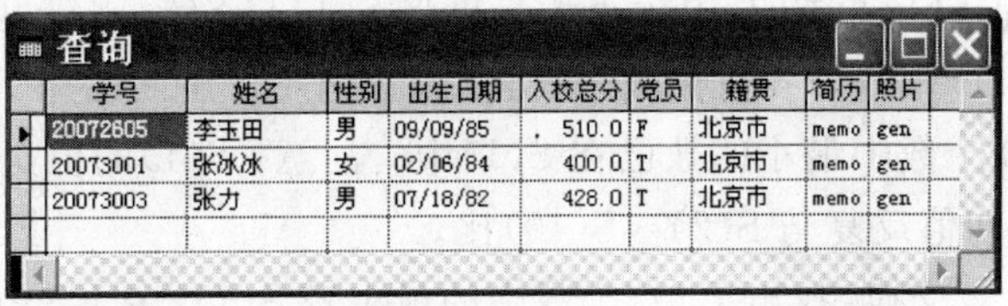

图 16-4 用 SQL 语句实现的程序运行结果

方法二:利用 SCAN…ENDSCAN 循环语句,建立程序文件 P12. PRG。

程序代码如下:

```
CLEAR
OPEN DATABASE 学生管理
USE 学生
SCAN FOR 籍贯 = "北京市"
    DISPLAY
ENDSCAN
RETURN
```

程序运行结果如图 16-5 所示。

图 16-5 用 SCAN 循环语句实现的程序运行结果

方法三:利用 LIST 语句,建立程序文件 P13. PRG。

程序代码如下:

```
CLEAR
```

Visual FoxPro 程序设计

```
OPEN DATABASE 学生管理
USE 学生
LIST FOR 籍贯 = "北京市"
RETURN
```

程序运行结果如图 16-6 所示。

记录号	学号	姓名	性别	出生日期	入校总分	党员	籍贯	简历	照片
4	20072605	李玉田	男	09/09/85	510.0	.F.	北京市	memo	gen
5	20073001	张冰冰	女	02/06/84	400.0	.T.	北京市	memo	gen
7	20073003	张力	男	07/18/82	428.0	.T.	北京市	memo	gen

图 16-6　用 LIST 语句实现的程序运行结果

【实例 16-11】　编写程序 P14.PRG，要求任意输入 10 个数，到数组 S 中，将其由小到大排序输出。

这是一个排序问题。排序的方法很多，这里介绍"比较交换法"。

设有 10 个数，用数组 S 存放，每个数分别用 $S(1),S(2),S(3),\cdots,S(10)$ 表示。

比较交换法的思路是：先将 $S(1)$ 与 $S(2)$ 相比，如果 $S(2)<S(1)$，则将 $S(1)$ 与 $S(2)$ 互换。此时 $S(1)$ 的值是 $S(1)$ 与 $S(2)$ 中较小者。再将 $S(1)$ 与 $S(3)$ 比较，处理方法同上。接着再依次将 $S(1)$ 与 $S(4)\sim S(10)$ 各数比较，每次都如法炮制。至此已将 $S(1)$ 与 $S(2)\sim S(10)$ 全部比较了一遍。10 个数中最小的数已在 $S(1)$ 中。注意：$S(1)$ 的值是动态的，即不断变化的，并不是把 $S(1)$ 的初值反复与 $S(2)\sim S(10)$ 比。

经过这一轮的比较交换，找出了 10 个数中的最小者 $S(1)$，余下 9 个还未排好序。再进行第 2 轮的处理：将 $S(2)$ 与 $S(2)\sim S(10)$ 依次比较，处理原则同前。经过第 2 轮的比较，余下的 9 个数中的最小者已在 $S(2)$ 中，剩下 8 个数（$S(3)\sim S(10)$）仍未排序。再按上面的办法进行第 3 轮的处理：将 $S(3)$ 与 $S(4)\sim S(10)$ 进行交换……，直到进行第 9 轮，将 $S(9)$ 与 $S(10)$ 比较并将小者放在 $S(9)$ 中。余下的 $S(10)$ 自然就是最大的数了。

由此可知，为了对 10 个数排序要进行 9 轮比较交换，每一轮中对两个数进行比较判断的次数是不同的。第 1 轮是 9 次（$S(1)$ 与后面的 9 个数比），第 2 轮是 8 次（$S(2)$ 与后面的 8 个数比），……，第 9 轮是 1 次（$S(9)$ 与后面的 $S(10)$ 比）。

由此编写程序 P14.PRG，代码如下：

```
SET TALK OFF
DIMENSION S(10)
I = 1
DO WHILE I < = 10
    INPUT "S(" + STR(I,2) + ") = " TO S(I)
    I = I + 1
ENDDO
DO WHILE I < = 9
  J = I + 1
  DO WHILE J < = 10
    IF S(I) > S(J)
      T = S(I)
      S(I) = S(J)
      S(J) = T
    ENDIF
```

```
      J = J + 1
    ENDDO
    I = I + 1
  ENDDO
  I = 1
  DO WHILE I< = 10
    ??S(I)
    I = I + 1
  ENDDO
  RETURN
```

16.3　模块化程序设计

应用程序一般都是多模块程序,包含多个程序模块。模块是一个相对独立的程序段,它可以被其他模块所调用,也可以去调用其他模块。通常,把被其他模块调用的模块称为过程或子程序,把调用其他模块而没有被其他模块调用的模块称为主程序。

16.3.1　模块的定义和调用

在 Visual FoxPro 中,模块可以是命令文件,也可以是过程,可以由若干个内部过程代码构成一个过程文件。

1. 过程及过程调用

建立过程的方法与一般程序的方法相同,所不同的是在每个过程中要有一个返回语句。

返回语句:

RETURN [<表达式> | TO<程序文件名> | TO MASTER]

调用命令:

DO <过程名>

或

<过程名>()

功能:执行 DO 调用命令时,将指定的过程调入内存并执行,当执行到 RETURN 命令时,返回到调用命令下的第一条可执行语句。

【实例 16-12】　编写程序 P15. PRG,其功能是计算 $C_m^n = m!/(n!(m-n)!)$。

```
* 主程序 P15.prg
SET TALK OFF
CLEAR
INPUT   "m = "   TO m
INPUT   "n = "   TO n
T = 0
K = m
DO P15_1          && 调用过程 P15_1
X = t
K = n
DO P15_1
Y = t
```

173

第16章

Visual FoxPro 程序设计

```
K = m − n
DO P15_1
Z = t
S = X/(Y ∗ Z)
?'C_m^n = ',S
RETURN


∗ 过程 P15_1.prg
T = 1
FOR I = 1 to K
    T = T ∗ I
NEXT
RETURN
```

2. 过程文件

过程(或称子程序)是作为一个文件独立地存储在磁盘上,为提高系统的运行效率,可以把多个过程写入到一个过程文件中。一个过程文件由多个过程组成,过程文件的扩展名仍然是 PRG。

1) 建立过程文件

命令:

MODIFY　COMMAND ＜过程文件名＞

功能:建立过程文件。

过程文件的基本书写格式:

```
PROCEDURE | FUNCTION ＜过程名 1＞
    ＜命令序列 1＞
[RETURN[＜表达式＞]]
[ENDPROC | ENDFUNC]

PROCEDURE | FUNCTION ＜过程名 2＞
    ＜命令序列 2＞
[RETURN[＜表达式＞]]
[ENDPROC | ENDFUNC]
    ⋮
PROCEDURE  | FUNCTION ＜过程名 N＞
    ＜命令序列 N＞
[RETURN[＜表达式＞]]
[ENDPROC | ENDFUNC]
```

2) 打开过程文件

命令:

SET PROCEDURE TO ＜过程文件名 1＞ [,＜过程文件名 2＞…][ADDITIVE]

功能:打开一个或多个过程文件。选择[ADDITIVE]时,在打开新的过程文件时,不关闭已打开的过程文件。过程文件中所包含的过程全部调入内存。

3) 执行过程文件中的过程

命令:

DO <过程名> 或 <过程名>()

功能：调用过程文件中的指定过程。

4）关闭过程文件

命令：

CLOSE　PROCEDURE　或　SET PROCEDURE　TO

功能：关闭已打开的过程文件。

【实例 16-13】 编写调用过程文件的主程序 P16.PRG。

程序代码如下：

```
* 主程序：P16.PRG
?"主程序开始"
SET PROCEDURE TO SUB    && 打开过程文件 SUB.PRG
DO P16_1
DO P16_2
?"主程序结束"
RETURN


* 过程文件：SUB.PRG
PROCEDURE P16_1
?"过程 1 被调用,返回值为：全国计算机等级考试"
RETURN
PROCEDURE P162
?"过程 2 被调用,返回值为：二级 Visual FoxPro 程序设计"
RETURN
```

执行主程序：DO MAIN

运行结果：

```
主程序开始
过程 1 被调用,返回值为：全国计算机等级考试
过程 2 被调用,返回值为：二级 Visual FoxPro 程序设计
```

16.3.2　变量的作用域

在程序设计中,特别是模块程序中,往往会用到许多内存变量,这些内存变量有的在整个程序运行过程中起作用,而有的内存变量只在某些程序模块中起作用,内存变量的这些作用范围称为内存变量的作用域。内存变量的作用域根据作用范围可分为公共变量、私有变量和局部变量。

1. 公共变量

公共变量是指在程序的任何嵌套中及在程序执行期间始终有效的变量。程序执行完毕,它们不会在内存自动释放。公共变量的定义如下：

命令：

PUBLIC <内存变量表>

功能：将内存变量名表中的变量说明为公共变量。

2. 私有变量

在程序中直接使用(没有通过 PUBLIC 和 LOCAL 命令事先声明)而由系统自动隐含建立的变量都是私有变量。私有变量的作用域是建立它的模块及其下属的各层模块。一旦建立它的模块程序运行结束,这些私有变量将自动清除。

【实例 16-14】 公共变量和私有变量示例。

主程序文件 P17. PRG 代码如下:

```
SET TALK OFF
PUBLIC A,B
A = 10
B = "XY"
DO P17_1
DISP MEMORY
RETURN
```

子程序 P17_1. PRG 代码如下:

```
PUBLIC M,N
M = 1
N = "VFP"
NUM = 1
DISP MEMORY
RETURN
```

执行子程序 P17_1. PRG 中 LIST MEMORY 命令的结果:

```
A      Pub    N    10        (      10.00000000)
B      Pub    C    "XY"
M      Pub    N    1         (       1.00000000)
N      Pub    C    "VFP"
NUM    Priv   N    1         (       1.00000000)
```

内存变量 A、B、M、N 均是全局变量,内存变量 NUM 未定义为全局变量,它是私有变量。

执行主程序 P17. PRG 中 LIST MEMORY 命令的结果:

```
A    Pub    N    10        (      10.00000000)
B    Pub    C    "XY"
M    Pub    N    1         (       1.00000000)
N    Pub    C    "VFP"
```

可以看出,在控制返回到主程序后,私有变量自动被释放。

3. 局部变量

局部变量只能在建立它的模块中使用,不能在上层或下层模块中使用。当建立它的模块程序运行结束时,局部变量自动释放。局部变量用 LOCAL 命令建立。

命令:

LOCAL <内存变量表>

功能:将内存变量名表中的变量说明为局部变量。

【实例 16-15】 局部变量示例。

主程序文件 P18.PRG 代码如下：

```
SET TALK OFF
CLEAR ALL
PUBLIC X
P18_1()
RETURN
```

函数 P18_1()代码修改如下：

```
FUNCTION P18_1
LOCAL Y
Y = 5
X = P18_2()
?"X = ",X
?"Y = ",Y
RETURN
```

函数 P18_2()代码修改如下：

```
FUNCTION P18_2
S = Y + 1
RETURN S
```

运行主程序 P18.PRG,将会出现"没有找到变量 Y"的错误信息。这是因为变量 Y 是局部变量,只能在自定义函数 P18_1()内使用。

16.3.3　参数传递

在程序设计过程中,有时需要将不同的参数分别传递给同一个过程,执行同一功能的操作后返回不同的执行结果。这种执行方式可以用带参数传递语句来实现。

1. 带参调用

命令：

```
DO  <过程名> WITH <参数表>
```

或

```
<子程序名>(<参数表>)
```

功能：调用一般过程或过程文件中的过程,并为被调用过程提供参数。

说明：该命令只用在调用过程的程序中。此处<参数表>又称为实参表,其中的参数可以是常量、已赋值的变量或数值表达式,参数之间用逗号分开。

2. 接受参数

命令：

```
PARAMETERS <参数表> |LPARAMETERS <参数表>
```

功能：接受调用过程的命令传递过来的参数。

说明：

- 该命令必须位于被调用过程的第一条可执行语句处。此处<参数表>又称为形参

Visual FoxPro 程序设计

表,其中的参数一般为内存变量。参数之间用逗号隔开,形参与实参的个数应相等、数据类型和个数要对应相同。

- 系统会自动把实参传递给对应的形参。形参的数目不能少于实参的数目,否则系统会产生运行时错误。如果形参的数目多于实参的数目,那么多余的形参取初值逻辑假.F.。
- 采用格式 1 调用模块程序时,如果实参是常量或一般表达式,系统会计算出实参值,并把它们赋值给相应的形参变量。这种情形称为按值传递。如果实参是变量,那么传递的不是变量的值,而是变量的地址。这时形参和实参实际上是同一变量(尽管它们的名字可能不同),在模块程序中形参变量值的改变,同样是对实参变量值的改变,这种情形称为按引用传递。
- 采用格式 2 调用模块程序时,默认为按值方式传递参数。如果实参为变量,可用 set udfparms 命令重新设置参数传递方式。该命令格式如下:

```
SET UDFPARMS TO VALUE|REFERENCE
```

TO VALUE:按值传递。形参变量值的改变不会影响实参变量的取值。

TO REFERENCE:按引用传递。形参变量值改变时,实参变量值也随之改变。

【实例 16-16】 按值传递示例。修改程序 P18.PRG,使局部变量 Y 按值传递。

主程序 P18.PRG 代码不变:

```
SET TALK OFF
CLEAR ALL
PUBLIC X
P18_1()
RETURN
```

函数 P18_1()代码修改如下:

```
FUNCTION P18_1
LOCAL Y
Y = 5
X = P18_2(Y)
?"X = ", X
?"Y = ", Y
RETURN
```

函数 P18_2()代码修改如下:

```
FUNCTION P18_2
PARAMETERS S
S = S + 1
RETURN S
```

运行修改过的 P18.PRG,结果如下:

```
X = 6
Y = 5
```

程序执行后会使 X 的值变成 6,而由于函数调用 X=P18_2(Y)默认以传值的方式将变量 Y 的值传递给函数 P18_2()中的 S,因此 Y 的值不变仍旧是 5。

【实例 16-17】 按引用传递示例。修改程序 P18.PRG,使局部变量 Y 按引用传递。

主程序 P18.PRG 代码不变:

```
SET TALK OFF
CLEAR ALL
PUBLIC X
P18_1()
RETURN
```

函数 P18_1()代码如下：

```
FUNCTION P18_1
LOCAL Y
Y = 5
SET UDFPARMS TO REFERENCE
X = P18_2(Y)
?X
RETURN
```

函数 P18_2()代码如下：

```
FUNCTION P18_2
PARAMETERS S
S = S + 1
RETURN S
```

运行修改过的 P18. PRG,结果如下：

```
X = 6
Y = 6
```

程序执行后会使 X 的值变成 6,而由于在函数调用 X = P18_2(Y)前,有 SET UDFPARMS TO REFERENCE 这样一条语句,则表示按引用传递方式将变量 Y 的存储地址传递给函数 P18_2()中的 S,S 到变量 Y 所在地址中去取数据,并将运算结果再传递给 Y,因此 X 和 Y 的值都是 6。

16.4 练 习 题

1. 编写程序,从键盘输入 3 个数,找出其中的最大值和最小值。

2. 编写程序,任意输入一个年份,判断它是否为闰年,闰年的条件是：能被 4 整除但不能被 100 整除或者能被 400 整除。

3. 编写程序,计算 $1+1/3!+1/5!+\cdots+1/n!$ 的值。

4. 编写程序,在"人力资源库"数据库的"职员表"中,查找指定日期以后出生的职工。

5. 编写程序,显示"职员表"中职称为"讲师"的所有职工信息。

6. 编写程序,解决百钱买百鸡的问题：公鸡 5 元钱一只,母鸡 3 元钱一只,小鸡 1 元钱 3 只,100 元钱买 100 只鸡,求公鸡、母鸡和小鸡各能买多少只。

7. 编写程序,要求任意输入 10 个数,找出其中的最大值和最小值。

8. 建立一个包含计算圆面积(sub1)、正方形面积(sub2)两个过程的过程文件,编写主程序任意输入一个数值 n,调用 sub1 过程计算以 n 为半径的圆的面积,调用 sub2 过程计算以 n 为边长的正方形的面积。

第17章 表　单

17.1　表单向导

Visual FoxPro 提供了两种表单向导来创建表单：
- "表单向导"可以创建基于一个表的表单。
- "一对多表单向导"可以创建基于两个表的表单。

调用表单向导有 3 种方法：

（1）在 VFP 的项目管理器的"文档"选项卡中选中"表单"，单击"新建"按钮，在弹出的"新建表单"对话框中单击"表单向导"。

（2）选择"文件"菜单下"新建"子菜单，在打开的"新建"对话框中，选中"表单"单选按钮，单击"向导"按钮。

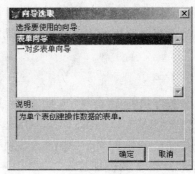

（3）选择"工具"菜单下"向导"子菜单下的"表单"三级子菜单。

采用上述 3 种方法中的任意一种，都会打开"向导选取"对话框，如图 17-1 所示，在此对话框中选择"表单向导"或"一对多表单向导"，单击"确定"按钮，即可进入表单向导。下面通过范例来说明表单向导的使用。

图 17-1　"向导选取"对话框

17.1.1　表单向导创建表单

【实例 17-1】　用"表单向导"建立一个"学生情况"表单。

设计步骤如下：

步骤 1　字段选取。

表单向导的第一步是要求用户选取包含在表单中的字段，如图 17-2 所示。

在"数据库和表"列表框中选择"学生管理"数据库，在其下方的列表里列出库中包含的数据表，选择"学生"表，则在"可用字段"列表框中列出该表的全部字段供用户选择，将除了"简历"和"照片"之外的全部字段，选到"可用字段"列表框中，然后单击"下一步"按钮进入"表单样式"对话框。

步骤 2　选择表单样式。

在这一步里，要完成表单显示风格和按钮类型的选择。VFP 提供了标准式、凹陷式、阴影式、边框式、浮雕式、新奇式、石墙式、亚麻式和色彩式等 9 种表单样式；以及文本按钮、图片按钮、无按钮和定制等 4 种按钮类型供用户选择如图 17-3 所示。

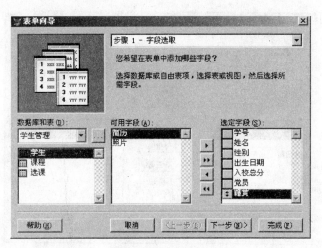

图 17-2　字段选取

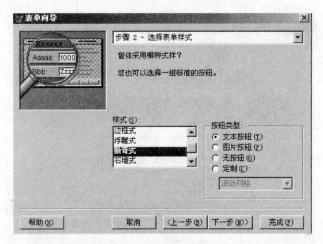

图 17-3　选择表单样式

可根据需要和喜好选择一种美观格式,它们并不影响表单本身的功能。这里选择"新奇式"和"文本按钮"单选按钮,然后单击"下一步"按钮,进入"排序次序"对话框。

步骤 3　排序次序。

如果表单是基于一个表而设计的,就会出现"排序次序"对话框,如果表单是基于一个查询,会跳过这一步。"排序次序"对话框用来选择表单中记录的排序字段以及按该字段排序的排序方式,如图 17-4 所示。

我们选择按学号升序排序。然后单击"下一步"按钮,进入"完成"对话框。

步骤 4　完成。

该对话框是向导的最后一个对话框。在此对话框中主要完成指定显示在表单顶部的标题和确定表单向导的结束方式。该步骤有 3 种选择:保存表单并退出向导、保存并运行表单以及保存并调用表单设计器修改表单。此外,在该对话框中还可以指定表单的其他设置,如是否使用字段映像、是否用数据库字段显示类以及是否为容不下的字段加入页,如图 17-5 所示。

在对话框中输入表单标题"学生情况查询",选择"保存表单以备将来使用"单选按钮,然后单击"预览"按钮,得到如图 17-6 所示的表单。

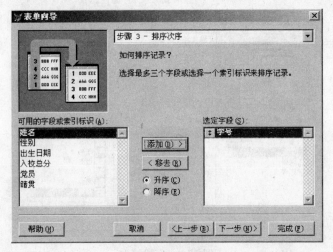

图 17-4 字段排序

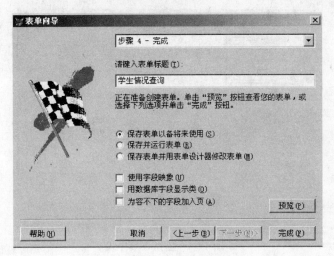

图 17-5 完成

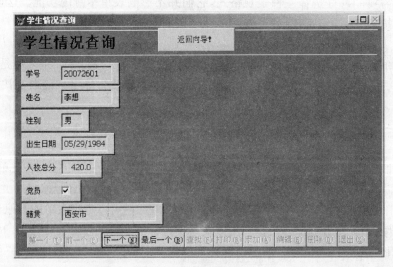

图 17-6 预览

如果对表单的设计感到满意，在返回向导后单击"完成"按钮，存储所设计的表单，为表单起名为"学生情况"，如图 17-7 所示，单击"保存"按钮，结束向导操作。

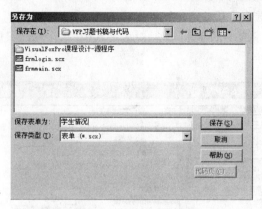

图 17-7 "另存为"对话框

17.1.2 一对多表单向导创建表单

涉及两个表中的字段，一个称为"父表"，另一个称为"子表"。父表中的一条记录对应着子表中多个与其相关联的记录，在表单上的显示形式多半是父表的一条记录显示在上部，与其对应的子表记录以表格的形式显示在下半部。

【实例 17-2】 使用"一对多表单向导"生成一个"一对多"的表单。要求从父表"学生"选择字段：学号、姓名，从子表"选课"选择字段：课程号、成绩，使用"学号"建立两个表之间的关系；样式为"凹陷式"；按钮类型为"图形按钮"，排序字段为"学号"（升序），设置表单标题为"学生"。

设计步骤为：

首先，用在前面讲过的方法打开表单向导对话框，选取"一对多表单向导"，则出现"从父表中选定字段"对话框。

步骤 1 从父表中选取字段。

该步骤主要用来选择来自父表中的字段，即一对多关系中的"一"方，只能从单个的表或视图中选取字段。选择方法与前面讲过的表单向导中的操作方法一样，如图 17-8 所示。

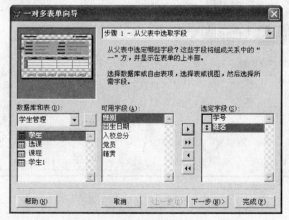

图 17-8 父表字段选取

选择"学生"表中的两个字段"学号"和"姓名",然后单击"下一步"按钮,进入"从子表中选定字段"对话框。

步骤 2 从子表中选取字段。

在本步骤选择来自子表中的字段,即一对多关系中的"多"方,只能从单个的表或视图中选取字段,如图 17-9 所示。

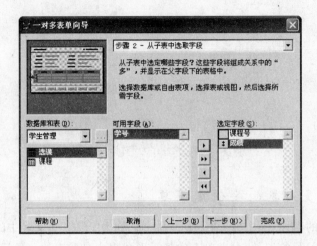

图 17-9 子表字段选取

从"选课"表选择"课程号"、"成绩"等字段,然后单击"下一步"按钮,进入"建立表之间关系"对话框。

步骤 3 建立表之间的关系。

在这一步确定联系两个表的关键字。这里并不要求两个关键字字段名相同,只要类型相同就可以联系。本例在下拉列表框中分别选择"学号",如图 17-10 所示,然后单击"下一步"按钮,进入"选择表单样式"对话框。

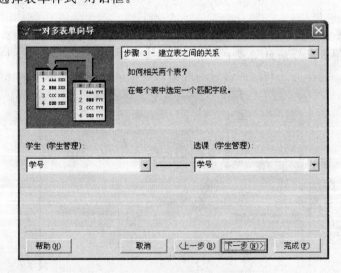

图 17-10 表之间的关系

步骤 4 选择表单样式。

本步骤与前面讲的表单向导里的操作完全相同,选择"凹陷式"和"图形按钮",单击"下一步"按钮进入排序对话框。

步骤 5 排序次序。

同前面所讲,选择表单中记录的排序字段"学号"以及按该字段排序的排序方式"升序",单击"下一步"按钮即可。

步骤 6 完成。

在这一步中,选择"保存"按钮并运行表单,运行效果如图 17-11 所示。

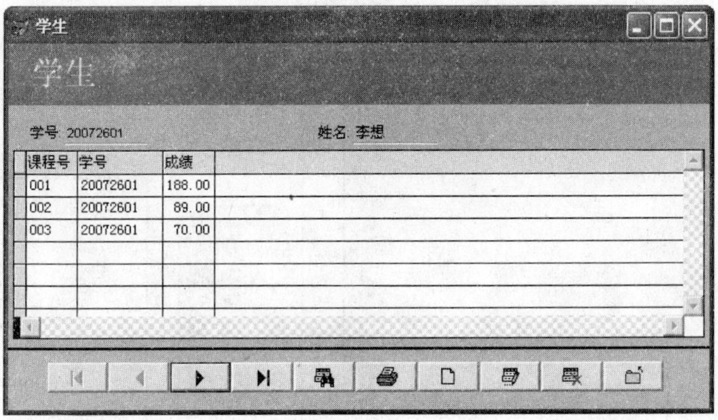

图 17-11 完成

17.2 表单设计器

表单设计器不仅能创建表单,而且还可以修改表单,即使是由表单向导产生的表单也可修改。

17.2.1 表单的建立、保存、修改和运行

1. 表单的建立有多种方法

(1) 打开"文件"菜单,选择"新建"命令,然后在对话框中选择"表单",并单击"新建文件"命令按钮。或工具栏上的新建按钮。

(2) 在命令窗口中输入并执行 create form <表单名>。

用以上方法的任何一种都可以打开表单设计器。

2. 表单的保存

(1) 单击"关闭"按钮,提示用户保存。

(2) 工具栏上的保存按钮 图 。

3. 表单的修改

(1) 打开"文件"菜单,选择"打开"命令,然后在对话框中选择"表单"类型,选择要打开的表单名,单击"确定"按钮,或工具栏上的打开按钮。

(2) 在命令窗口中输入并执行 modify form <表单名>。

4. 表单运行

表单设计完后需要运行才能看到设计结果。

(1) 工具栏上的运行按钮 ! 。

(2) DO FORM 表单文件名。

17.2.2　表单设计器界面介绍

1. 表单设计器

由表单控件、表单设计器工具栏、表单控件工具栏、属性窗口组成，如图 17-12 所示。

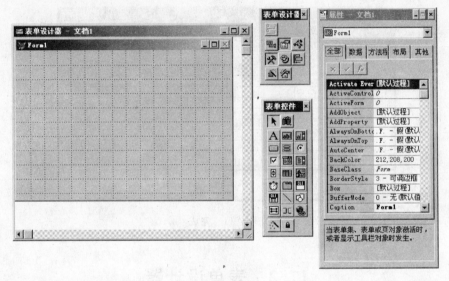

图 17-12　表单设计器

2. 表单设计器工具栏

一般情况下，在表单设计器打开时，在屏幕上就可以看到"表单设计器工具栏"，如果屏幕上没有出现，可以将鼠标移到标准工具栏上任意位置，单击鼠标右键，从弹出的快捷菜单中选择"表单设计器"，即会得到"表单设计器工具栏"；或者从"显示"菜单中选择"工具栏"，在弹出的"工具栏"对话框中选择"表单设计器"，然后单击"确定"按钮，也会得到如图 17-13 所示的"表单设计器"工具栏。

图 17-13　表单设计器工具栏

现将这些工具的功能按其顺序从左至右的顺序说明如下：

(1) 设置 Tab 键次序。在表单设计过程中，单击此按钮，可以显示当按动 Tab 键时，光标在表单中各个控件上移动的顺序。用键盘上的 Shift 键加鼠标左键可以重新设置光标在控件上移动的顺序。

(2) 数据环境。在表单设计过程中，单击此按钮，显示"数据环境设计器"，可以结合用户界面设计一个表单运行的数据环境。

(3) 属性窗口。在表单设计过程中，单击此按钮，可以启动或关闭属性窗口，以便在属性窗口中查看或修改各个控件的属性。

(4) 代码窗口。在表单设计过程中，单击此按钮，可以启动或关闭代码窗口，以便在其中编辑各个对象的事件或方法程序代码。

（5）![icon]表单控件工具栏。在表单设计过程中，单击此按钮，可以启动或关闭表单控件工具栏，以便利用其中各种控件进行表单的设计。

（6）![icon]调色板工具栏。在表单设计过程中，单击此按钮，可以启动或关闭调色板工具栏，利用它可以进行表单上各个对象的前景和背景颜色的设置。

（7）![icon]布局工具栏。在表单设计过程中，单击此按钮，可以启动或关闭布局工具栏，利用它可以对表单上各个控件的位置和大小进行设置。

（8）![icon]表单生成器。运行"表单生成器"，可以提供一种简单、交互的方式把字段作为控件添加到表单上，并可以定义表单的样式和布局，以便生成一个简单的表单，供用户再修改。

（9）![icon]自动格式。在表单设计过程中，单击此按钮，可以启动或关闭自动格式生成器，以便对各个控件的格式进行设置。

3. 表单控件工具栏

该工具栏是用来在表单上创建各种控件的，其样式如图 17-14 所示。使用时，先单击某一控件按钮，然后将鼠标移到表单上要创建控件的位置上，用鼠标拖出一个所需大小的区域来，即可生成控件，如果尺寸不合适，还可以用鼠标调整。

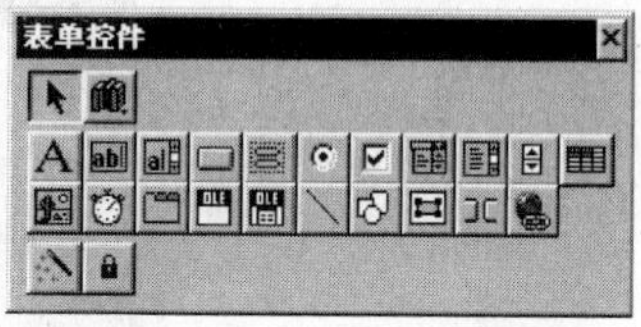

现将这些工具按钮按从左至右的顺序说明其使用功能如下：

（1）选定对象　用鼠标单击它后可以在表单上选定对象，并进行移动和改变对象大小等操作。

图 17-14　"表单控件"工具栏

（2）查看类　从中可以选择显示一个已注册的类库。

（3）标签　创建一个标签控件，用于保存和显示文本。

（4）文本框　创建一个文本控件，用户可在其中输入和更改文本内容。

（5）编辑框　创建一个编辑框，用于编辑多行文本。

（6）命令按钮　创建一个命令按钮，用于执行既定功能。

（7）命令按钮组　创建产生一个命令按钮组控件，用于执行相关功能。

（8）选项按钮组　创建一个选项按钮组控件，用于显示多个选择项供用户从中挑选一个。

（9）复选框　创建一个复选框控件，用以确定多个项目的开关状态或作多项选择。

（10）组合框　创建一个组合框控件，以便在较小的空间内显示多项内容。

（11）列表框　创建一个列表框控件，用户可以从中选择单个或多个项目。

（12）微调器　创建一个微调器控件，用于接受给定范围内的数值。

（13）表格　创建一个表格控件，用于显示多条记录。

（14）图像　创建一个图像控件，用于显示指定图像。

（15）计时器　创建一个计时器控件，可以在指定的时间间隔内重复运行指定程序。

（16）页框　创建一个页框控件，用于显示多个页面以扩展表单显示面积。

（17）OLE 控件　向应用程序中添加 OLE 对象。

（18）OLE 绑定控件　用于向应用程序中添加一个绑定在通用字段上的 OLE 对象。

（19）线条　用于在表单上画各种类型的线条。

（20）形状　用于在表单上画各种类型的形状。

（21）容器　创建一个容器控件，它可包含其他控件。

（22）分隔符　在工具栏的控件间加上空格。

（23）生成器锁定　可以自动显示生成器，为任何添加到表单上的控件打开一个生成器。

（24）按钮锁定　在该方式下可以添加多个同种类型的控件，而不需要多次按此控件的按钮。

（25）超链接　创建超链接控件。

4. 属性窗口

在属性窗口可以对表单上各个对象进行属性设置或更改，其样式如图 17-15 所示。

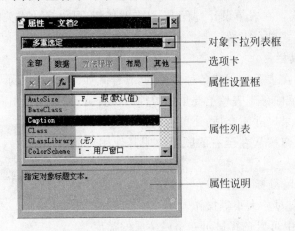

图 17-15　属性窗口

属性窗口从上到下依次包括：

（1）对象下拉列表框　单击右侧的向下按钮，可以看到当前表单（或表单集）及其所包含的全部对象的列表。用户可以从列表中选择要修改属性的对象。

（2）选项卡　按分类方式显示所选对象的属性、事件和方法。

（3）属性 设置框　在该框中可以更改属性列表中选定的属性的值。单击"接受"按钮（√号）来确认对此属性的更改；单击"取消"按钮（×号）则取消本次更改，恢复原属性值。单击"函数"按钮（fx）可以打开表达式生成器。属性值可以是一个常量，也可以是表达式返回的值。

（4）属性 列表　显示控件所有属性及其当前值，只读的属性、事件和方法以斜体显示。对于以表达式作为设置的属性，它的前面具有等号（＝）。

在上述各项之外单击鼠标右键，将弹出快捷菜单，通过它可以改变属性窗口的显示形式。

17.3　数　据　环　境

在表单的数据环境中，可以添加与表单相关的数据表或视图，并设置好表单、控件与数据表或视图中字段的关联，形成一个完整的数据体系（见图 17-16）。

图 17-16　数据环境

1．数据环境的打开

数据环境打开常用两种方法：

（1）右击表单控件，在弹出的快捷菜单中选择"数据环境"。

（2）表单设计器工具栏里的 📇 按钮。

2．添加、移去表或视图

在"数据环境设计器"里右击鼠标，弹出快捷菜单，如图 17-17 所示。再选择"添加"，用来选择需要的表或视图，如图 17-18 所示。

图 17-17　数据环境的快捷菜单

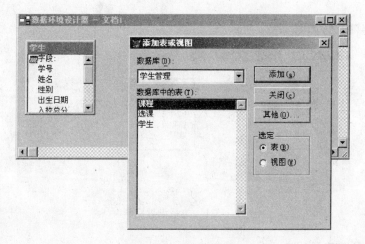

图 17-18　选择"添加"

图 17-19 是添加表的效果。

图 17-19　添加表效果

移去表：选择要移走的表，右击，选择快捷菜单"移去"。

3. 设置关系

若是涉及多张有关系的表，需要设置表之间的关系，要找出两表之间谁是"一"，谁是"多"，从"一"的公共字段到"多"的公共字段如图 17-20 所示。

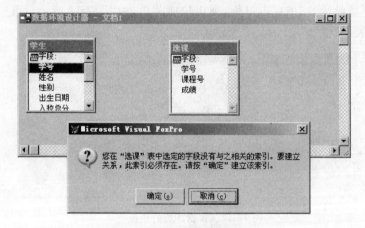

图 17-20　设置表之间的关系

单击"确定"按钮，如图 17-21 所示。

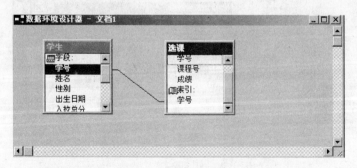

图 17-21　关系设置完毕

4. 向表单添加字段或表

如果选择数据环境里表的"标题"，向表单拖动，则该表可以表格的形式显示在表单里，如图 17-22 所示。

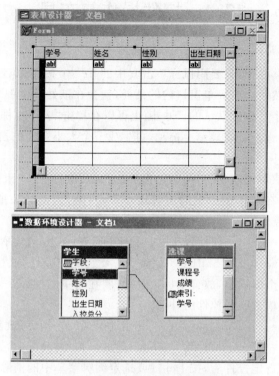

图 17-22　向表单拖动表格

若选择表里的字段向表单拖动，会以图 17-23 所示的形式出现。

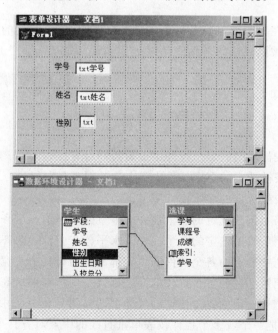

图 17-23　向表单拖动字段

17.4　控件操作与布局

1．创建控件

在"表单控件"工具栏中，只要用鼠标单击其中的某一个按钮（该按钮呈凹陷状，代表选取了一个表单控件），然后单击表单窗口内的某处，就会在该处产生一个选定的表单控件，这种方法产生的控件大小是系统默认的；另外，也可以在单击"表单控件"工具栏的按钮后，在表单选定位置，按下鼠标左键在表单上拖动，可生成一个大小合适的控件。

2．调整控件

调整控件包括在表单上选定控件，调整控件的大小、位置、删除和复制/剪贴控件等。

- 选定控件——在表单窗口中的所有操作都是针对当前对象的，在对控件进行操作前，应先选定控件。
- 选定单个控件——单击控件，控件四周会出现 8 个正方形句柄，表示控件已被选定。
- 选定多个控件——按下 Shift 键，逐个单击要选定的控件，或按下鼠标按钮拖曳，使屏幕上出现一个虚线框，放开鼠标按键后，圈在其中的控件就被选定。
- 取消选定——单击已选控件的外部某处。
- 调整控件大小——选定控件后，拖曳其四周出现的句柄，可改变控件的大小。
- 调整控件位置——选定控件后，按下鼠标左键，拖曳控件到合适的位置。
- 删除控件——选定控件后，按 Del 键或选定编辑菜单中的清除命令。
- 复制/剪贴控件——选定控件后，利用"编辑"菜单或"快捷"菜单中的剪切、复制和粘贴命令。

3．控件布局

布局工具栏用于在表单或报表上对齐和调整控件的位置，其上的这些按钮只有在表单或报表上的多个控件被同时选中的情况下才处于可用状态，"布局"工具栏样式如图 17-24所示。

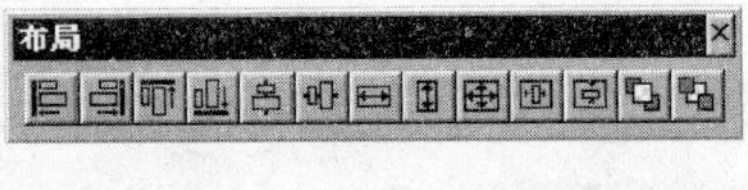

这些按钮的功能如下所示。

（1）左边对齐：按被选定的多个控件中最左边的对齐（纵排）。

图 17-24　"布局"工具栏

（2）右边对齐：按被选定的多个控件中最右边的对齐（纵排）。

（3）顶边对齐：按被选定的多个控件中最上边的对齐（横排）。

（4）底边对齐：按被选定的多个控件中最下边的对齐（横排）。

（5）垂直居中对齐：按被选定的多个控件的垂直分布中轴线对齐（纵排）。

（6）水平居中对齐：按被选定的多个控件的水平分布中轴线对齐（横排）。

（7）相同宽度：把被选定的各个控件的宽度都调整到与其中最宽的控件相同。

（8）相同高度：把被选定的各个控件的高度都调整到与其中最高的控件相同。

（9）相同大小：把被选定的各个控件的尺寸都调整到与其中尺寸最大的控件相同。

（10）垂直居中：把一个或多个控件按表单垂直线的中点对齐。

（11）水平居中：把一个或多个控件按表单水平线的中点对齐。

（12）置前：把选定的控件放置到与其相互交叠的所有控件之上。

（13）置后：把选定的控件放置到与其相互交叠的所有控件之下。

【**实例 17-3**】 删除如下表单里的标签控件，并把 3 个命令按钮控件左对齐（见图 17-25）。

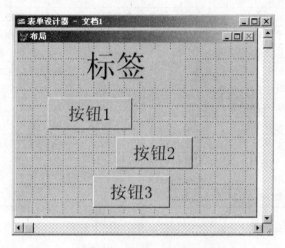

图 17-25 实例 17-3 示意图

操作步骤：

① 鼠标单击"标签"控件，按 Del 键。

② 选定剩余的 3 个命令按钮，然后选定布局工具栏下"左对齐"按钮。

4. 设置控件属性

当一个控件创建好后，就会在属性窗口的对象选项下拉式列表中看到该对象的名字（系统默认）。在选定控件（单击控件或在属性窗口的下拉式列表框中选取）后，可对其设置属性。对不同的控件来说，有一些属性是用户需要设置的，而另外一些属性是用户可以不设置的，使用系统给定的默认值。

17.5 控 件 介 绍

17.5.1 表单控件

表单是提供给用户的基于标准化图形界面的多功能、多任务的操作工具。它的主要用途是显示并可输入输出数据，完成某种具有特定功能的操作，构成用户和计算机相互沟通的屏幕界面。

1. 表单属性

表单属性用于定义表单及其控件的性质、特征，每个表单及其控件都有它的一组属性，通常这些属性的大多数都是相同的。表单及控件的属性可以通过属性窗口在设计时设置，也可通过编写代码在表单运行时设置。表单和控件中有些属性具有通用性，另外一些属性具有针对性（将在具体控件使用时介绍）。表 17-1 所列的部分属性是具有通用性的属性。

表 17-1　常用表单及控件属性

属　　性	说　　明	属　　性	说　　明
Caption	指定对象的标题	Width	指定屏幕上一个对象的宽度
Name	指定对象的名字	Left	对象左边相对于父对象的位置
Value	指定对象当前的取值	Top	对象上边相对于父对象的位置
FontName	指定对象文本的字体名	Movable	运行时表单能否移动
FontSize	指定对象文本的字体大小	Closable	标题栏中关闭按钮是否有效
ForeColor	指定对象中的前景色	ControlBox	是否取消标题栏所有的按钮
BackColor	指定对象内部的背景色	MaxButton	指定表单是否有最大化按钮
BorderStyle	指定边框样式	MinButton	指定表单是否有最小化按钮
AlwaysOnTop	是否处于其他窗口之上	WindowState	指定运行时是最大化或最小化
AutoCenter	是否在 Visual FoxPro 主窗口内自动居中	Visible	指定对象是可见还是隐藏
Height	指定屏幕上一个对象的高度		

2. 表单事件

表单事件是表单及其控件可以识别和响应的行为和动作。每个表单及其控件都有多个事件，每个事件都是由系统事先规定的。一个事件对应于一个程序，称为事件过程。事件一旦被触发，系统马上就去执行与该事件对应的过程。待事件过程执行完成后，系统又处于等待某事件发生的状态，这种方式称为事件驱动方式。表单中常用事件如表 17-2 所示。

表 17-2　常用表单事件

事　　件	事件的激发	事　　件	事件的激发
Init	当对象创建时	GotFocus	对象接收到焦点
Load	在创建对象之前	LostFocus	对象失去焦点
Unload	释放对象时	KeyPress	当用户按下或释放一个键
Destroy	当对象从内存中释放时	MouseDown	当用户按下鼠标键
Click	用户鼠标单击对象	MouseMove	当用户移动鼠标到对象
DblClick	用户鼠标双击对象	MouseUp	当用户释放鼠标
RightClick	用户鼠标右击对象	Error	当发生错误时

3. 表单方法程序

表单方法程序是对象能够执行的、完成相应任务的操作命令代码的集合，是 Visual FoxPro 为表单及其控件内定的通用过程。方法程序过程代码由 Visual FoxPro 系统定义，对用户是不可见的，但可以通过代码编辑窗口对其进行增加。表 17-3 给出了表单中常用的方法程序。

表 17-3　常用表单方法程序

方法程序	用　　途	方法程序	用　　途
Release	从内存中释放表单或表单集	Refresh	重新绘制表单或控件，并更新值

【实例 17-4】　创建一个文件名为"显示"的表单，表单的标题为"欢迎你"，名称为 Myform，表单运行时，自动居中（见图 17-26）。

图 17-26　实例 17-4 示意图

操作步骤如下：

步骤 1　选择"文件"→"新建"→"表单"新建文件，打开"表单设计器"窗口。

步骤 2　在属性窗口，分别设置对应属性。

属性	值
CAPTION	欢迎你
NAME	Myform
AUTOCENTER	. T .

步骤 3　保存表单，文件名为"显示"。

步骤 4　运行表单。

17.5.2　标签控件

标签控件主要用于显示一段固定的文本信息字符串，它没有数据源，把要显示的字符串直接赋予标签的"标题"（Caption）属性即可。"标签"控件是按一定格式显示在表单上的文本信息，用来显示表单中各种说明和提示。用标签显示的文本信息一般很短，但如果文本信息很长，一行显示不了时，可以通过设置标签控件的 WordWrap 属性值为. T . 来多行显示文本信息。"标签"控件的属性如表 17-4 所示。

表 17-4　"标签"控件的属性

属 性 名	属 性 用 途	属 性 设 置 值
Alignment	标题文本在控件中显示的对齐方式	默认值 0—靠左边显示
AutoSize	设置自动根据字号调整控件大小	默认值为假值
BackColor	控件背景颜色设置	默认值为灰色
ForeColor	控件文本的颜色设置	默认值为黑色
BackStyle	控件背景类型	默认值为 1—不透明
BorderStyle	控件边线类型	默认值为 0—无边线
Caption	控件标题文本设置	默认值为 Label1
Enabled	控件是否可用	默认值为真值
FontName	控件与字体相关的属性	默认值为宋体
WordWrap	控件 Caption 属性内容是字符型，可以进行多列转折	默认值为假值

【实例 17-5】 设计如图 17-27 所示的表单,标签应用.scx。

操作步骤如下:

(1) 在 Visual FoxPro 系统的主菜单下,单击"文件"菜单中的"新建"命令,打开"新建"对话框。

(2) 在"新建"窗口,选择"表单",再单击"新建文件"按钮,进入"表单设计器"窗口。

(3) 在表单中,使用"表单控件"工具栏中的标签按钮,分别创建 3 个标签控件。

(4) 在"属性"窗口中,分别为表单和控件设置属性值,如图 17-27 和表 17-5 所示。

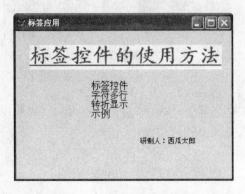

图 17-27   实例 17-5 示意图

表 17-5   "标签应用"表单和控件主要属性设置及说明

对象名	属性名	属 性 值	说 明
Form1	Caption	标签应用	设置表单标题
Form1	Top	77	表单上边距 Visual FoxPro 主窗口的距离
Form1	Left	161	表单左边距 Visual FoxPro 主窗口的距离
Form1	Height	177	设置表单高
Form1	Width	330	设置表单宽
Form1	AutoCenter	.T.	表单在主窗口内自动居中
Form1	AlwaysOnTop	.T.	表单处于其他窗口的前面
Label1	Caption	标签控件的使用方法	第一个标签的内容
Label1	FontName	楷体	第一个标签的字体名
Label1	FontSize	18	第一个标签的字大小
Label1	FontBold	.T.	第一个标签的文字加粗
Label1	ForeColor	255,0,0	第一个标签文字的颜色(红)
Label1	BackColor	255,255,255	第一个标签文字的背景色(白)
Label1	BackStyle	1—不透明	第一个标签的背景不透明
Label1	AutoSize	.T.	自动调整标签与字的大小一致
Label1	Name	Lab1	第一个标签的名字
Label2	Caption	标签控件字符多行转折显示示例	第二个标签的内容
Label2	FontName	宋体	第二个标签的字体名
Label2	FontSize	11	第二个标签的字大小
Label2	BackStyle	0—透明	第二个标签的背景不透明
Label2	Name	Lab2	第二个标签的名字

对象名	属性名	属 性 值	说 明
Label3	Caption	研制人：西瓜太郎	第三个标签的内容
Label3	FontName	宋体	第三个标签的字体名
Label3	FontSize	13	第三个标签的字大小
Label3	BackStyle	0—透明	第三个标签的背景不透明
Label3	Name	Lab3	第三个标签的名字

17.5.3 命令按钮

"命令按钮"控件在应用程序中起控制作用,用于完成某一特定的操作。在设计系统程序时,程序设计者经常在表单中添加具有不同功能的命令按钮,供用户选择各种不同的操作。只要将要完成不同操作的代码存入不同的命令按钮的 Click 事件中,在表单运行时,用户单击某一命令按钮,将触发该命令按钮的 Click 事件代码完成指定的操作。命令按钮控件的属性如表 17-6 所示。

表 17-6 命令按钮控件的属性

属性名	属 性 用 途	属 性 设 置 值
Enabled	控件是否可用	默认值为真值
Caption	控件标题文本设置	默认值为 Command1
Default	设置当按下 Enter 键时,是否为默认按钮	默认值为假值
Cancel	设置当按下 Esc 键时,是否为默认按钮	默认值为假值
ToolTipText	设置命令按钮提示文本	要在表单的 ShowTips 属性为.T.时才起作用
BackStyle	控件背景类型	默认值为 1—不透明
BorderStyle	控件边线类型	默认值为 0—无边线
Picture	设置显示在命令按钮上的图形文件	

说明:用户在为控件设置 Caption 属性时,可以将其中的某个字符作为访问键,方法是在该字符前插入一个反斜杠和一个小于号(\<),比如,下面代码为命令按钮设置 Caption 属性时,指定了一个访问键"D":

```
THISFORM.COMMAND1.CAPTION = "查询(\<D)"
```

命令按钮的属性只是对命令按钮进行布局设置的一些参数,但命令按钮在表单中最主要的作用还是执行一些相应的操作,命令按钮最主要的事件如表 17-7 所示。

表 17-7 命令按钮常用的事件

事 件	说 明
Click	当用户在按钮上按下并释放主鼠标键时产生此事件
MiddleClick	当用户在按钮上按下并释放鼠标的中间键时产生此事件
MouseDown	当用户在按钮上按下主鼠标键时产生此事件
MouseUp	当用户在按钮上释放主鼠标键时产生此事件
RightClick	当用户在按钮上按下并释放辅鼠标键时产生此事件

【**实例 17-6**】　建立表单：命令按钮. scx，要求：变换表单颜色，单击不同的按钮表单变成相应的颜色。

图 17-28　实例 17-6 示意图

操作步骤如下：

（1）创建表单，添加如图 17-28 所示的控件，并设置相应属性。

（2）command1(红) 的 click 的事件代码：

```
thisform.backcolor = rgb(255,0,0)
```

（3）command2(黄) 的 click 的事件代码：

```
thisform.backcolor = rgb(255,255,128)
```

（4）command3(蓝) 的 click 的事件代码：

```
thisform.backcolor = rgb(0,0,255)
```

17.5.4　命令按钮组

命令按钮组是一组包含命令按钮的容器控件，用户可以单个或作为一组来操作其中的控件，常用来执行一些特定的程序代码以完成相应功能，其常用属性如表 17-8 所示。

表 17-8　命令按钮组的一些常用属性

属　　性	说　　明
Backstyle	命令按钮组是否有透明或不透明的背景
ButtonCount	命令按钮组中按钮的数目
Value	当前选中的命令按钮的序号

【**实例 17-7**】　设计一个如图 17-29 所示的学生数据操作表单：按钮组. scx。

操作步骤如下：

（1）在表单中创建一个"标签"控件，一个"命令按钮组"控件，并选择好位置和大小。

（2）设置好控件的字体和字号。

（3）打开"数据环境设计器"，添加"学生"数据表。分别将"学生"数据表中的学号，姓名、性别、出生年月、入校总分，党员字段拖曳到表单中适当位置，将性别字段的文本框换成单选按钮组。

（4）命令按钮组的 Click 事件代码：

```
do case
case this. value = 1
    go top
    thisform. refresh
case this. value = 2
    skip - 1
    if bof()
      go top
    endif
    thisform. refresh
case this. value = 3
    skip
    if eof()
      go bottom
    endif
    thisform. refresh
case this. value = 4
    go bottom
    thisform. refresh
endcase
```

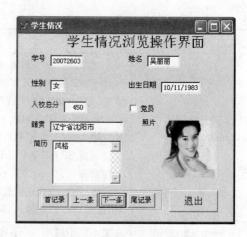

图 17-29　实例 17-7 示意图

17.5.5　文本框

文本框是 Visual FoxPro 中一种常用的控件。用户利用它可以在以内存变量、数组元素或非备注字段中输入或编辑数据。所有标准的 Visual FoxPro 编辑功能，如剪切、复制和粘贴，在"文本框"中都可以使用。文本框一般包含一行数据。文本框可以编辑任何类型数据，如字符型、数值型、逻辑型、日期型或日期时间型。如果编辑的是日期型或日期时间型数据，那么在整个数据被选定的情况下，按"＋"或"－"，可以使日期增加或减少一天。文本框的常用属性如表 17-9 所示。

表 17-9　文本框的常用属性

属　性	说　明
ControlSource	指定与对象建立联系的数据源。可以是数据环境中的一个字段变量或自定义变量
DisabledBackColor	当文本框废止时文本框的背景色
DisabledForeColor	当文本框废止时文本框的前景色
Format	Format 属性决定在文本框中值的显示方式 ! 将字符转换为大写，只对字符类型数据有效 $ 显示货币符号，该 ControlSource 属性必须指定为一个数值源 ^ 使用科学记数法显示数值数据。该 ControlSource 属性必须指定为一个数值源 A 只允许输入字母（也不能包含空格和标点符号） D 使用由 SETDATE 命令设置的日期格式 K 当该控件得到焦点时选择所有文本 L 在文本框中显示前导 0，而不是空格 R 显示由 InputMask 属性指定的格式 T 删除前、后的空白 YS 以短格式显示日期值。该短格式是由 Windows 的控制面板设定的 YL 以长格式显示日期值。该长格式是由 Windows 的控制面板设定的

属　　性	说　　明
InputMask	指定每个字符输入时必须遵守的规则，决定在文本框中可以输入的值。例如，将 InputMask 属性设为 999999.99，用户只能输入数值和"." Y 用户只能输入字符"Y"或"N" x 可输入任意字符和数字、符号，如"—"、"＋" ♯ 可输入数字、空格和符号 $ 显示由 SETCURRENCY 命令设置的货币表示格式 * 左对齐 . 用句点指定小数点位置 , 用逗号以小数点为界，向左分，以 3 位数分隔数字
PasswordChar	在文本框中输入口令：将属性设为"*"或其他任何字符
SelectBackColor	文本框中选定文本的背景色
SelectedForeColor	文本框中选定文本的前景色
SelLength	返回用户在文本框的文本输入区所选定字符的数目或指定要选定的字符数目
SelStart	返回用户在文本框的文本输入区所选定文本的起始点位置或指出插入点的位置
Seltext	返回用户在文本框的文本输入区所选定的文本，如果没有选定任何文本则返回零长度字符串（""）
TabStop	用户能否用 Tab 键选择该控件
Value	文本框当前状态的值

【实例 17-8】 设计一个文件名和表单名均为 myform 的表单，表单界面如图 17-30 所示；要求该表单上一个标签、一个文本框、"查询"（Command1）和"退出"（Command2）两个命令按钮。各命令按钮功能如下：

查询：用户在文本框输入一个同学的姓名，可以查询该同学的详细信息。

退出：关闭表单。

操作步骤如下：

（1）创建表单，添加如图 17-30 所示的控件，并设置相应属性，如表 17-10 所示。

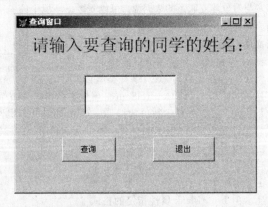

图 17-30　实例 17-8 示意图

表 17-10 属性设置

对　　象	属　性　名	属　性　值
表单	Caption Name	查询窗口 myform
标签	Caption FontSize	请输入要查询的同学的姓名： 20
文本框	FontSize	20
命令按钮	Caption Caption	查询 退出

（2）查询 Command1 的 Click 的事件代码：

```
select * from 学生 where 姓名 = thisform.text1.value
```

（3）"退出"（Command2）的 Click 的事件代码：

```
Thisform.release
```

17.5.6　编辑框

与文本框形似,可输入和输出、编辑数据,但它有自己的特点：

（1）编辑框实际上是一个完整的字处理器,利用它能够选择、剪切、粘贴以及复制,可以实现自行换行,并能使用方向键、PageUp 和 PageDown 键以及滚动条来浏览文本。

（2）编辑框只接受字符类型的数据,包括字符型内存变量、数组元素、字段以及备注型字段的内容,它最多能接受 2 147 483 647 个字符。但只接受字符类型的数据。编辑框常用属性如表 17-11 所示。

表 17-11　常用编辑框属性

属　　性	说　　明
AllowTabs	确定在编辑框中用户能否插入 Tab 键,而不是移到下一个控件,如允许插入 Tab 键,提示用户可以用 Ctrl＋Tab 键移到下一个控件
ControlSource	指定与对象建立联系的数据源。可以是数据环境中的一个字段变量或自定义变量
Format	K 当该控件得到焦点时选择所有文本 D 使用当前的 SET DATE 设置的日期格式
HideSelection	确定在编辑框中选定的文本在编辑框无行焦点时是否仍然显示为被选定
ReadOnly	用户能否修改编辑框中的文本
ScrollBars	是否具有垂直滚动条
SelLength	返回用户在编辑框的文本输入区所选定字符的数目或指定要选定的字符数目
SelStart	返回用户在编辑框的文本输入区所选定文本的起始点位置或指出插入点的位置
SelText	返回用户在编辑框的文本输入区所选定的文本,如果没有选定任何文本则返回零长度字符串（""）。
Value	编辑框当前状态的值

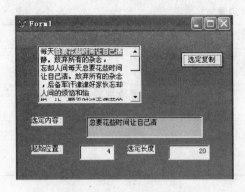

图 17-31　实例 17-9 示意图

【实例 17-9】　建立如图 17-31 所示的表单（编辑框. scx），在编辑框中显示学生表的简历字段（备注型），并可选择复制其中的文字，所选内容及选择的起始位置和长度都会在下面的文本框中显示。运行表单，选择内容，然后单击"选定复制"按钮，结果如图 17-31 所示。

操作步骤如下：

（1）在表单中创建一个"编辑框"控件、一个"命令按钮"控件、3 个"标签"控件和 3 个"文本框"控件，并选择好位置和大小。

（2）设置好控件的字体和字号。

（3）打开"数据环境设计器"，添加"学生"数据表。

（4）"选定复制"命令按钮组的 Click 事件代码：

```
ThisForm. Text1. Value = ThisForm. Edit1. SelText
ThisForm. Text2. Value = ThisForm. Edit1. SelStart
ThisForm. Text3. Value = ThisForm. Edit1. SelLength
```

17.5.7　复选框

一个复选框用于标记一个两值状态，如真(.T.)或假(.F.)，当处于"真"状态时，复选框内显示一个对勾(√)；否则，复选框内为空白。复选框的常用属性如表 17-12 所示。

表 17-12　复选框的常用属性

属　　性	说　　明
Caption	指定选择项功能或值的文本
ControlSource	指定用作选择项的数据源，通常是表中的逻辑型字段
Value	返回选择项状态值。选中时为.T.(或 1)，未选中时为.F.（或 0)，无效状态为.Null.(或 2)

【实例 17-10】　使用复选框建立如图 17-32 所示的表单（复选框. scx）：显示"学生"表中的党员字段的值。

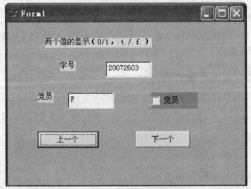

图 17-32　实例 17-10 示意图

操作步骤如下：

（1）新建一个表单，添加如图 17-32 所示的控件。

（2）Command1（上一个）的 Click 的事件代码：

```
skip - 1
if bof()
go top
endif
ThisForm.Refresh
```

（3）Command2（下一个）的 Click 的事件代码：

```
skip
if eof()
go bottom
endif
ThisForm.Refresh
```

17.5.8　选项按钮组

选项按钮组又称为单选按钮，容器类控件，一个选项组中往往包含若干个选项按钮，但用户只能从中选择一个按钮。当用户单击某个选项按钮时，该按钮即成为被选中状态，而选项组中的其他选项按钮，不管原来是什么状态，都变为未选中状态，被选中的选项按钮中会显示一个圆点。被选中的选项按钮即为要输入的数据。选项按钮组的常用属性如表 17-13 所示。

表 17-13　选项按钮组的常用属性

属　　性	说　　　　明
ButtonCount	单选按钮的数目
DisabledBackColor	单选按钮失效时的背景颜色
DisabledForeColor	单选按钮失效时的前景颜色
Value	当前选中的单选按钮序号或当前选中的单选按钮的 Caption 属性值
Caption	单选按钮的显示文本

说明：Value 的初始值若为数值型，则该属性返回当前选中的单选按钮的序号；若初始值为字符型，则该属性返回当前选中的单选按钮的 Caption 属性值。默认是数值型。

在每组单选按钮中任何时刻最多只能有一个选中的单选按钮。

【实例 17-11】　设计一个能查询学生管理数据库中表的表单，界面要求如图 17-33 所示。要求：

- 当选中学号查询时，标签标题为"请输入学号："；
- 当选中姓名查询时，标签标题为"请输入姓名："；然后根据输入，单击"成绩查询"按钮，可以看到满足条件的学生的学号、姓名和成绩。

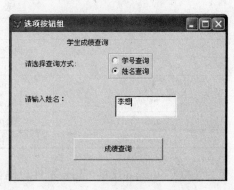

图 17-33　实例 7-11 示意图

操作步骤如下：

（1）在表单上增加标签、文本框、命令按钮和选项按钮组控件，如图 17-33 所示。

（2）在命令按钮的 Click 事件中写入如下代码。

```
a = ALLTRIM(THISFORM.TEXT1.value)
IF THISFORM.OPTIONGROUP1.VALUE = 1
SELE 学生.学号,姓名,成绩 FROM 学生,选课 WHERE 学生.学号 = 选课.学号
    and 学生.学号 = a
ELSE
SELE 学生.学号,姓名,成绩 FROM 学生,选课 WHERE 学生.学号 = 选课.学号
    and 学生.姓名 = a
ENDIF
```

17.5.9　列表框

用于提供一组条目（数据项），用户可以从中选择一个或多个条目。但不能直接编辑列表框的数据，当列表框不能同时显示所有项目时，它将自动添加滚动条，使用户可以滚动查阅所有选项。

列表框的主要属性与组合框类似。但也有不同，主要表现在以下两点：

（1）对于组合框只有一个条目可见，列表框可有多个可见（视列表框大小而定）。

（2）组合框不提供多重选择，而列表框可以从中选择一项或多项，由 MultiSelect 属性决定。

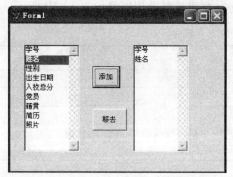

图 17-34　实例 17-12 示意图

【实例 17-12】　设计一个名为"列表"的表单，如图 17-34 所示。表单中有两个命令按钮、两个列表框。设置控件的相应属性值。运行表单时，第一个列表框显示"学生"表中的字段值，并可添加到第一个列表框显示。

操作步骤：

（1）在数据环境添加学生.dbf。

（2）添加如图 17-34 所示的控件，并设置如表 17-14 所示的属性。

表 17-14　属性设置

对　象	属　性	属　性　值
List1	RowSourceType	8—结构
	RowSource	学生.DBF
List2	RowSourceType	1—数值
	RowSource	无
Command1	Caption	添加
Command2	Caption	移去

（3）Command1 的 Click 事件代码：

```
for i = 1 to thisform.list1.listcount
    if thisform.list1.selected(i)
```

```
        thisform.list2.additem(thisform.list1.list(i))
    endif
endfor
```

Command2 的 Click 事件代码：

```
i = 1
do while i< = thisform.list2.listcount
if thisform.list2.selected(i)
thisform.list2.removeitem(i)
else
i = i + 1
endif
enddo
```

17.5.10 组合框

组合框兼有编辑框和列表框的功能，用于提供一组数据项（供用户从中选择一个数据项）主要用于从列表项中选取数据并显示在编辑窗口。组合框的主要属性如表 17-15 所示。

表 17-15 组合框的常用属性

属 性	说 明
ColumnCount	指定组合框控件中列对象的数目
ColumnLines	显示或隐藏列之间的分隔线
ColumnWidths	指定组合框控件的列宽，有多列时指定
ControlSource	用户从列表框中选择的值保存在何处
IncrementalSearch	指定用户在输入每一个字母时，控件是否和列表中的项匹配
ListCount	组合框列表部分数据项的数目
Selected	判断用户是否选中了该列表项
Style	指定控件的样式，0——下拉组合框，2——下拉列表框
ListIndex	组合框中选定数据项的索引值
RowSource	组合框中显示的值的数据来源
RowSourceType	指定与组合框建立联系的数据源的类型，可以是下面的一种：0——无，1——数值，2——别名，3——SQL 语句，4——查询，5——数组，6——字段，7——文件，8——结构，9——弹出式菜单

组合框控件常用事件如表 17-16 所示。

表 17-16 组合框常用事件列表

事 件 名	设 置 意 义
InteractiveChange	当选择项目有所变化时，自动触发的程序
Click	使用鼠标单击项目时发生的事件

【实例 17-13】 建立如图 17-35 所示的表单：统计学生表中男生和女生的人数。在组合框中选择男或女，单击"统计"命令按钮，则在文本框中显示统计结果。

操作步骤如下：

（1）新建一个表单，添加如图 17-35 所示的控件：一个标签、一个文本框、一个组合框和两个命令按钮,并设置如表 17-17 的属性。

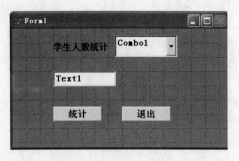

图 17-35　实例 17-13 示意图

表 17-17　属性设置

对　　象	属　　性	属　性　值
Label1	Caption	学生人数统计
	AutoSize	. T. ——真
Combo1	RowSourceType	1——数值
	RowSource	男,女

(2) Command1 的 Click 代码

```
select count( * ) from 学生 where 性别 = thisform.combo1.value into array w
thisform.text1.value = w
```

17.5.11　表格

表格是将数据以表格形式表示出来的一种控件容器。表格提供了一个全屏幕输入输出数据表记录的方式,它也是一个以行列的方式显示数据的容器控件。一个表格控件包含一些列控件(在默认的情况下为文本框控件),每个列控件能容纳一个列标题和列控件。"表格"控件能在表单或页面中显示并操作行和列中的数据。表格控件的常用属性如表 17-18 所示。

表 17-18　表格对象的常用属性

属　　性	设　置　意　义
AllowAddNew	指定是否可以从一个表格中将新记录添加到表中,默认值为.f.
ChildOrder	为表格控件的记录指定索引标识,即与父表的主关键字相连接的子表中的外部关键字
ColumnCount	指定表格中要显示的列的数目。默认值为一1,表明自动创建足够的列,以容纳数据源中的所有字段。最大列数是 255
DeleteMark	指定在表格控件中是否显示删除标记列。默认值为.t.,在最左边显示删除标记列,用户可以在其中单击删除记录
GridLines	确定在表格中是否显示水平和垂直线。可以设置为 0—无,1—水平,2—垂直,3—(默认值)水平垂直都显示
LinkMaster	指定表格控件中的子表所连接的父表

属　　性	设 置 意 义
ReadOnly	设置表格是否可读
RecordSource	指定与表格控件相绑定的数据源。设计时可用,运行时只读
RecordSourceType	设定表格控件中数据来源于何处,默认值为 1-别名
ScrollBars	设定表格所具有的滚动条的类型。0—无,1—水平,2—垂直,3—水平和垂直

说明:表格的 RecordSourceType 属性取值如下所示。

- 0—表,数据来源由 RecordSource 属性指定的表,该表能被自动打开。
- 1—别名,默认值。数据来源于已打开的表,由 RecordSource 属性指定该表的别名。
- 2—提示,在运行时向用户提示记录源,如果某个数据库已打开,用户可以选择其中的一个表作为数据源。
- 3—查询,数据来源于查询,由 RecordSource 属性指定一个查询文件(.QPR)。
- 4—SQL 说明,数据来源于 SQL,由 RecordSource 属性指定一条 SQL 语句。

【实例 17-14】 利用表单设计器完成如图 17-36 所示的表单设计,要求:

(1) 按表单的界面要求加入相应的控件并设置相应的属性。

(2) 当在组合框选择籍贯后,按命令按钮"查找"时,表格框中将显示该学生的记录。

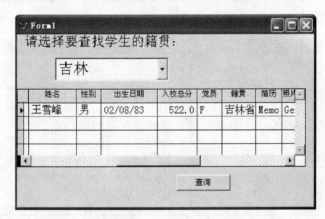

图 17-36　实例 17-14 示意图

操作步骤如下:

(1) 新建一个表单,添加一个标签 Label1、一个组合框 Combo1、一个表格控件 Grid1 和一个命令按钮 Command1。

(2) Command1(查找按钮)的 Click 事件:

```
thisform.grid1.recordsourcetype = 4
thisform.grid1.recordsource = "sele * from 学生 where 籍贯 = thisform.combo1.value into
cursor w"
```

17.5.12　页框

"页框"控件实际上是选项卡界面。在表单中,一个页框可以有两个以上的页面。它们共同占有表单中的一块区域。在某一时刻只有一个活动页面,而只有活动页面中的控件才是可见的,可以用鼠标单击需要的页面来激活这个页面。表单中的页框是一个容器控件,它可以容纳多个页面,在每个页面中又可以包含容器控件或其他控件。"页框"控件的主要属性如表 17-19 所示。

表 17-19　页框控件属性

属　　　性	说　　　明
TabStretch	用于显示选项卡的长标题。如果选项卡的标题太长,应设为 0(堆积)。默认为 1(裁剪)
Tabs	确定页面的选项卡是否可见
PageCount	页框的页面数,默认值为 2
Activepage	页框当前活动的页面
pages	数组,pages(i)表示第 i 个页面对象

【实例 17-15】　建立如图 17-37 所示的表单,文件名为"页框",要求如下:

(1) 在表单上添加控件如图 17-37 所示,页框:两个页面。

(2) 为表单建立数据环境,依次向数据环境添加"学生"和"选课"表。

(3) 按从左至右的顺序两个选项卡的标题的名称分别为"学生表"、"选课表"、每个选项卡上分别显示对应表的内容。

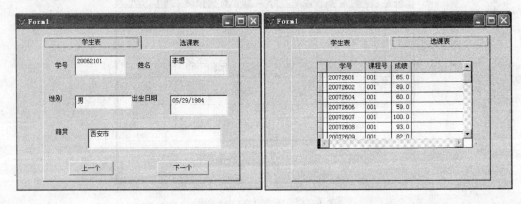

图 17-37　实例 17-15 示意图

操作步骤如下:

(1) 新建一个表单,添加控件。数据环境:学生,选课。

(2) 第二页表格(grid1)控件的属性:

```
RecordSourceType   1-别名
RecordSource   :   选课
```

(3) 代码:

Command1(上一个)的 Click 事件　　　　　Command2(下一个)的 Click 事件

```
Select 学生                         Select 学生
skip - 1                           skip 1
if bof()                           if eof()
```

```
go top                                   go bottom
Endif                                     endif
ThisForm.Refresh                          ThisForm.Refresh
```

17.5.13 计时器

计时器是 VFP 提供的用于定时的特殊控件,它可以指定时间间隔,在后台控制系统时钟,当计时器满预订时间间隔时,系统会自动触发其 Timer 事件,以便完成其中指定的操作。使用此控件可以周期性地执行某些重复的操作,它最短可以每毫秒一次,最长大约可以每 596.5 小时一次,计时器控件在设计时显示为一个小时钟图标,而在运行时不可见。

计时器控件的属性和事件很少,常用的属性和事件有 3 个:

1. Enabled 属性

决定计时器是否生效计时,默认值为.T.。

2. Interval

用于定义两次计时器事件触发的时间间隔(毫秒级)。范围为 0~2 147 483 647(596.5 小时)毫秒。

3. Timer 事件

计时器每间隔 Interval 属性所规定的时间,就会触发一次该事件,运行其中用户自定义代码。

【实例 17-16】 设计如图 17-38 所示的计时器表单,在表单中显示当前的系统时间,单击"开始计时"按钮即可计时,单击"结束计时"按钮则终止计时。

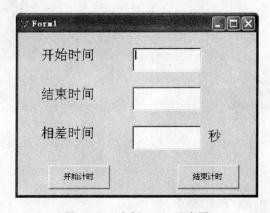

图 17-38　实例 17-16 示意图

操作步骤如下:

(1) 新建一个表单,添加 4 个标签控件、一个计时器控件 Timer1 和两个命令按钮。

(2) 计时器控件 Timer1 的 Interval 属性设置为 1000。

(3) 各个控件的事件代码内容如下:

Command1(开始计时)按钮的 Click 事件为:

```
thisform.text1.value = time()
```

Command2(结束计时)按钮的 Click 事件为:

```
thisform.text2.value = time()
thisform.text3.value = ctot(thisform.text2.value) – ctot(thisform.text1.value)
```

17.5.14　图像控件

图像控件允许在表单中添加.bmp、.gif、.jpg 或.ico 图像文件,其常用的属性如表 17-20 所示。

表 17-20　图像控件常用属性

属　　性	说　　明
Picture	指定要添加的图像文件
BorderStyle	设置图像是否有边框,默认无边框
Stretch	设置图像的显示方式: 0—裁剪(超出控件范围部分被裁剪) 1—等比填充(图像保留原来的比例) 2—变比填充(图像调整到控件大小)

【实例 17-17】　设计如图 17-39 所示的表单,表单的标题为"显示图像",当用户单击"显示"按钮时,图像控件等比填充图片"风景.jpg"。表单运行结果如图 17-40 所示。

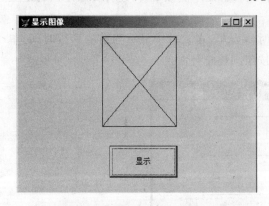

图 17-39　实例 17-17 示意图(1)

图 17-40　实例 17-17 示意图(2)

其中,按钮的代码是:

```
thisform.image1.picture = "风景.jpg"
```

17.6　练　习　题

1. 建立记录添加和修改表单(frmadd.scx),此表单主要是用来对"职员表"记录进行添加和修改,表单的运行界面如图 17-41 所示。其中各按钮的功能如下:
- "第一个":显示第一个记录。
- "前一个":显示前一个记录。
- "下一个":显示下一个记录。
- "最后一个":显示最后一个记录。

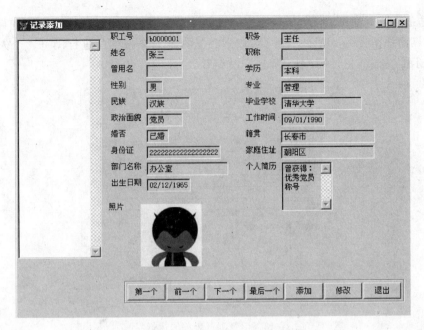

图 17-41   记录添加和修改表单的运行界面

- "添加":单击此按钮时,表单中所有相关控件均变成可编辑状态,同时向"职员表"中添加一个空白记录,且按钮的标题变为"保存",用户可在相关控件中输入要添加记录的信息,然后单击"保存"按钮即可将该记录添加到"职员表"中。
- "修改":单击此按钮时,表单中所有相关控件均变成可编辑状态,且按钮的标题变为"保存",用户可修改当前记录的相关字段值,然后单击"保存"按钮即可将修改后的记录信息保存到"职员表"中。
- "退出":退出表单的运行。

2. 建立数据备份表单(frmback.scx),此表单主要用于对数据进行备份,表单的运行界面如图 17-42 所示,其中"表格"控件显示"职员表"中的所有记录信息,"备份"按钮的功能是将"职员表"中的数据备份到"文本框"所指定的文件中。

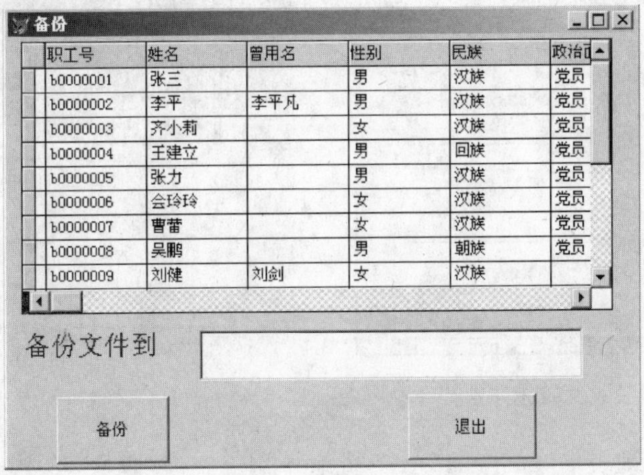

图 17-42   备份表单的运行界面

3. 建立记录浏览表单(frmbrowse. scx),此表单主要用来对"职员表"记录进行浏览,表单的运行界面如图 17-43 所示。用户可以通过选择部门来按部门进行浏览,"个人简历"和"照片"显示的是当前记录的"个人简历"和"照片"字段的信息。

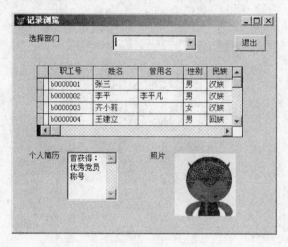

图 17-43　记录浏览表单的运行界面

4. 建立登录表单(frmLogin. scx),此表单的运行界面如图 17-44 所示。其中"用户名:"后面的组合框控件用于选择登录用户(即"用户表"中存在的用户名),"密码:"后面的文本框要求用户输入密码,单击"登录"按钮,进行用户和密码的检验,通过则进入系统,否则重新输入。

5. 建立更改密码表单(frmPwd. scx),此表单用于对用户密码的更改,表单的运行界面如图 17-45 所示。其中"用户名"后面的文本框控件用于输入要更改密码的用户名,如果该用户存在则取出该用户的密码保存到一个变量中,否则弹出错误信息,要求重新输入;"原密码"后面的文本框用于输入和上面用户名相对应的密码,如果输入密码正确则可输入新密码,否则弹出错误信息,要求重新输入;"新密码"后面的文本框用于输入新密码;单击"更改"按钮可将"用户表"中的相应记录的"密码"字段值改成上面所输入的新密码。

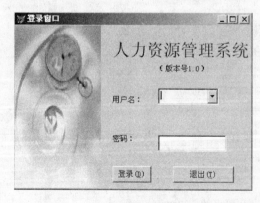

图 17-44　登录表单的运行界面

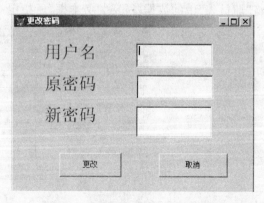

图 17-45　密码修改表单运行界面

6. 建立记录查询表单(frmSeek. scx),此表单用于查询"职员表"中的数据,表单的运行界面如图 17-46 所示。用户可按姓名和职工号两种方法进行查询,输入姓名或职工号之后,

单击"搜索"按钮表单上即可显示所查询记录的信息，单击"打印"按钮即可打印所查询记录
信息。

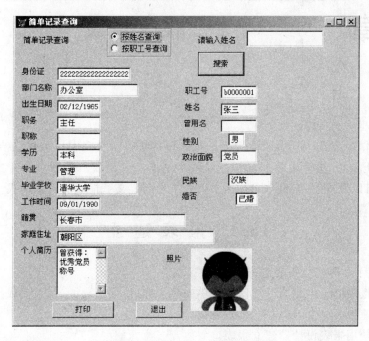

图 17-46 记录查询表单的运行界面

第18章　报　表

在日常工作中,利用 Visual FoxPro 的报表可以在打印文档中显示并总结特定的数据。在 Visual FoxPro 里,报表由数据源和布局两个基本部分组成。数据源通常是数据库中的一些表,但也可以是视图、查询或自由表;报表布局则定义了报表的打印格式。

18.1　报　表　建　立

VFP 提供了 3 种建立报表的方法。

(1) 使用报表向导生成器。与使用表单向导一样,按照向导的提示,完成报表的创建。

(2) 用快速报表命令,创建一个简单的报表。

(3) 直接使用报表设计器建立报表。

用任何一种方法都可以生成扩展名为 FRX 的文件,前两种方法简单、快速,在实际开发中,可先用其生成简单的报表,然后再用第三种方法加以修改完善。

18.2　报　表　向　导

Visual FoxPro 有两种类型的报表向导:

(1) 报表向导(单个表的)。

(2) 一对多报表向导,使用表间的父子关系来创建报表。

向导的建立方法:

- 方法一　从"常用"工具栏上单击"新建"按钮,从"文件类型"列表中选择"报表",然后单击"向导"按钮。

- 方法二　选择"文件"→"新建"→"报表"→"向导"。

报表向导对话框如图 18-1 所示。

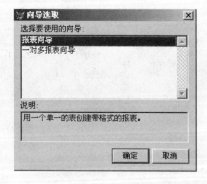

图 18-1　"向导选取"对话框

18.2.1　创建单表报表

【实例 18-1】　使用报表向导建立一个名为 report1 的报表,要求:

(1) 要求选择"学生"表中的学号、姓名、性别、出生日期、入校总分等全部字段。报表样式为"简报"，报表标题"学生情况表"。

（2）按"性别"字段分组。

（3）求所有记录及分组记录的入校总分的最大值、最小值和平均值。

（4）报表布局：列报表，列数为1，方向为"纵向"。

（5）排序字段为姓名（升序排序）。

例如为"学生"表建立的报表，并按照以下步骤进行：

（1）在向导选取中选择"报表向导"，单击"确定"按钮。

（2）字段选取。在数据库和表列表框中选择需要创建报表的表或者视图，然后选取相应字段，如图18-2所示。

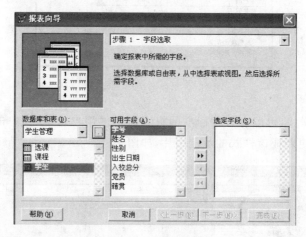

图 18-2　字段选取

（3）对记录进行分组，如图18-3所示。使用数据分组将记录分类和排序，这样可以很容易地读取它们。本例中，按"性别"字段进行分组。

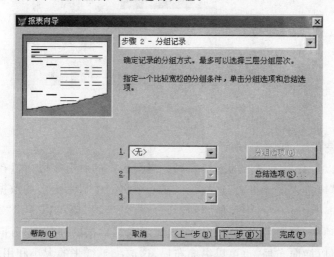

图 18-3　分组选取

从确定的记录中，用户最多可以建立3层分组层次。如果是数字型字段，可以选择"分组选项"按钮，并确定分组的位数。例如，选择对学生成绩进行分组，并在"分组选项"设置中令分组间隔为"按十位数",则在输出报表中将把成绩为 80~89 的学生分成一组,而将成绩为 90~99 的学生分成另一组。

单击"总结选项"可以进入"总结选项"对话框,如图 18-4 所示,从中可以选择对某一字段取相应的特定值,如平均值,进行总计并添加到输出报表中去,本例中,求出入校总分的平均值、最大值和最小值。

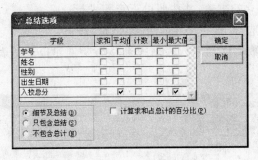

图 18-4　"总结选项"对话框

(4) 选择报表样式,可以有 5 种标准的报表风格供用户选择,当单击任何一种模式时,向导都在放大镜中更新成该样式的示例图片,如图 18-5 所示。

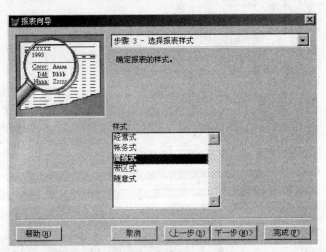

图 18-5　报表样式

(5) 定义报表布局,如图 18-6 所示。

该对话框可以定义报表显示的字段布局。当报表中的所有字段可以在一页中水平排满时,可以使用"列"风格来设计报表,这样可以在一个页面中显示更多的数据;而当每个记录都有很多的字段时,此时,一行中可能容纳不了所有的字段,就可以考虑"行"风格的报表布局。在"列数"选项中,用户可以决定在一页内显示重复数据的列数。"方向"用来设置打印机的纸张设置,可以横向布局,也可以纵向布局,这取决于纸张的大小和用户的要求。

当指定列数或布局时,可以随时通过向导左上角的放大镜,查看选定布局的实例图形。

(6) 从可用字段或索引标志中选择用来排序的字段,并确定升、降序规则。

(7) 定义报表标题并完成报表向导,如图 18-7 所示。

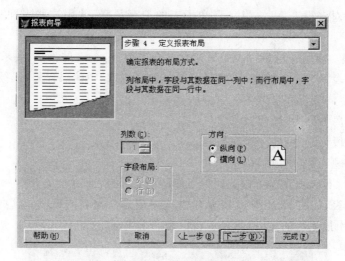

图 18-6　报表布局

图 18-7　完成

　　如果在报表的单行指定宽度之内不能放置选定数目的字段,Visual FoxPro 会自动将字段换到下一行上。如果不希望字段换行,可以清除"对不能容纳的字段进行折行处理"复选项。

　　单击"预览"按钮,可以在离开向导前显示报表。保存报表后,可以像其他报表一样在"报表设计器"中打开或修改它。

18.2.2　创建一对多报表

　　在 Visual FoxPro 中,规定多表格报表中的表不是处于同一个层次的,也就是所引用的表地位是不平等的,处在较高等级的表称为父表,处在较低等级的表格称为子表。一般来说,父表是唯一的,在窗体中占有主导的位置,而子表则是嵌入到父表当中,与关联数据表相似。

通过创建一对多报表,可以将父表和子表的记录关联,并用这些表和相应的字段创建报表。

【实例 18-2】 使用一对多报表向导建立一个名为 report2 的报表,要求:

(1) 选择父表"学生"中的学号、姓名字段,子表"选课"中的课程号,成绩字段,报表样式为"经营式";

(2) 报表布局方向为"横向";

(3) 排序字段为学号(升序排序);

(4) 报表标题为"学生成绩信息"。

要想创建"一对多报表",可以按照以下步骤进行:

(1) 确定父表,如图 18-8 所示,并从中选定希望建立报表的字段。这些字段将组成"一对多报表"关系中最主要的一方,并显示在报表的上半部。

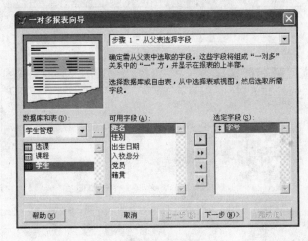

图 18-8　从父表选择字段

(2) 确定子表,如图 18-9 所示,并从中选取字段。子表的记录将显示在报表的下半部分。

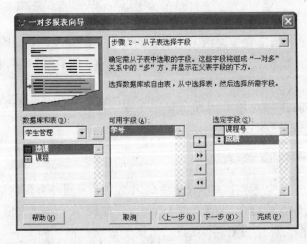

图 18-9　从子表选择字段

(3) 在父表与子表之间确立关系,如图 18-10 所示,从中确定两个表之间的相关字段。

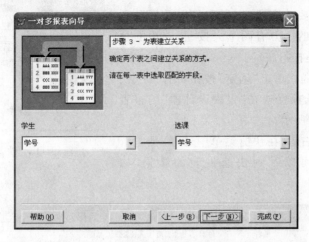

图 18-10　建立父表与子表之间的关系

(4) 确定父表的排序方式,从可用字段或索引标志中选择用于排序的字段并确定升降序规则。

(5) 选择报表样式,并添加总结样式。

(6) 定义报表标题并完成"一对多报表"向导,用户可以单击"预览"按钮查看报表输出效果,并随时按"上一步"按钮更改设置。

18.3　创建快速报表

"快速报表"是创建报表布局最为快速的方法,用户只需要在其中选择基本的报表组件,Visual FoxPro 就会根据所选择的布局自动创建简单的报表布局,但生成的布局偏于简单。一般可以利用快速报表创建简单布局,再用报表设计器进行修改和完善,以得到较满意的报表布局。这样可以大大提高报表设计效率。

创建快速报表的方法是先建立一个空白的报表设计器,然后在"报表"菜单中选择"快速报表"。

建立报表设计器的方法如下。

* 方法一　从"常用"工具栏上单击"新建"按钮,从"文件类型"列表中选择"报表",然后单击"新建文件"按钮。
* 方法二　选择"文件"→"新建"→"报表"→"新建文件"。
* 方法三　使用命令 CREATE report ＜菜单名＞。

【实例 18-3】 为"学生"表创建一个快速报表。操作步骤如下:

(1) 在"文件"菜单中选择"新建"。

(2) 在"新建"窗口中选择"报表",单击"新建文件"按钮,打开"报表设计器"窗口。将表(数据源)添加到报表的数据环境中。

(3) 在"报表"菜单中选择"快速报表"选项,如果没有打开的数据源(表),系统将弹出"打开"对话框,从中选定要使用的表。本例中,选定"学生"表,然后单击"确定"按钮,出现如

图 18-11 所示的"快速报表"对话框。在对话框中可以为报表选择所需要的字段、字段布局以及标题和别名选项。对话框的上方有两个大按钮，左边的是按列布局，右面的是按行布局。

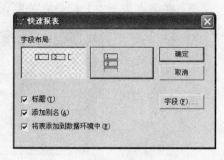

图 18-11 "快速报表"对话框

（4）选择列布局。单击"确定"按钮，用户在"快速报表"中选中的选项反映在"报表设计器"的报表布局中，如图 18-12 所示。

（5）单击鼠标右键，在快捷菜单中选择"预览"，在"预览"窗口中可以看到快速报表的结果，如图 18-13 所示。

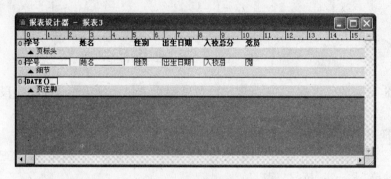

图 18-12 快速报表设计的报表

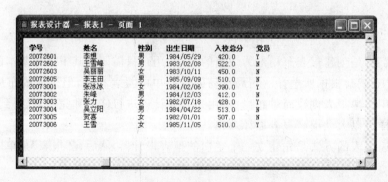

图 18-13 预览报表

（6）选择"文件"菜单下的"保存"选项，保存报表，其文件名为"学生报表. FRX"。

18.4　报表设计器

18.4.1　报表的建立与修改

1. 报表的建立

- 方法一：从"常用"工具栏上单击"新建"按钮，从"文件类型"列表中选择"报表"，然后单击"新建文件"按钮。

- 方法二：选择"文件"→"新建"→"报表"→"新建文件"。
- 方法三：使用命令 CREATE report ＜菜单名＞。

2. 报表的修改

- 方法一：从"常用"工具栏上单击"打开"按钮，从"文件类型"列表中选择"报表"，然后单击"确定"按钮。
- 方法二：选择"文件"→"打开"→"报表"，从"文件类型"列表中选择"报表"，然后单击"确定"按钮。
- 方法三：使用命令 MODIFY report ＜报表名＞。

18.4.2 报表的保存

保存报表的方法如下：

- 方法一 从"常用"工具栏上单击"保存"按钮。
- 方法二 单击菜单设计器的"关闭"按钮，弹出对话框"是否保存"。

18.4.3 报表设计器界面介绍

1. 报表设计器

在"报表设计器"中将显示页标头、细节和页注脚 3 个带区。在每一带区的底部有一个分隔符栏，带区名称显示于靠近蓝箭头的栏，蓝箭头指示该带区位于栏之上，而不是之下，如图 18-14 所示。

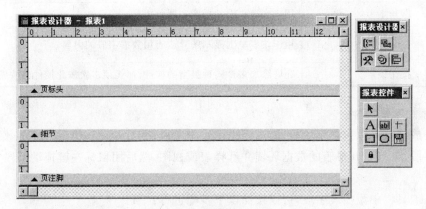

图 18-14　报表设计器

2. 报表设计器工具栏

(1) 数据分组：在报表设计过程中，单击此按钮，可以设计数据分组。

(2) 数据环境：在报表设计过程中，单击此按钮，显示"数据环境设计器"，可以结合用户界面设计一个报表运行的数据环境。

(3) 报表控件工具栏：在报表设计过程中，单击此按钮，可以启动或关闭报表控件工具栏，以便利用其中各种控件进行报表的设计。

(4) 调色板工具栏：在报表设计过程中，单击此按钮，可以启动或关闭调色板工具栏，利用它可以进行报表上各个对象的前景和背景颜色的设置。

（5）布局工具栏：在报表设计过程中，单击此按钮，可以启动或关闭布局工具栏，利用它可以对报表上各个控件的位置和大小进行设置。

3. 报表控件工具栏

对于由"报表设计器"直接创建的空白布局上，最重要的报表设计工作就是向其中添加控件。比如，添加用于放置可变数据的"域"控件或者能表达一定信息的标签控件，还可以添加能美化报表效果的线条及图形控件等。

通过"报表控件"快捷工具栏可以方便地添加报表控件。选择"显示"菜单的"工具栏"命令，并从弹出的对话框中选择"报表控件"选项，则"报表控件"的快捷工具栏将出现在报表设计器的工作环境中。"报表控件"快捷工具的使用说明见表 18-1。

表 18-1 "报表控件"快捷工具说明

按 钮	命 令	说 明
▶	选字对象	移动或更改控件的大小。在创建了一个控件后，会自动选定"选定对象"按钮，除非按下了"按钮锁定"按钮
A	标签	创建一个标签控件，用于保存不希望用户改动的文本，如复选框上面或图形下面的标题
abl	域控件	创建一个字段控件，用于显示表字段、内存变量或其他表达式的内容
✚	线条	设计时用于在表单上画各种线条样式
▢	矩形	用于在表单上画矩形
◯	圆角矩形	用于在表单上画椭圆和圆角矩形
图	图片或者 ActiveX 绑定控件	用于在表单上显示图片或通用数据字段的内容
🔒	按钮锁定	允许添加多个同种类型的控件，而无须多次按此控件的按钮

4. 添加字段控件

报表或标签可以包含字段控件，用于表示表中字段、变量和计算值。若要从数据环境中添加表字段，可以打开报表的数据环境并选择表或视图，然后用鼠标左键拖动字段到布局的选定位置处。

要从工具栏中添加表字段，可以按照以下步骤进行：

（1）从"报表控件"快捷工具栏中单击域控件按钮 abl。

（2）用出现的十字形鼠标选择欲添加字段控件的位置及大小。

（3）Visual FoxPro 将弹出"报表表达式"对话框，用户可以在其中设置所需的字段或者字段表达式，如图 18-15 所示。

单击表达式文本框后边的 … 按钮，将弹出"表达式生成器"对话框，从中可以选择需要添加入报表中的字段或者字段表达式。

单击"计算"按钮，将会弹出一个"计算字段"对话框，如图 18-16 所示。

该对话框的设置值将用于把设置显示的字段或满足字段表达式的字段值进行计数、求和、求平均值、最大值、最小值、方差等统计运算，并将其显示输出在步骤（2）所指定的位置处。如果不想输出这些统计值，选定"不计算"选项。该对话框的设置对于经常须进行统计计算的数值型记录来说非常有用。

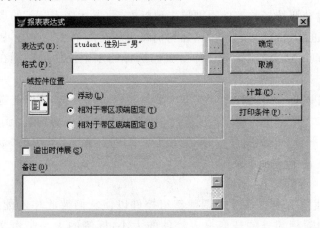

图 18-15 "报表表达式"对话框   图 18-16 "计算字段"对话框

5. 添加标签控件

"标签"一般是保存用户不希望改变值的控件,通常可以使用标签控件来帮助用户说明报表中数据的相关信息。

若要添加标签控件,可以按照以下步骤进行:

(1) 在"报表控件"快捷工具栏中,选择"标签"按钮 A。

(2) 在"报表设计器"中选择标签欲添加到报表中的位置,此时,鼠标的形状为大"I"字型。

(3) 输入希望添加的字符。

(4) 用鼠标单击标签控件外任意位置,则该标签的输入完成。

标签输入完后,可以通过鼠标拖动该标签句柄来移动标签,通过使用"编辑"菜单的"剪切"、"复制"、"粘贴"命令可以对标签进行操作。

如果希望更改"标签"控件中的文本,可以按照以下步骤进行:

(1) 在"报表控件"快捷工具栏中,选择"标签"按钮 A。

(2) 单击想要修改的标签。

(3) 输入修改内容。

6. 控件的操作

Visual FoxPro 报表中的控件是表达报表字段信息及报表界面控制的基本单位。通过改变它们的大小和位置,用户可以调整报表界面的布局,下面将对它的操作进行介绍。

1) 选择和移动控件

当用户通过"报表向导"建立了一个新报表后。打开"报表设计器",就可以看到 Visual FoxPro 根据用户在"报表设计器"中定制的选项建立的控件。可以对一组控件同时处理,也可以单独修改每一个控件。

如果要移动一个控件,可以用鼠标选中该控件,并用鼠标左键拖动到用户指定的新位置上,控件将以增量移动到布局内的位置。增量的大小取决于网格的设置,通过在拖动控件时按下 Ctrl 键,可以忽略网格增量。用户也可以通过选择"格式"菜单的"网格刻度"命令分别设置网格的水平和垂直增量。可以用"显示"菜单的"网格线"命令来调整是否在"报表设计器"内显示网格。

如果要选择多个控件,可以通过在要选择的控件周围单击鼠标左键,鼠标变成"手"的形状,拖动鼠标,将要选择的控件包含进选择框中。此时,选择句柄将出现在每个控件周围,从而可以实现对多个控件同时进行移动、复制或删除等操作。我们选择的多个控件可以不在一个带区内。

通过将控件标志在一个组里,可以将一组控件相互关联。要将控件分在一组,可以先选中需要处理的所有控件,然后从"格式"菜单中选择"分组"命令,则选择句柄将移动到整个组之外。这样就可以把整组控件作为一个单元处理了。取消分组可以使用"格式"菜单的"取消组"命令,此时,选择句柄将出现在每个控件周围。

2)调整控件大小

当布局上含有控件时,可以单独地更改其尺寸或调整整组控件以使它们彼此相匹配。在 Visual FoxPro 中,用户可以调整除标签外的任何报表控件的大小,标签的大小是由文字、字体及磅值决定的。

调整单个控件的大小,可以通过鼠标左键拖动该控件相应的选择句柄到需要的大小。如果需要匹配多个控件的大小,则应先选中所有需要有相同设置的控件,并从"格式"菜单中选择"大小"命令。用户可以从以下子命令中做出选择。

(1)对齐网格:指定当用户拖动对象时,以网格为增量调整对象的大小。

(2)调整到最高:把全部选定对象的大小调整到最高选定对象的高度。

(3)调整到最短:把全部选定对象的大小调整到最低选定对象的高度。

(4)调整到最宽:把全部选定对象的大小调整到最宽选定对象的高度。

(5)调整到最窄:把全部选定对象的大小调整到最窄选定对象的高度。

3)对齐控件

通过 Visual FoxPro 的"布局"快捷工具栏,用户可以为控件设置布局,如设置控件在带区内水平居中或者垂直居中、设置控件置前或置后;也可以在多个控件间按照一定的规则确立彼此之间的关系,如水平对齐、设置相同高度、居中对齐等。

如果要想调整控件之间的相对位置,可以按照以下步骤进行:

(1)选择需要调整的控件组。

(2)在"布局"快捷工具栏中选定相应的对齐方式。

如果希望调整控件之间的相对大小,可以按照以下步骤进行:

(1)选择需要调整的控件组。

(2)在"布局"快捷工具栏中选定相应的按钮,可以设置控件高度相同、宽度相同或者长宽均相同,此时选取的对齐高度、宽度为控件中的最大高度及宽度。

如果多个控件重叠,用户可以选择控件之间的摆置方式,并按照以下步骤进行:

(1)从重叠放置的多个控件中选定需要进行设置的控件。

(2)在"布局"快捷工具栏上选择置前或置后放置。

4)改变字段控件及标签控件的字体

可以对每个字段控件及标签控件中的文本改变字体的设置。为了简化设计,还可以改变整个报表的默认字体设置。

如果要在报表中改变一个控件显示的字体,可以按照以下步骤进行:

（1）选择相应的域控件或标签控件。

（2）从"格式"菜单中，选择"字体"命令。

（3）在弹出的"字体"对话框中，设置相应的字型、样式、效果及字体大小等设置。

（4）单击"确定"按钮。

18.4.4 数据环境

在报表的数据环境中，可以添加与报表相关的数据表或视图，并设置好报表、控件与数据表或视图中字段的关联，形成一个完整的数据体系。

1. 数据环境的打开

数据环境打开常用两种方法：

（1）右击报表设计器，在弹出的快捷菜单中选择"数据环境"。

（2）报表设计器工具栏里的 按钮。

打开的数据环境设计器如图 18-17 所示：

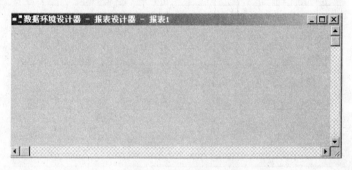

图 18-17 报表数据环境

2. 添加、移去表和视图

在数据环境设计器里右击鼠标，弹出快捷菜单，如图 18-18 所示，再选择"添加"，用来选择需要的表或视图，如图 18-19 所示。

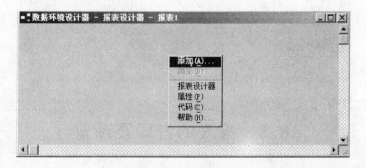

图 18-18 快捷菜单

移去：选择要移走的表，右击，选择快捷菜单"移去"。

3. 向报表添加字段

如果选择数据环境里表的"字段"，向报表拖动，会以图 18-20 所示的形式出现。

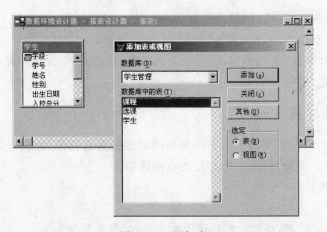

图 18-19　添加表

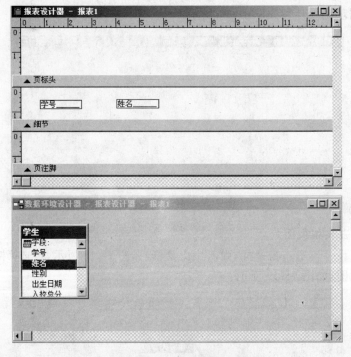

图 18-20　向报表添加字段

18.5　报表的打印及预览

当用户完成报表的定制后,可以预览设计结果。一般情况下,可以在定制报表的过程中随时预览。当确认报表后,就可以将报表打印输出了。

18.5.1　预览结果

通过预览报表,用户可以不用打印就能够看到它的页面显示情况,从而可以检查报表字段的位置设置是否合适、字段大小及间距是否合理,或者查看报表是否返回需要的数据。当预览窗口打开时,会同时打开"打印预览"快捷工具栏。用户可以使用上面的按钮来前后翻页、显示指定页上的内容、设置显示比例等。

要预览报表布局,可以按照以下步骤进行:

(1) 在"显示"菜单中,选择"预览"命令。也可以单击"常用"快捷工具栏上的"打印预览"按钮 🔍 。或用命令 REPORT FORM ＜报表文件名＞ PRIVIEW。

(2) 在"打印预览"快捷工具栏中,选择 ◀(前一页)或 ▶(后一页)按钮来切换页面,也可以使用 ⏮(第一页)、⏭(最后一页)或 ⏏(转到页)按钮翻到用户指定的页面上。

(3) 在预览窗口里通过单击鼠标左键可以使页面分别按照整面或 100% 格式显示。也可以在"缩放"列表框中选择需要的缩放比例。图 18-21 是一个典型的打印预览窗口。

图 18-21　典型的打印预览窗口

在预览窗口里,用户将无法修改页面的设置。要想修改页面布局,可以选择"打印预览"快捷工具栏中的退出按钮 🔳 关闭预览窗口,在"报表设计器"中对需要改动的地方进行修改。

18.5.2　打印报表

使用"报表设计器"创建的报表只是数据的外壳,通过打印预览后用户可以初步查看设计的显示效果。但是要输出令人满意的报表,必须通过对打印选项的设置来完成。在打印一个报表文件之前,应该检查相关的数据源是否正确设置。

如果要打印报表,可以选择"文件"菜单中"打印"命令。报表可用的带区及相应的输出内容见表 18-2。

表 18-2　报表的各带区说明

带　区	打　印	典　型　内　容
页标头	每个报表一次	包括报表标题、栏标题和当前日期
细节	每个报表一次	包含来自表中的一行或多行记录
页注脚	每个报表一次	包含出现在页面底部的一些信息如页码、节等
列标头	每列一次	列标题
列注脚	每列一次	总结,总计
组标头	每组一次	数据前面的文本

续表

带　区	打　印	典 型 内 容
组注脚	每组一次	组数据的计算结果值
标题	每报表一次	标题、日期或页码、公司、徽标、标题周围的框
总结	每个报表一次	总结文本

新建的报表有页标头、细节、页注脚 3 个基本带区，如图 18-22 所示。

图 18-22　报表设计器基本带区

1. 设置"标题/总结"带区

从"报表"菜单选择"标题/总结"命令，系统将显示如图 18-23 所示的"标题/总结"对话框。在该对话框中选择"标题带区"复选框，则在报表中添加一个"标题"带区，系统会自动把"标题"带区放在报表的顶部，若希望标题内容单独打印一页，应选择"新页"复选框。

选择"总结带区"复选框，则在报表中添加一个"总结"带区，系统会自动把"总结"带区放在报表的尾部，若希望标题内容单独打印一页，应选择"新页"复选框。

2. 设置"列标头/列注脚"带区

设置"列标头"和"列注脚"带区用于创建多栏报表。从"文件"菜单选择"页面设置"命令，系统将显示如图 18-24 所示的"页面设置"对话框。把"列数"的值调整为大于 1，报表将添加一个"列标头"带区和"列注脚"带区。

图 18-23　"标题/总结"对话框

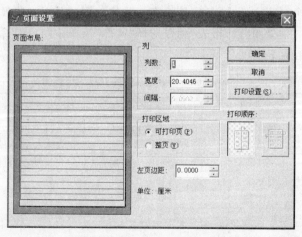

图 18-24　"页面设置"对话框

3. 设置"组标头/组注脚"带区

只有对表的索引字段设置分组才能够得到预想的分组效果,表中索引关键字段相同值的记录集中在一起,报表中的数据才能组织到一起。

从"报表"菜单选择"数据分组"命令,或单击"报表设计器"工具栏上的"数据分组"按钮,系统将显示如图 18-25 所示的"数据分组"对话框。单击该对话框中的省略号按钮,弹出"表达式生成器"对话框,如图 18-26 所示。从中选择分组表达式,例如"学生.性别"。在报表设计器中将添加一个或多个"组标头"带区和"组注脚"带区,带区的数目取决于分组表达式的数目。

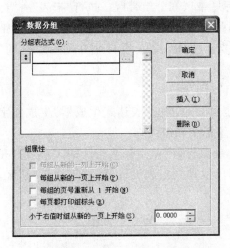

图 18-25 "数据分组"对话框

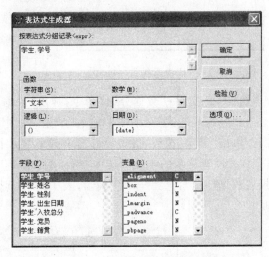

图 18-26 "表达式生成器"对话框

【实例 18-4】 下面以"学生"表为例,使用报表设计器设计报表,报表预览后的效果如图 18-27 所示。

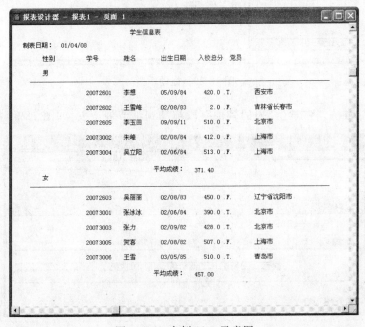

图 18-27 实例 18-4 示意图

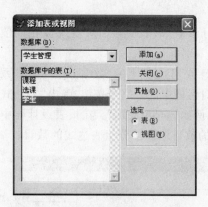

图 18-28 "添加表或视图"对话框

（1）新建报表。在出现的"新建报表"对话框中选择"新建报表"进入"报表设计器"。

（2）设置数据环境。在"报表设计器"中右击，选择"数据环境设计器"，再在"数据环境设计器"里右击，在其快捷菜单中选择"添加"，弹出"添加表或视图"对话框，如图 18-28 所示，选中"学生"表，双击鼠标，将其加入到数据环境中。

（3）显示标题带区和分组带区。执行"报表"→"标题/总结"命令，弹出"标题/总结"对话框，选择"标题带区"后单击"确定"按钮，报表设计器中显示"标题"带区。

执行"报表"→"数据分组"命令，弹出"数据分组"对话框。

在"分组表达式"文本框中输入"学生.性别"（也可通过单击"表达式生成器"生成此字段）。单击"确定"按钮，报表设计器中弹出"性别"的组标头和组注脚。

（4）设置显示的字段。选中"组标头：性别"，拖动鼠标，调整组标头带区的大小。打开"报表数据环境"，选择"学生"表，将表中的"性别"字段拖动到报表设计器的"组标头"带区，如图 18-29 所示。

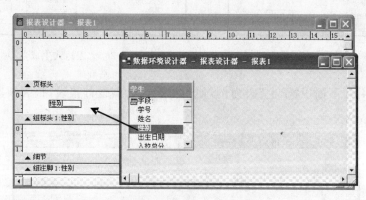

图 18-29 拖动字段

采取同样的方法，将"学生"表的其他字段拖动到细节带中去，如图 18-30 所示。

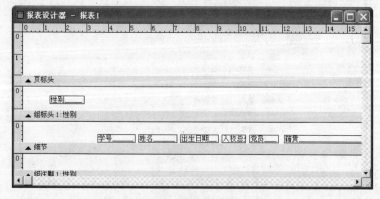

图 18-30 设置细节带区显示的字段

（5）为报表中的字段名加上标签。与表单不同，从"数据环境"中拖动到报表中的字段，不能自动添加标签，所以要手工为这些字段添加标签，说明这些字段的含义。将相应报表字段的说明标签加入页标头中，使用报表控件中的"线条"工具，在"组标头"和"细节"之间画一条水平线，如图 18-31 所示。

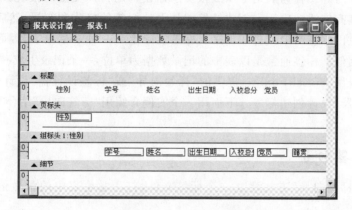

图 18-31　报表中的字段名加上标签和水平线

（6）分组小计。要计算平均总分，在组注脚中加入一个"域控件"，在"报表表达式"对话框中将表达式设置为学生.入校总分。在该对话框中单击"计算"按钮，弹出"计算字段"对话框，如图 18-32 所示；选中"平均值"单选按钮，单击"确定"按钮，返回"报表表达式"对话框，单击"确定"按钮，关闭"报表表达式"对话框。在新建立的域控件前边加上标签，输入"平均成绩"。

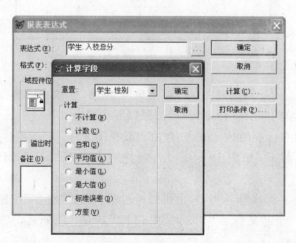

图 18-32　设置分组小计

（7）在报表中加入打印日期和报表页数。例如，在报表的标题带区加入打印报表的日期，在报表的页注脚加入当前的页码。

在标题带区增加一个域控件，在出现的对话框中输入 Date() 函数，单击"确认"按钮，完成日期的添加。

在页注脚增加一个域控件，在出现的对话框中输入 VFP 系统变量 _PageNo，单击"确认"按钮，完成当前的页码添加。

18.6 标 签 设 计

标签文件是另外一种为满足专用纸张要求而设计的特殊类型的报表。在实际工作中，各种各样的标签有广泛的应用。创建标签就是设计标签的格式和布局，然后将数据表中各记录的有关信息以标签的形式打印出来。标签实际上是一种多栏报表，因而标签的设计与报表设计十分相似。标签通常是以表中的记录数据为单位，一条记录生成一个标签。

用户既可以用 Visual FoxPro 提供的"标签向导"或"标签设计器"设计创建标签，也可以用"报表设计器"设计创建标签。下面用一个实例介绍用"标签向导"结合"标签设计器"创建标签的方法。

18.6.1 标签向导

下面通过"标签向导"方式建立一个标签文件，打印学生表中的学生信息，如图 18-33所示。

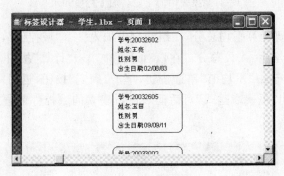

图 18-33　学生信息标签

如果要使用"标签向导"，可以在"工具"菜单的"向导"子菜单中选择"标签"命令进入"标签向导"或"文件"菜单的"新建"命令，然后按照以下步骤进行：

（1）选择需要建立标签的数据库表、自由表或视图文件。

（2）所需的标签样式，如图 18-34 所示，向导列出了 Visual FoxPro 安装的标准标签类型。

用户可以选择一种标准标签类型，也可以通过单击"新建标签"按钮，建立用户自定义标签布局。当用户在"自定义标签"对话框中选择"新建"命令后，Visual FoxPro 将弹出图 18-35 所示的对话框。

在"新标签定义"对话框的"标签名称"文本框中，用户可以为新的标签定义输入一个名字，当创建完一个新标签时，该名字会显示在"新标签"对话框中。

在标签说明上面显示的文本框中，可以输入标签的高度、宽度和边距，也可以在"列数"微调按钮中指定在一行中打印多少标签。

（3）定义布局，如图 18-36 所示。

用户可以按照在标签中出现的顺序添加"可用字段"，可以使用空格、标点符号、换行符等格式化标签，并使用"文本"框输入文本。

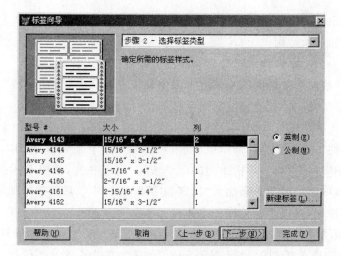

图 18-34　确定标签类型

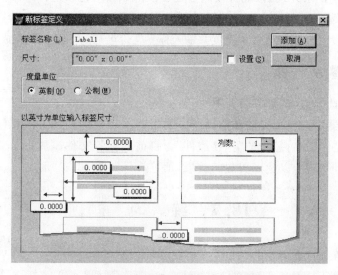

图 18-35　定制用户自定义标签

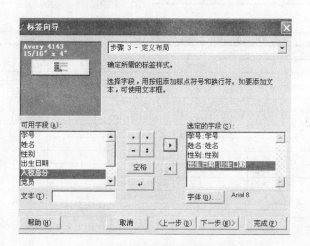

图 18-36　设置标签布局

在其中的操作与前面所讲的报表向导的操作不大相同，被选送到“选定的字段”窗口中的字段一般具有如下的结构：

文本名称＋冒号(或空格)＋相应文本名称的字段

其中，“文本名称”是在左下角的“文本”文本框中输入并送入“选定的字段”窗口中的。要在标签中显示“学号”、“姓名”、“性别”和“出生日期”等信息。具体做法如下：

在“文本”输入框中输入“学号”，然后添加到“选定的字段”窗口中，然后单击中间的“冒号按钮”按钮，则在“选定的字段”窗口中显示一个冒号，接下来双击“可用字段”中的“学号”将其送入“选定的字段”窗口。单击中间的回车按钮，另起一行，按照上述的操作流程，将姓名、性别和出生日期字段的信息添加入“选定的字段”窗口中。最终效果如图 18-36 所示。

单击“字体”按钮，可以为标签设置字体。

当向标签中添加各项时，向导窗口中的图片会被更新以近似地显示标签的外观。查看这个图片，看选择的字段在自己的标签上是否合适。如果文本过多，则文本行会超出标签的底边。

(4) 选择排序记录方式，系统将按照选定字段的顺序对记录进行排序。

(5) 单击“游览”按钮，以查看标签设置的效果。用户可以单击“上一步”按钮以修改游览后认为不合适的设置。当确认标签设置并输入标签文件名后，保存标签，完成标签的新建。

18.6.2 标签设计器

用户也可以选择进入“标签设计器”更改标签设置。

在标签设计器中的使用方法和前面所讲的报表设计器的使用方法相同。在本步骤中，我们利用“报表控件工具栏”中的“标签控件”为目前的标签文件添加一个文本“学生卡”，再添加一个圆角矩形控件，以达到美观的效果，预览效果如图 18-33 所示。

18.7 练 习 题

1. 针对“职员表”建立一张人事报表，文件名为 rsbb。报表样式如图 18-37 所示。

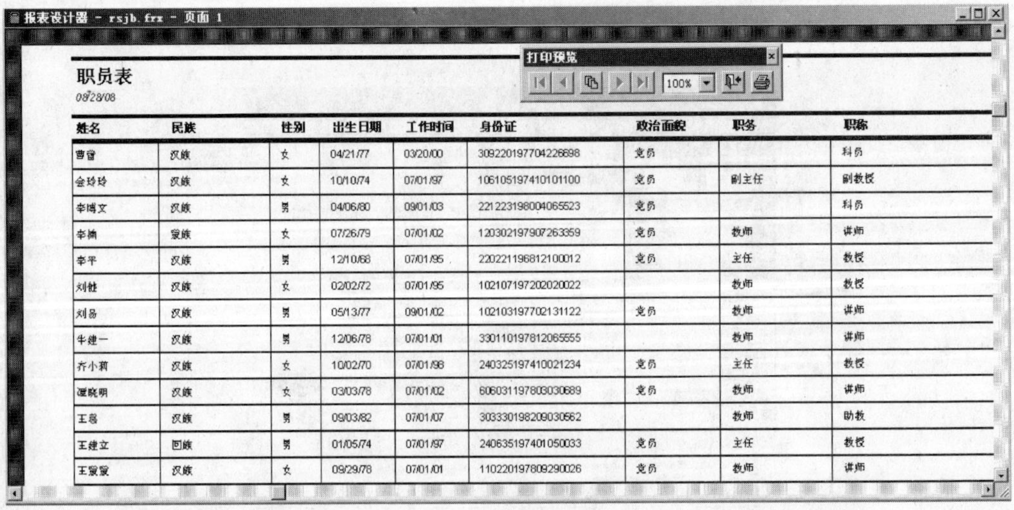

职员表

08/28/08

姓名	民族	性别	出生日期	工作时间	身份证	政治面貌	职务	职称
曹雷	汉族	女	04/21/77	03/20/00	309220197704226698	党员		科员
金玲玲	汉族	女	10/10/74	07/01/97	106105197410101100	党员	副主任	副教授
李博文	汉族	男	04/06/80	09/01/03	221223198004065523	党员		科员
李楠	蒙族	女	07/26/79	07/01/02	120302197907263359	党员	教师	讲师
李平	汉族	男	12/10/68	07/01/95	220221196812100012	党员	主任	教授
刘桂	汉族	女	02/02/72	07/01/95	102107197202020022		教师	教授
刘易	汉族	男	05/13/77	09/01/02	102103197702131122	党员	教师	讲师
牛建一	汉族	男	12/06/78	07/01/01	330110197812065555		教师	讲师
齐小莉	汉族	女	10/02/70	07/01/98	240325197410021234	党员	主任	教授
谭晓明	汉族	女	03/03/78	07/01/02	606031197803030689	党员	教师	讲师
王磊	汉族	男	09/03/82	07/01/07	303330198209030562		教师	助教
王建立	回族	男	01/05/74	07/01/97	240635197401050033	党员	主任	教授
王霞霞	汉族	女	09/29/78	07/01/01	110220197809290026	党员	教师	讲师

图 18-37 人事报表

2. 针对"职员表"建立一张详细报表，文件名为 xxbb。报表样式如图 18-38 所示。

图 18-38　详细报表

第19章　菜 单 设 计

19.1　菜单分类与基本结构

Visual FoxPro 的菜单有下拉菜单和快捷菜单两类。

19.1.1　下拉菜单

如同 Windows 菜单一样，Visual FoxPro 的下拉菜单是一个树状结构，如图 19-1 所示。

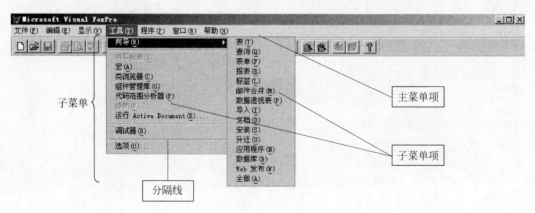

图 19-1　下拉菜单

菜单按层次可分为：

- 菜单栏——这是最上面的一层，菜单栏中每一项称为主菜单项，主菜单项的显示名称是菜单标题，例如"文件"、"编辑"等。单击主菜单项可以执行一个命令或过程，也可以打开一个下拉菜单。
- 下拉菜单——单击主菜单项可以打开一个下拉菜单，下拉菜单中包含若干菜单项。在下拉菜单中，可以用分隔线对逻辑或功能紧密相关的菜单项分组，方便用户使用。菜单项也可以对应一个命令或程序，也可以是子菜单。
- 子菜单——在下拉菜单中用鼠标或键盘移动到带有右向箭头"▶"的下拉菜单项时，会自动弹出子菜单。子菜单可以对应一个命令或程序，还可以是子菜单，从而形成多级菜单系统。

19.1.2　快捷菜单

快捷菜单一般属于某个界面对象，如表单。当鼠标右键单击该对象时，就会在单击处弹出快捷菜单。快捷菜单通常列出与处理对象有关的一些功能命令。快捷菜单只有弹出式菜单,没有条形菜单,如图 19-2 所示。

图 19-2　快捷菜单

19.2　菜单的建立、保存与修改

19.2.1　建立菜单常用的 4 种方法

- 方法一:从"常用"工具栏上单击"新建"按钮,从"文件类型"列表中选择"菜单",然后单击"新建文件"按钮。
- 方法二:通过使用"文件"→"新建"命令,选择"菜单"类型,然后单击"新建文件"按钮。
- 方法三:通过项目管理器。即从项目管理器中选择"菜单",然后单击"新建"按钮。
- 方法四:使用命令 CREATE　MENU　<菜单名>。

图 19-3　"新建菜单"对话框

以上的方法都会出现"新建菜单"对话框,如图 19-3 所示,在图 19-3 所示的对话框中,单击"菜单"或"快捷菜单"按钮,打开菜单设计器,即可创建下拉菜单和快捷菜单,从而创建文件名为<菜单名>、扩展名为 MNX 的菜单文件。

19.2.2　保存菜单的方法

- 方法一:从"常用"工具栏上单击"保存"按钮。
- 方法二:单击菜单设计器的"关闭"按钮,弹出对话框"是否保存"。
保存后的菜单是不能运行的必须要生成菜单程序。

19.2.3　修改菜单的几种方法

- 方法一:从"常用"工具栏上单击"打开"按钮,从"文件类型"列表中选择"菜单",然后选择要打开的文件,单击"确定"按钮。

- 方法二：通过执行"文件"→"打开"命令，文件类型选择"菜单"，然后选择要打开的文件，单击"确定"按钮。
- 方法三：通过项目管理器。即从项目管理器中选择"菜单"，选择某个菜单，然后单击"修改"按钮。
- 方法四：使用命令 MODIFY MENU ＜菜单名＞。

19.3 菜单的生成与运行

19.3.1 菜单的生成

在菜单设计器中，建立好各个菜单项后，需要执行"菜单"→"生成"命令，弹出"是否保存菜单"的对话框后，单击"是"按钮，显示图 19-4 所示的"生成菜单"对话框。在对话框中选择要输入 mpr 文件的位置和名字，一般取默认的文件名和位置，单击"生成"命令按钮，将生成.mpr 文件。

图 19-4 生成菜单程序

19.3.2 菜单的运行

- 方法一：执行"程序"→"运行"命令，选择要运行的菜单文件，单击"运行"按钮。
- 方法二：在命令行输入 do 菜单名.mpr。

19.4 下拉菜单介绍

【实例 19-1】 设计一个文件名为"下拉菜单"的菜单，菜单包括"浏览表"、"退出"两个主菜单项，其中"浏览表"有"浏览学生表"和"浏览选课表"两个子菜单，"浏览学生表"查看学生表，"浏览选课表"查看选课表；"退出"返回系统菜单，并为每一个主菜单项定义相应的访问键。

使用 Visual FoxPro 的"菜单设计器"可以完成用户菜单界面的设计。使用"菜单设计器"进行菜单设计，可以按照以下步骤进行：

（1）选择"文件"菜单的"新建"命令。

（2）在"新建"对话框中选择"菜单"，并单击"新建文件"按钮。

（3）进入图 19-5 所示的新建菜单对话框。

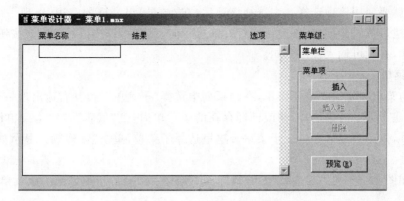

图 19-5　新建菜单对话框

19.4.1　"菜单名称"列

"菜单名称"用来输入菜单项的名称。该文字是显示在菜单上的,不是程序中的菜单名。在此输入"浏览表"等。

在 VFP 中允许用户在菜单项名称中为该菜单定义访问键。菜单显示时,访问键用有下划线的字符表示;菜单打开后,只要按下 Alt＋访问键,该菜单项就被执行,定义访问键的方法是在要定义的字符前加上"\＜"两个字符,在此"浏览表"后加上"(\＜B)",如图 19-6所示。

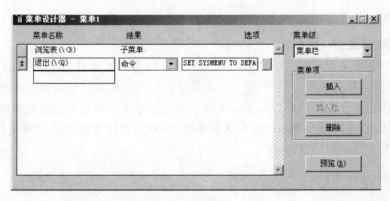

图 19-6　菜单名称

19.4.2　"结果"列

结果列组合框用于为菜单定义菜单项的性质,其中包含命令、填充名称、子菜单和过程等 4 项内容。

1. 命令

用于为菜单项定义一条命令。运行菜单后,选择该菜单项后,就会运行该命令。定义命令时,只要将命令输入到组合框右边的文本框中即可。

2. 过程

用于为菜单项定义一个过程,当需要选择该菜单项后,运行的不只是一条命令,而是多条命令时,就要使用该项选择。在选择该项后,在"结果"组合框的右边,出现一个"创建"命令按钮(新建过程时是创建,修改已经存在的过程时,是"编辑"按钮),单击该按钮,出现一个文本编辑框,在此可输入程序语句。

3. 子菜单

用于为菜单项定义一个子菜单,在结果列中选择"子菜单"后,其右边出现一个"创建"命令按钮(新建子菜单时是创建,修改已经存在的子菜单时,是"编辑"按钮),菜单设计器进入到子菜单页,供用户建立和修改子菜单。这里选择子菜单,单击"创建"后,显示如图 19-7 所示的菜单页。

通过在图 19-6 右侧"菜单级"下的组合框中选择"菜单栏"可返回第一级菜单。

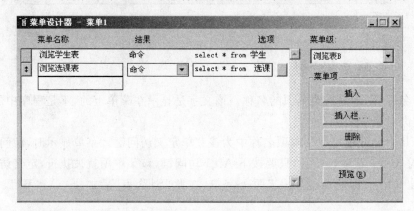

图 19-7　子菜单

4. 填充名称或菜单项♯

该选项用于定义第一级菜单的菜单名或子菜单的菜单项序号。当前若是一级菜单,显示的就是"填充名称",表示由用户自己定义菜单名;当前如果是子菜单项则显示"菜单项♯",表示由用户自己定义菜单序号。定义时名字或序号输入到它右边的文本框中。

其实,系统会自动设定菜单名称和菜单序号,只不过系统所取的名字难记忆,不利于阅读菜单程序和在程序中引用。

19.4.3　"选项"列

每个菜单行的"选项"列中有一个没有标题的按钮,单击该按钮后,显示如图 19-8 所示的对话框,用于定义菜单项的附加属性,如果为该菜单项定义过属性,则该按钮显示符号"√"。

快捷键是指菜单项右边的组合键。如 VFP"文件"菜单下"新建"子菜单的快捷建为 Ctrl+N。快捷键与访问键不同的是:在菜单还未打开时,使用快捷键就可运行菜单项。

"键标签"文本框用于为菜单项设置快捷键,定义方法是将光标移动到该文本框中,按下要定义的快捷键,字符串会自动填充到文本框中,如图 19-9 所示。

要取消已经定义的快捷键,当光标在该文本框中时,按空格键即可。

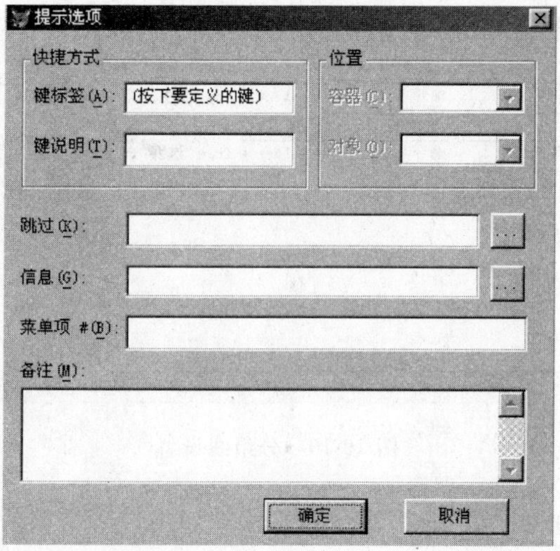

图 19-8 "提示选项"对话框

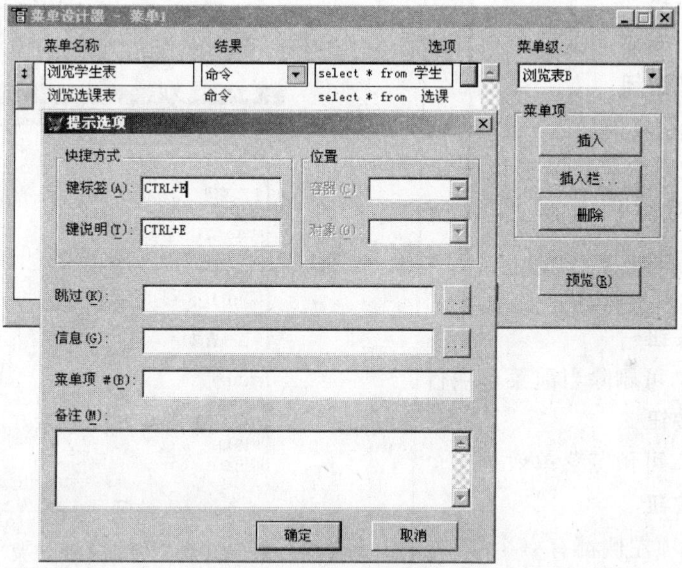

图 19-9 快捷键设置

19.4.4 分组菜单项

对于一个包含子菜单的菜单项,菜单分组可以使菜单的界面更加清晰。将具有相关功能的菜单项分成一级,同时可以方便用户的操作。例如,在 Windows 大多数文本编辑应用程序中,常将"剪切"、"复制"、"粘贴"等与剪切板的操作相关的命令放在一组,以便于文本编辑的操作。图 19-10 是一个典型的菜单项分组示例。

要将菜单项分组,用户可以按照以下步骤进行:

(1) 单击"菜单设计器"中的"添加"按钮。

(2) 在"菜单名称"栏中输入"\-",该名称用于创建分隔符。

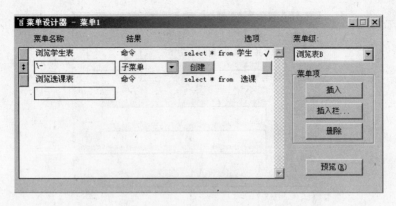

图 19-10　分组线设置

（3）拖动"\－"左边的移动按钮，将分隔符移动到用户所希望的位置上。

19.4.5　"菜单设计器"的按钮

1. "插入"按钮

单击该按钮，可在当前菜单项之前插入一个新的菜单项行。

2. "插入栏"按钮

在当前菜单项之前插入一个 Visual FoxPro 系统菜单命令。方法是：单击该按钮，打开"插入系统菜单栏"对话框，如图 19-11 所示。然后在对话框中选择所需的菜单命令，并单击"插入"按钮。

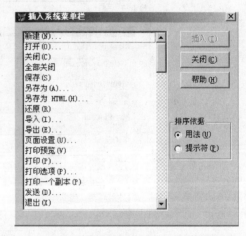

3. "删除"按钮

单击该按钮，可删除当前菜单项行。

4. "预览"按钮

单击该按钮，可预览菜单效果。

5. "移动"按钮

每一个菜单项左侧都有一个移动按钮，拖动移动按钮可以改变菜单项在当前菜单项中的位置。

图 19-11　"插入系统菜单栏"对话框

19.4.6　菜单的运行及位置

按照这种方法建立的菜单，菜单运行后将放置在 VFP 的菜单栏上，默认情况下菜单替换了 VFP 系统菜单如图 19-12 所示。

用户可以设置主菜单项添加到其他指定位置，通过选择"菜单设计器"中的"显示"菜单的"常规选项"命令可以完成这样的任务。

要想指定菜单项添加的位置，可以按照以下步骤进行：

（1）选择"显示"菜单的"常规选项"命令。

（2）在"位置"选择框中选择需要将菜单添加的位置，如图 19-13 所示的设置。

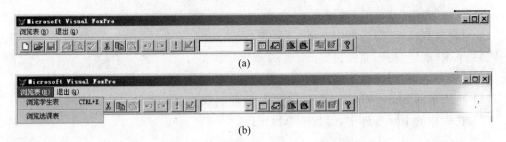

(a)

(b)

图 19-12　运行菜单

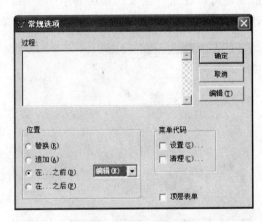

19-13　设置菜单项位置

各位置选项的设置说明可以见表 19-1。

表 19-1　"位置"选项的设置

设　　置	说　　明
替换	使用新的菜单系统替换已有的菜单系统
追加	将新菜单系统添加在活动菜单系统的右侧
在……之前	将新菜单插入指定菜单的前面,该选项将显示一个包含活动菜单系统名称的下拉列表
在……之后	将新菜单插入指定菜单的后面,该选项将显示一个包含活动菜单系统名称的下拉列表

在图 19-12 所示的情况下,如何还原 VFP 的菜单,以便于继续进行其他程序设计,可单击退出菜单项或在命令窗口中输入命令 set sysmenu to default。

19.4.7　下拉菜单的应用

1. 为顶层表单添加菜单

按照这种方法建立的菜单,即使是有表单运行,也不能将菜单放在表单上。通过设置用户菜单的顶层表单(SDI)属性,可以扩大用户菜单的使用范围。对于没有设置顶层表单属性的菜单,一般只允许在 Visual FoxPro 中使用该菜单。

要对用户菜单设置 SDI 属性,可以按照以下步骤进行:

(1) 选择"显示"菜单的"常规选项"命令。

(2) 在"常规选项"对话框中选择"顶层表单"复选框。

(3) 单击"确定"按钮完成设置。

2. 在表单中,需完成以下操作

(1) 将表单的 ShowWindow 属性设置为 2,使其成为顶层表单。

(2) 在表单的 Init 事件中,运行菜单程序。

```
DO  菜单文件名.mpr  with  This,  .T.
```

设置完的用户菜单系统将可以在用户定义的顶层表单中使用。

【**实例 19-2**】 把上述菜单"下拉菜单",加到新建的 myform 表单上,如图 19-14 所示。

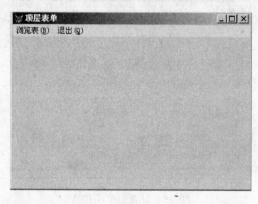

图 19-14 "顶层表单"对话框

步骤如下:

(1) 打开"下拉菜单",选择"显示"菜单的"常规选项"命令。

(2) 在"常规选项"对话框中选择"顶层表单"复选框。

(3) 重新生成菜单。

(4) 新建立表单,表单的标题修改为"顶层表单"。

(5) 将表单的 ShowWindow 属性设置为 2,使其成为顶层表单。

(6) 在表单的 Init 事件中,编写代码 DO 下拉菜单.mpr with This, .T.。

(7) 保存菜单为 myform,并运行表单。

19.5 快 捷 菜 单

19.5.1 快捷菜单设计

快捷菜单是单击右键才出现的菜单。菜单设计器只提供生成快捷菜单的结构,快捷菜单的运行需要从属于某个界面对象(如表单),并需要编程来实现。快捷菜单设计器与下拉菜单设计器一样,在此就不再赘述。快捷菜单设计器如图 19-15 所示。

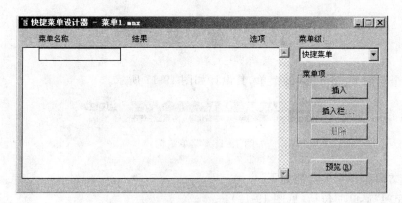

图 19-15　快捷菜单设计器

19.5.2　快捷菜单应用

（1）建立一个快捷菜单。

（2）保存菜单为菜单定义文件名快捷.mnx 和快捷.mnt。

（3）单击系统菜单"菜单"栏下的"生成"菜单项,生成菜单程序快捷.mpr。

（4）打开某个已有表单,选择一个控件,添加该控件的 RightClick 事件代码如下:

```
DO  快捷.mpr
```

（5）运行表单,右键该控件,出现快捷菜单。

【实例 19-3】　建立一个快捷菜单 quickmenu,有 2 个菜单项分别为"浏览"和"查看",其中"浏览"还有子菜单"浏览 1"和"浏览 2",其他项不做要求。打开表单"myform",右击表单可以弹出该菜单。运行效果如图 19-16 所示。

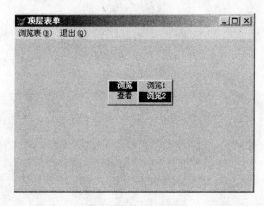

图 19-16　快捷菜单

操作步骤如下:

（1）设计一个快捷菜单 quickmenu。

（2）打开表单 myform,在表单的 RightClick 事件下写代码:

```
DO  快捷.mpr
```

（3）运行表单,右击表单,出现快捷菜单。

19.6 练 习 题

建立一个名为 mainmenu 的菜单,其设计如图 19-17 所示。

图 19-17 菜单结构

其菜单结构和各菜单功能如下:

"档案管理"菜单项包括(见图 19-18):

• 记录浏览　do form frmbrowse。
• 记录编辑　do form frmadd。
• 档案备份　do form frmback。
• 退出系统　退出系统。

"查询打印"菜单项包括(见图 19-19):

• 查询打印　do form frmseek。
• 记录打印　do form frmprint。

"系统维护"菜单项包括(见图 19-20):

• 更改密码　do form frmpwd。
• "退出系统"　退出系统。

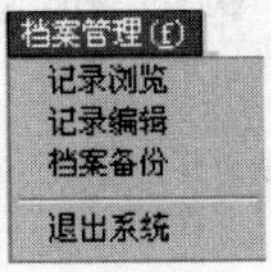

图 19-18 "档案管理"菜单 　　　图 19-19 "查询打印"菜单 　　　图 19-20 "系统维护"菜单

2008 年 4 月全国计算机等级考试二级笔试试卷

一、选择题(每小题 2 分,共 70 分)

1. 程序流程图中带有箭头的线段表示的是_____。

   A. 图元关系　　　　B. 数据流　　　　C. 控制流　　　　D. 调用关系

2. 结构化程序设计的基本原则不包括_____。

   A. 多态性　　　　B. 自顶向下　　　　C. 模块化　　　　D. 逐步求精

3. 软件设计中模块划分应遵循的准则是_____。

   A. 低内聚低耦合　　　　　　　　B. 高内聚低耦合

   C. 低内聚高耦合　　　　　　　　D. 高内聚高耦合

4. 在软件开发中,需求分析阶段产生的主要文档是_____。

   A. 可行性分析报告　　　　　　　B. 软件需求规格说明书

   C. 概要设计说明书　　　　　　　D. 集成测试计划

5. 算法的有穷性是指_____。

   A. 算法程序的运行时间是有限的

   B. 算法程序所处理的数据量是有限的

   C. 算法程序的长度是有限的

   D. 算法只能被有限的用户使用

6. 对长度为 n 的线性表排序,在最坏情况下,比较次数不是 $n(n-1)/2$ 的排序方法是_____。

   A. 快速排序　　　　　　　　　　B. 冒泡排序

   C. 直线插入排序　　　　　　　　D. 堆排序

7. 下列关于栈的叙述正确的是_____。

   A. 栈按"先进先出"组织数据　　　B. 栈按"先进后出"组织数据

   C. 只能在栈底插入数据　　　　　D. 不能删除数据

8. 在数据库设计中,将 E-R 图转换成关系数据模型的过程属于_____。

   A. 需求分析阶段　　　　　　　　B. 概念设计阶段

   C. 逻辑设计阶段　　　　　　　　D. 物理设计阶段

9. 有 3 个关系 R、S 和 T 如下:

关系 R		
B	C	D
a	0	n
b	1	m

关系 S		
B	C	D
f	3	p
a	0	n
e	w	q

关系 T		
B	C	D
a	0	n

由关系 R 和 S 通过运算得到关系 T，则所使用的运算为_____。

A. 并　　　　　　B. 自然连接　　　　C. 笛卡儿积　　　D. 交

10. 设有表示学生选课的 3 张表，学生 S(学号,姓名,性别,年龄,身份证号)，课程 C(课号,课名)，选课 SC(学号,课号,成绩)，则表 SC 的关键字(键或码)为_____。

A. 课号,成绩　　　　　　　　　　　B. 学号,成绩

C. 学号,课号　　　　　　　　　　　D. 学号,姓名,成绩

11. 在超市营业过程中，每个时段要安排一个班组上岗值班，每个收款口要配备两名收款员配合工作，共同使用一套收款设备为顾客服务，在超市数据库中，实体之间属于一对一关系的是_____。

A. "顾客"与"收款口"的关系　　　　B. "收款口"与"收款员"的关系

C. "班组"与"收款口"的关系　　　　D. "收款口"与"设备"的关系

12. 在教师表中，如果要找出职称为"教授"的教师，所采用的关系运算是_____。

A. 选择　　　　B. 投影　　　　C. 连接　　　　D. 自然连接

13. 在 SELECT 语句中使用 ORDER BY 是为了指定_____。

A. 查询的表　　　　　　　　　　　B. 查询结果的顺序

C. 查询的条件　　　　　　　　　　D. 查询的字段

14. 有下程序，请选择最后在屏幕显示的结果：_____。

```
SET EXACT ON
s = "ni" + SPACE(2)
IF s == "ni"
IF s = "ni"
? "one"
ELSE
? "two"
ENDIF
ELSE
IF s = "ni"
? "three"
ELSE
? "four"
ENDIF
ENDIF
RETURN
```

A. one　　　　　　B. two　　　　　　C. three　　　　D. four

15. 如果内存变量和字段变量均有变量名"姓名"，那么引用内存的正确方法是_____。

A. M.姓名   B. M_>姓名   C. 姓名   D. A 和 B 都可以

16. 要为当前表所有性别为"女"的职工增加 100 元工资,应使用命令_____。

A. REPLACE ALL 工资 WITH 工资+100

B. REPLACE 工资 WITH 工资+100 FOR 性别="女"

C. REPLACE ALL 工资 WITH 工资+100

D. REPLACE ALL 工资 WITH 工资+100 FOR 性别="女"

17. MODIFY STRUCTURE 命令的功能是_____。

A. 修改记录值   B. 修改表结构

C. 修改数据库结构   D. 修改数据库或表结构

18. 可以运行查询文件的命令是_____。

A. DO   B. BROWSE   C. DO QUERY   D. CREATE QUERY

19. SQL 语句中删除视图的命令是_____。

A. DROP TABLE   B. DROP VIEW

C. ERASE TABLE   D. ERASE VIEW

20. 设有订单表 order(其中包括字段订单号、客户号、职员号、签订日期、金额),查询 2007 年所签订单的信息,并按金额降序排序,正确的 SQL 命令是_____。

A. SELECT * FROM order WHERE YEAR(签订日期)=2007 ORDER BY 金额 DESC

B. SELECT * FROM order WHILE YEAR(签订日期)=2007 ORDER BY 金额 ASC

C. SELECT * FROM order WHERE YEAR(签订日期)=2007 ORDER BY 金额 ASC

D. SELECT * FROM order WHILE YEAR(签订日期)=2007 ORDER BY 金额 DESC

21. 设有订单表 order(其中包括字段订单号、客户号、客户号、职员号、签订日期、金额),删除 2002 年 1 月 1 日以前签订的订单记录,正确的 SQL 命令是_____。

A. DELETE TABLE order WHERE 签订日期<{^2002-1-1}

B. DELETE TABLE order WHILE 签订日期>{^2002-1-1}

C. DELETE FROM order WHERE 签订日期<{^2002-1-1}

D. DELETE FROM order WHILE 签订日期>{^2002-1-1}

22. 下面属于表单方法名(非事件名)的是_____。

A. Init   B. Release   C. Destroy   D. Caption

23. 下列表单的哪个属性设置为真时,表单运行时将自动居中_____。

A. AutoCenter   B. AlwaysOnTop   C. ShowCenter   D. FormCenter

24. 下面关于命令 DO FORM XX NAME YY LINKED 的陈述中,正确的是_____。

A. 产生表单对象引用变量 XX,在释放变量 XX 时自动关闭表单

B. 产生表单对象引用变量 XX,在释放变量 XX 时并不关闭表单

C. 产生表单对象引用变量 YY,在释放变量 YY 时自动关闭表单

D. 产生表单对象引用变量 YY,在释放变量 YY 时并不关闭表单

25. 表单里有一个选项按钮组,包含两个选项按钮 Option1 和 Option2,假设 Option2 没有设置 Click 事件代码,而 Option1 以及选项按钮和表单都设置了 Click 事件代码,那么当表单运行时,如果用户单击 Option2,系统将_____。

A. 执行表单的 Click 事件代码   B. 执行选项按钮组的 Click 事件代码

C. 执行 Option1 的 Click 事件代码　　D. 不会有反应

26. 下列程序段执行以后,内存变量 X 和 Y 的值是_____。

```
CLEAR
STORE 3 TO X
STORE 5 TO Y
PLUS((X),Y)
? X,Y
PROCEDURE PLUS
PARAMETERS A1,A2
A1 = A1 + A2
A2 = A1 + A2
ENDPROC
```

　　A. 8 13　　　　　　B. 3 13　　　　　C. 3 5　　　　　D. 8 5

27. 下列程序段执行以后,内存标量 y 的值是_____。

```
CLEAR
X = 12345
Y = 0
DO WHILE X>0
y = y + x % 10
x = int(x/10)
ENDDO
? y
```

　　A. 54321　　　　　B. 12345　　　　C. 51　　　　　D. 15

28. 下列程序段执行后,内存变量 s1 的值是_____。

```
s1 = "network"
s1 = stuff(s1,4,4,"BIOS")
```

　　A. network　　　B. netBIOS　　　C. net　　　　D. BIOS

29. 参照完整性规则的更新规则中"级联"的含义是_____。

A. 更新父表中连接字段值时,用新的连接字段自动修改子表中的所有相关记录

B. 若子表中有与父表相关的记录,则禁止修改父表中连接字段值

C. 父表中的连接字段值可以随意更新,不会影响子表中的记录

D. 父表中的连接字段值在任何情况下都不允许更新

30. 在查询设计器环境中,"查询"菜单下的"查询去向"命令指定了查询结果的输出去向,输出去向不包括_____。

　　A. 临时表　　　　B. 表　　　　　C. 文本文件　　　D. 屏幕

31. 表单名为 myForm 的表单中有一个页框 myPageFrame,将该页框的第 3 页(Page3)的标题设置为"修改",可以使用代码_____。

A. myForm. Page3. myPageFrame. Caption="修改"

B. myForm. myPageFrame. Caption. Page3="修改"

C. Thisform. myPageFrame. Page3. Caption="修改"

D. Thisform. myPageFrame. Caption. Page3="修改"

32. 向一个项目中添加一个数据库,应该使用项目管理器的_____。

A. "代码"选项卡　　　　　　　　　　B. "类"选项卡

C. "文档"选项卡　　　　　　　　　　D. "数据"选项卡

下表是用 list 命令显示的"运动员"表的内容和结构,33~35 题使用该表。

记录号	运动员号	投中2分球	投中3分球	罚球
1	1	3	4	5
2	2	2	1	3
3	3	0	0	0
4	4	5	6	7

33. 为"运动员"表增加一个字段"得分"的 SQL 语句是_____。

A. CHANGE TABLE 运动员 ADD 得分 I

B. ALTER DATA 运动员 ADD 得分 I

C. ALTER TABLE 运动员 ADD 得分 I

D. CHANGE TABLE 运动员 INSERT 得分 I

34. 计算每名运动员的"得分"(33 题增加的字段)的正确 SQL 语句是_____。

A. UPDATE 运动员 FIELD 得分＝2*投中2分球＋3*投中3分球＋罚球

B. UPDATE 运动员 FIELD 得分 WITH 2*投中2分球＋3*投中3分球＋罚球

C. UPDATE 运动员 SET 得分 WITH 2*投中2分球＋3*投中3分球＋罚球

D. UPDATE 运动员 SET 得分＝2*投中2分球＋3*投中3分球＋罚球

35. 检索"投中3分球"小于等于5个的运动员中"得分"最高的运动员的"得分",正确的 SQL 语句是_____。

A. SELECT MAX(得分)得分 FROM 运动员 WHERE 投中3分球＜＝5

B. SELECT MAX(得分)得分 FROM 运动员 WHEN 投中3分球＜＝5

C. SELECT 得分＝MAX(得分)FROM 运动员 WHERE 投中3分球＜＝5

D. SELECT 得分＝MAX(得分)FROM 运动员 WHEN 投中3分球＜＝5

二、填空题(每空 2 分,共 30 分)

1. 测试用例包括输入值集和_____值集。

2. 深度为 5 的满二叉树有_____个叶子结点。

3. 设某循环队列的容量为50,头指针 front＝5(指向队头元素的前一位置),尾指针 rear＝29(指向对尾元素),则该循环队列中共有_____个元素。

4. 在关系数据库中,用来表示实体之间联系的是_____。

5. 在数据库管理系统提供的数据定义语言、数据操纵语言和数据控制语言中,_____负责数据的模式定义与数据的物理存取构建。

6. 在基本表中,要求字段名_____重复。

7. SQL 的 SELECT 语句中,使用_____子句可以消除结果中的重复记录。

8. 在 SQL 的 WHERE 子句的条件表达式中,字符串匹配(模糊查询)的运算符是_____。

9. 数据库系统中对数据库进行管理的核心软件是_____。

Visual FoxPro 二级考试试卷与答案

10. 使用 SQL 的 CREATE TABLE 语句定义表结构时,用_____短语说明关键字(主索引)。

11. 在 SQL 语句中要查询表 s 在 AGE 字段上取空值的记录,正确的 SQL 语句为:SELECT * FROM s WHERE_____。

12. 在 Visual FoxPro 中,使用 LOCATE ALL 命令按条件对表中的记录进行查找,若查不到记录,函数 EOF()的返回值应是_____。

13. 在 Visual FoxPro 中,假设当前文件夹中有菜单程序文件 MYMENU. MPR,运行该菜单程序的命令是_____。

14. 在 Visual FoxPro 中,如果要在子程序中创建一个只在本程序中使用的变量 XL(不影响上级或下级的程序),应该使用_____说明变量。

15. 在 Visual FoxPro 中,在当前打开的表中物理删除带有删除标记记录的命令是_____。

参 考 答 案

一、选择题

1. C 2. A 3. B 4. B 5. A 6. D 7. B 8. C 9. D 10. C 11. D
12. A 13. B 14. C 15. D 16. B 17. B 18. A 19. B 20. A 21. C
22. B 23. A 24. C 25. B 26. C 27. D 28. B 29. A 30. C 31. C
32. D 33. C 34. D 35. A

二、填空题

1. 输出 2. 16 3. 24 4. 关系 5. 数据定义语言
6. 不能 7. DISTINCT 8. LIKE 9. 数据库管理系统 10. Primary Key
11. AGE IS NULL 12. .T. 13. DO mymenu. mpr 14. LOCAL 15. PACK

参 考 文 献

1　郑阿奇. Visual FoxPro 实用教程. 第 3 版. 北京：电子工业出版社, 2008
2　刘海莎. Visual FoxPro 程序设计实践教程. 第 2 版. 北京：人民邮电出版社, 2008
3　张文松. Visual FoxPro 入门与提高. 北京：清华大学出版社, 2007
4　王晓华. 二级 Visual FoxPro——名师讲堂. 北京：人民邮电出版社, 2007
5　徐亚军. Visual FoxPro 程序设计基础. 北京：清华大学出版社, 2006
6　教育部考试中心. 全国计算机等级考试二级教程——Visual FoxPro 程序设计. 北京：高等教育出版社, 2001

读者意见反馈

亲爱的读者：

感谢您一直以来对清华版计算机教材的支持和爱护。为了今后为您提供更优秀的教材，请您抽出宝贵的时间来填写下面的意见反馈表，以便我们更好地对本教材做进一步改进。同时如果您在使用本教材的过程中遇到了什么问题，或者有什么好的建议，也请您来信告诉我们。

地址：北京市海淀区双清路学研大厦 A 座 602 室　　计算机与信息分社营销室　收

邮编：100084　　　　　　　　　　电子邮件：jsjjc@tup.tsinghua.edu.cn

电话：010-62770175-4608/4409　　　邮购电话：010-62786544

教材名称：数据库设计与应用——Visual FoxPro 程序设计实践教程
ISBN 978-7-302-18868-1

个人资料

姓名：＿＿＿＿＿＿　　　年龄：＿＿＿＿＿　所在院校/专业：＿＿＿＿＿＿＿＿＿＿＿

文化程度：＿＿＿＿＿　　通信地址：＿＿＿＿＿＿＿＿＿＿＿＿＿＿＿＿＿＿＿＿

联系电话：＿＿＿＿＿　　电子信箱：＿＿＿＿＿＿＿＿＿＿＿＿＿＿＿＿＿＿＿＿

您使用本书是作为：□指定教材 □选用教材 □辅导教材 □自学教材

您对本书封面设计的满意度：

□很满意 □满意 □一般 □不满意　改进建议＿＿＿＿＿＿＿＿＿＿＿＿＿＿＿

您对本书印刷质量的满意度：

□很满意 □满意 □一般 □不满意　改进建议＿＿＿＿＿＿＿＿＿＿＿＿＿＿＿

您对本书的总体满意度：

从语言质量角度看　□很满意 □满意 □一般 □不满意

从科技含量角度看　□很满意 □满意 □一般 □不满意

本书最令您满意的是：

□指导明确 □内容充实 □讲解详尽 □实例丰富

您认为本书在哪些地方应进行修改？（可附页）

＿＿＿＿＿＿＿＿＿＿＿＿＿＿＿＿＿＿＿＿＿＿＿＿＿＿＿＿＿＿＿＿＿＿＿＿

您希望本书在哪些方面进行改进？（可附页）

＿＿＿＿＿＿＿＿＿＿＿＿＿＿＿＿＿＿＿＿＿＿＿＿＿＿＿＿＿＿＿＿＿＿＿＿

电子教案支持

敬爱的教师：

为了配合本课程的教学需要，本教材配有配套的电子教案（素材），有需求的教师可以与我们联系，我们将向使用本教材进行教学的教师免费赠送电子教案（素材），希望有助于教学活动的开展。相关信息请拨打电话 010-62776969 或发送电子邮件至jsjjc@tup.tsinghua.edu.cn 咨询，也可以到清华大学出版社主页（http://www.tup.com.cn 或 http://www.tup.tsinghua.edu.cn）上查询。

21 世纪普通高校计算机公共课程规划教材
系列书目

ISBN	书　名	作　者	定价
9787302173113	3D 动画与视频制作	王明美 等	38.00
9787302173267	C 程序设计基础	李瑞 等	25.00
9787302176855	C 程序设计实例教程	梁立 等	25.00
9787302168133	C 语言程序设计教程	张建勋 等	29.00
9787302132684	Visual Basic 程序设计基础	李书琴 等	26.00
9787302176725	Visual Basic 程序设计学习指导教程	盛明兰	25.00
9787302175025	Visual Basic 程序设计教程	许薇 等	26.00
9787302189725	Visual FoxPro 程序设计基础	梁玉国	29.00
9787302173663	Visual FoxPro 课程设计(第二版)	张跃平	29.00
9787302138389	Visual FoxPro 数据库应用	康萍 等	29.00
9787302191094	毕业设计(论文)指导手册(信息技术卷)	温艳冬 等	20.00
9787302134626	程序设计基础(C 语言版)	赵妮 等	25.00
9787302177012	大学计算机基础	马利	24.00
9787302132325	大学计算机基础(含实验)	王长友 等	29.00
9787302185413	大学计算机基础教程(Windows Vista · Office 2007)	王文生 等	29.00
9787302150565	多媒体技术应用基础	王中生 等	25.00
9787302168195	多媒体技术应用教程	郭丽丽 等	29.00
9787302174585	汇编语言程序设计	宋人杰 等	21.00
9787302175384	计算机常用工具软件教程	王中生 等	32.00
9787302154150	计算机基础	彭澎 等	29.00
9787302133025	计算机网络技术及应用	王中生 等	27.00
9787302174677	计算机网络与多媒体技术	胡虚怀 等	29.00
9787302174677	计算机网络与多媒体技术	李焕 等	29.00
9787302156857	计算机应用基础	刘义常 等	24.00
9787302185055	计算机组装与维护技术实训教程	李恬 等	27.00
9787302152200	计算机组装与维护教程	王中生 等	25.00
9787302183310	数据库原理与应用习题·实验·实训	鲁艳霞 等	18.00
9787302171805	图形图像技术与应用	王明美 等	22.00
9787302150572	网页设计与制作	付永平 等	26.00
9787302185635	网页设计与制作实例教程	袁磊 等	28.00
9787302158783	微机原理与接口技术	牟琦 等	33.00
9787302153160	信息处理技术基础教程	马崇华 等	33.00